엄마의
책 방

엄마의

책 방

구정은

김성리

윤지영

홍선영

A

AGORA

차례

엄마들의 신화를 기다리며

엄마는 어떤 존재일까? 진주조개는 오랜 시간을 상처와 고통으로 신음하다가 영롱한 진주를 생산해낸다. 진주를 보는 사람들의 시선에는 진주조개가 겪었던 고통의 체험은 보이지 않고, 보석으로서의 진주만 보인다. 엄마란 바로 이 진주조개와 같다. 특히 대한민국에서 엄마는 여자, 아내, 며느리라는 고단하고 외로우며 끝이 보이지 않는 길을 걸어가야 한다.

엄마는 무엇이든지 할 수 있어야 하고, 아이가 어떤 것을 물어도 대답해야 하지만, 정작 엄마의 물음에 대한 답을 구하기는 쉽지 않다. 엄마이기 이전에 여자이며, 아내이기 이전에 주체적인 인격체이고, 며느리이기 이전에 딸이라는 사실을 누구나 망각하기 때문이다. 딸은 자라서 엄마가 되고 아들은 자라서 여자와 결혼한다는 사실조차도 경험하기 이전에는 인식하지 못한다.

오늘날의 대한민국 사회는 엄마에게 많은 것을 요구한다. 아이가 어릴 때에는 품고 보호해야 하고, 자라서 학교에 다니게 돼도 엄마의 수고스러움은 줄지 않는다. 수업 준비물에서 급식 보조까지 많은 일들이 엄마를 향해 마치 릴레이 선수처럼 달려온다. 그리고 경제, 정치, 사회, 문화, 심지어 자녀들이 열광하는 10대 문화까지 엄마가 알아야 할 것들은 계속 늘어난다.

대한민국의 엄마는 외롭다. 어떤 일을 하든 결과만으로 능력을 평가하는 세상에서 엄마의 노력과 사랑은 오로지 결과에 의해 재단된다. 현재가 있기까지 엄마가 걸어온 길은 아무도 바라보지 않는다. 어느 순간 아이는 "엄마는 몰라도 돼"라는 말을 입버릇처럼 내뱉고 다닌다. 먼 길을 왔지만, 또다시 끝이 없는 길을 가야 하는 엄마는 외롭다.

요즘 엄마는 화가 난다. '나는 누구인지, 나는 어떤 삶을 원하는지' 아무도 물어주지 않는다. 요가학원에 가도, 문화센터에 가도 엄마의 내면은 채워지지 않는다. 엄마의 내면은 끊임없이 '내가 누구인지' 외치고 싶지만, 그러한 욕구조차 표현할 수 없다. 엄마는 모든 것을 희생하는 진주조개와 같기 때문이다.

그래서 엄마는 자유를 원한다. 자신만의 시간과 공간을 가지고 싶다. 그곳에서 자유를 즐기고 싶다. 그러나 작은 일탈조차 엄마에게는 허용되지 않는다. 이유는 엄마이기 때문이다. 엄마는 가족을 위해 가사를 돌보아야 하고, 아이를 위해 정보를 수집해야 하고, 가족의 건강 지킴이도 되어야 한다. 엄마에게 자신만을 위한 자유란 없다.

그렇지만 엄마에겐 행복할 권리가 있다. 자세히 들여다보면 존재감이 없는 것 같지만 엄마의 기분에 따라 가정의 분위기가 달라진다. 엄마가 행복하고 즐거우면 그 가정은 종달새처럼 상쾌하다. 엄마가 우울하고 슬프면 가정의 분위기는 무겁고 암울하다. 행복은 누구나 추구하는 삶의 모습이지만, 그냥 찾아오지 않는다. 열심히 찾아다녀야 한다.

우리는 엄마가 행복해지는 지도를 만들고 싶었다. 나침반이 방향을 알려주는 지도보다 마음으로 느끼고 마음으로 공감하는 길, 두 팔을 활짝 벌리면 살짝 스쳐지나가는 바람이 있는 길을 알려주는 지도를 만들고 싶었다. 이 책은 그 길을 먼저 걸어간 여성들이 만든 지도다.

기자, 인문학자, 법조인, 교사 등의 직업을 가지고 있으면서 그 누구보다 치열하게 여자로서, 엄마로서 걸어온 네 명의 여성들이 자신들의 삶의 여정에서 있었던 일들을 한데 풀어놓았다. 엄마로, 아내로, 며느리로, 그리고 여자이자 한 사람의 인간으로서 살아온 이야기들을 대한민국의 엄마들과 함께 나누고 싶었다. 가지 않은 길이 두려워 망설이는 엄마들 앞에 우리의 경험이 작은 조약돌처럼 깔려 그녀들이 좀더 가볍게 발걸음을 내딛을 수 있기를 바란다.

『엄마의 책방』은 엄마들의 자아를 찾는 길, 치유의 길을 알려준다. 어깨를 짓누르는 엄마라는 짐을 잠시 내려놓고, 자신을 스스로 어루만질 수 있는 손길이 되고자 한다. 이 책을 읽으면서 엄마들의 상처받은 자아가 성숙해지기를 소망한다.

다른 한편으로 이 책은 엄마들이 분야를 넘나드는 정보와 지식과 지혜를 구할 수 있는 책방이 되고자 한다.

그리고 인생의 강을 건너는 나룻배가 되어 사람과 사람 사이에 있는 섬에 닿아 더 좋은 세상을 보여주고자 한다. 그곳에서 소중한 사람들의 눈을 들여다보며 세상은 아름답다고 말할 수 있기를.

대한민국의 엄마들이여, 이 책을 읽으며 그대들만의 신화를 만들어가기를.

2012년 7월의 햇살 아래에서
네 명의 저자들을 대표하여
김성리가 쓰다

PART
1

여자,
아내,
직업인
...
엄마의 자아 찾기

나를 찾는 여행

김형경 / 『사람풍경』

주변 모든 것이 어쩐지 낯설고 '내가 살고자 한 삶은 이런 게 아닌데'라는 생각이 들면 문득 떠나고 싶어진다. 내가 모르는 곳, 나를 모르는 사람들이 사는 곳으로 가면 새로운 무언가가 있을 것만 같은데, 낯설면서도 익숙한 공간을 떠나지 못한다. 내가 사는 공간을 떠나면 마치 나에게 어떤 불행이 올 것 같은 불안이 나를 잔뜩 움츠러들게 한다.

여기 "오감을 열고 어떤 사람이나 사물을 온전히 받아들일 때 온몸과 마음에 전해지는 감각과 감정들을 느껴보고 싶어하는"('작가의 말') 욕망에 몸을 맡기고 로마로 여행을 떠난 한 여자의 이야기가 있다. 그 이야기가 김형경이 쓴 『사람풍경』이다. 김형경은 그 여행에서 "로마 지하에 아직 발굴되지 않은 고대 유적"(27쪽)처럼 자신이 볼 수 없었던 무의식의 세계를 더듬어간다.

우리는 태어나는 순간부터 목적지가 정해진 여행을 시작한다. 그 목적지는 죽음이다. 생명을 가진 이상 죽음을 부정할 수도, 거부할 수도 없다. 덧붙이자면, 늙고 병들어가는 것도 여행의 필수 경로다. 탄생에서 죽음으로 가는 길 위에 떨어진 나는 보고, 듣고, 느끼는 과정에서 예기치 않게 상처받고 상처를 주기도 한다. 붓다는 살면서 겪게 되는 경험이 하나의 씨앗이 되어 '나'를 만들어가므로 언제나 현재에 충실해야 한다고 말한다. 삶을 피할 수는 없으나 어떤 삶을 살 것인가는 전적으로 나에게 달린 문제이며, 어떤 상황과 변화에 부딪히든 내가 헤쳐나가야 한다는 뜻이다.

이때의 '나'는 누구인가? 태어난 이후부터 먹고, 울고, 가슴 아파하고, 사랑하고, 헤어지는 모든 행위들은 '내'가 있어야 가능하다. '내'가 없다면 이 세상 만물 또한 없을 것이다. 그런데 정작 '나'는 어디에 있는가? 무엇으로 어떻게 표현해야 '나'를 '나'라고 말할 수 있을까? 물어도 물어도 명쾌한 답은 나오지 않고, 내 마음을 내가 어찌하지 못할 때 김형경은 '마음'을 알고 싶어 여행을 떠났다. 그리고 그 여행에서 느낀 마음을 글로 표현했다. 그 길은 잊고 있었던 어린 시절 기억을 만나고, 눈 감고 있었던 감정을 드러내어 자기실현에 이르는 과정이었다.

마흔을 며칠 앞둔 어느 겨울날, 지난 39년의 시간 동안 나 자신을 위해 쓴 게 별로 없다는 생각이 문득 들었다. 그 순간, 내 자신이 낯설어지고, 표현할 수 없는 소용돌이가 내 안에서 움직이는 것을 느꼈다. 내가 어찌할 수 없는 내 마음을 안고 그렇게 얼마간의 시간이 또 지나갈 때, 주민등록증을 분실하는 사건이 생겼다.

주민등록증 발급 신청을 위해 주민등록등본을 떼었을 때, 낯선 단어들이 그 안에 있는 것을 알았다. 지금까지 알지 못했지만, 결혼 이후부터 존재했던 단어들이다. 바로, 내 남편의 본적이었다. 그곳에는 나의 지난 흔적이 남아 있지 않았다. 그렇다면, '나'는 도대체 어디에 있는 것인가? 언제부터 내 이름 석 자는 작디작은 주민등록증 안에만 있고, 나는 누구의 엄마로, 누구의 아내로만 살고 있는 것인가?

내 이름은 사라지고 누구의 엄마로 불릴 때, 아파트 몇 호 아줌마로 불릴 때마다 형체를 알 수 없는 슬픔과 회한이 밀려왔다. 그때마다 얼마나 떠나고 싶었던가. 그러나 나를 붙잡은 것은 다름 아닌 나 자신이었다. 떼어내고 싶은 잡다한 것들로부터 결코 자유롭지 못한 원인이 내 자신이었다. 문제는 내가 일탈하고자 하는 공간이 내 가정이고 그 대상이 내 가족이라는 데에 있다.

김형경과는 조금 다르지만, 떠남으로써 자기를 찾아간다는 공통점을 지닌 책으로 목수정이 쓴 『뼛속까지 자유롭고 치맛속까지 정치적인』이 있다. 목수정은 평범한 여성으로 살기를 거부하고 무작정 프랑스로 떠났다. 파리에서 베이비시터, 아르바이트 등을 전전하며 언어를 익히고 공부하고, 그 과정에서 영혼이 자유로운 프랑스 남자를 만나 딸을 낳기까지의 우여곡절을 그 책에 풀어놓았다. 그녀는 책에서 말한다. '여성들이여, 일탈하라, 행복할 것이다.'

로마에 갔던 김형경의 책이나 파리에서 살고 있는 목수정의 책은 그야말로 우리 시대의 아줌마들이 원하는 삶 그 자체로 다가온다. 물론, 그 두 여자가 그렇게 자기를 되찾기까지 걸어야 했던 시간의 흔적은 보이지 않는다. 자유로운, 너무나 자유로운 영혼만 보인다. 그러나 그 영혼을 가질 수 없는 게 대한민국에서 사는 평범한 아줌마들의 현실이 아닐까?

떠나고 싶고, 떠나야 하는데, 떠날 수 없는 현실은 분명 비극적이고 암울하다. 이상하게도 마흔을 앞둔 그 겨울에 나는 도무지 마음을 다잡을 수가 없었다. 마흔이 여자의 무덤처럼 느껴졌고, 이대로 가만히 있으면 내일 아침에 당장 호호백발 할머니가 될 것 같은 불안감이 몰려왔다. 그때부터 나는 '나'를 찾기 위한 마음의 행로를 시작했다. 그리고 10대 때 포기한 내 꿈에서 그 답을 찾았다. 시를 쓰고 싶었던 꿈.

어린 시절 꿈이 없었던 사람이 있겠는가. 하지만 그 꿈을 이루고 사는 사람은 몇이나 될까. 우리는 살아가면서 수없이 방향을 잃기도 하고 목적을 상실하기도 하고 꿈을 잊기도 한다. 그때마다 파도에 휩쓸려 사라지는 모래처럼 '나'는 사라진다. 이런 일이 반복되면서 많은 기억과 인내심을 잃고, 어린 시절의 순수함과 청년기의 열정을 상실한다. 나 역시 그렇게 시간이 조금씩 흘러갔고, 나의 꿈은 벽 너머에서 중얼거리고만 있었다. '내 속의 나'는 '나는 내가 아니다'라는 중얼거림으로 이루지 못한 꿈에 대한 미련을 견뎌내고 있을 뿐이었다.

'나'를 찾기로 결심한 나는 용기를 내어 방송통신대학교에 원서를 넣었다. 79학번으로 대학을 다녔던 내가 21년 만에 전공을 바꿔 다시 학생이 된 것이다. 물론 되찾은 꿈의 길도 순탄치만은 않았다. 나의 감성은 시를 쓰기에는 이미 너무 무뎌져 있었고, 나의 시 속에는 시 대신 한풀이 같은 단어들만 나열되어 있었다. 하지만 어릴 때부터 꿈이었던 문학을 다시 시작한다는 설렘 자체가 내 삶을 완전히 바꿔놓았다. 지금까지 나를 가로막고 있던 거대한 벽이 소리 없이 사라졌다. 내가 상상할 수 없는 많은 일들이 저 멀리에서 소리 없이 밀려오고 있었지만, 무섭지 않았다. 설거지를 하면서, 빨래를 널면서, 걸레질을 하면서 강의 테이프를 들었고 시간만 나면 책을 펼쳤다.

그러나 행복은 오래가지 않았다. 엄마의 손길이 멀어진 아이는 끝없이 아프고, 아이 학교에서는 쉴새없이 엄마를 불러 댔다. 준비물은 왜 그렇게 많은지. 마흔이 두려워 시작한 여행은 나를 더 초라하게 만들었다. 하지만, 돌아온다면 그건 여행이 아니지 않은가. 일단 한번 떠났으니 어디든지 가야 여행이다. 이 여행을 계속하기 위해 나는 그때까지 쓰고 있던 가면을 하나 벗어던졌다.

그 가면을 'persona'라고 융이라는 분석심리학자는 이름붙였다. 그에 의하면 우리는 여러 개의 페르소나를 가지고 살아간다. 아이들에게는 엄마, 남편에게는 아내, 부모에게는 자식 등 우리는 그 페르소나에 따라 적절하게 생각하고 행동한다. 사회·문화적으로 형성된 가면 아래에서 진짜 나의 모습은 점점 옅어져간다.

자기실현은 억압이나 회피 방어를 벗고, 이상화된 자기 이미지도 깨뜨리고, 외부에 보이는 페르소나도 벗고, 진정한 자신의 내면에 닿는 일이라고 한다.(361쪽)

자신의 내면에 닿는 일? 그건 아마도 기억의 밑바닥에 가라앉아 있는 어두운 그림자를 바라보는 일일 것이다. 가만히 생각해보니, 내가 그렇게 떠나고 싶어하면서도 떠나지 못했던 이유는 좋은 엄마, 착한 아내가 되고 싶어하는 마음의 소리 때문이었지 싶다.

그랬다. 내가 벗어던진 가면은 '좋은 엄마, 착한 아내'의 가면이었다. 가면을 벗어던지고 내가 찾은 것은 나만의 시간이었다. 청소? 그건 일주일에 두 번만 하면 돼. 설거지? 그것도 하루에 한 번만 하면 돼. 가면 하나 벗었는데, 세상에, 나만의 시간이 새록새록 생기더니 점점 늘어났다. 그리고 지금 이 글을 쓰고 있다.

나의 내면을 가로막고 있던 벽을 허물고, 가면을 벗는 일은 내가 해야 한다. 그러기에는 많은 용기가 필요하다. 이럴 때 책은 참으로 많은 역할을 한다. 어떻게 해야 할지 망설여지고 자신이 없을 때 책을 읽었다. 막상 책을 펼치면 내가 모르던 특별한 이야기만 있는 건 아니었다. 내가 알고 있던 것들이 더 많았다. 그러나 책을 읽으면서 잊고 있었던 감성들이 되살아나서 나에게 다시 시작할 용기를 주었고, '그래, 그랬었지'라는 작은 희망의 불씨도 주었다. 로마가 아니어도 좋고, 파리가 아니어도 괜찮았다. 책 속으로 여행을 떠나보는 것, 그것은 진정한 나의 모습을 돌아볼 수 있는 또 다른 기회였다.

이 책을 대학원 박사과정 수업 중 분석심리학과 연계하여 같이 읽고 토론했다. 어떤 사람은 눈물이 나서 읽기에 힘들었다 하고, 어떤 사람은 감정의 변화를 느낄 수 없었다고 한다. 이것이 책의 본 모습이다. 작가와 같은 마음의 상처를 지닌 사람이라면 그 책을 읽으면서 동일시의 감정을 느끼게 된다.

상처는 마음 깊은 곳에 새겨진 흔적이라고 말할 수 있다. 마치 피부의 흉터처럼 마음 깊은 곳에 자리 잡고 있다가 내 삶의 길목에서 불쑥불쑥 튀어나와 말썽을 일으킨다. 심리학자들에 의하면 보통 유아기에서 5세까지의 상처는 무의식 깊은 곳에 자리 잡고 있다가, 삶에 개입하여 반복적으로 문제들을 일으킨다고 한다.

숨겨져 있던 그러한 상처들을 책을 읽으며 감지하게 될 때가 있다. 그때 용기내어 그 상처를 마주 보고 자신의 일부로 받아들이면 상처는 치유된다. 책을 읽으며 감정의 변화를 느끼지 못해도 괜찮다. 그것은 내가 누군가의 등을 어루만져줄 수 있을 정도로 성숙한 내면을 지니고 있음을 의미하기 때문이다.

나는 시를 읽고 분석하며 내 마음속의 소용돌이를 다스려 나간다. 그리고 삶에서의 긍정적인 가치들을 찾는다. 스스로에 대한 사랑을 거쳐 자기실현의 과정에 이르는 여행인 셈이다. 일단 여행은 현재 내가 가지고 있는 것을 놓아두고, 익숙한 곳을 떠나 관습과 관행을 벗어나는 것이다. 그것은 버리는 것도 아니고 상실하는 것도 아니다. 그냥 잠시 놓아두고 떠날 뿐이다.

'내가 나'라고 말할 수 없을 때 잠시 떠나보자. 아침에 아이가 학교에 가듯이, 남편이 직장에 가듯이 책 한 권 들고 공원 벤치로 떠나보자. 낯선 벤치에 앉아서 어제와는 다른 햇살을 얼굴 가득 담아 돌아오자. 그리고 거울 앞에 앉아 '나'에게 눈부신 미소를 보내자.

엄마가 가진 여러 개의 얼굴들

최나미/『엄마의 마흔 번째 생일』

홍선영 나는 시부모님과 함께 산다. 시어머니는 종종 어렸을 때 얘기나 당신의 어머니 얘기를 들려주신다. 일흔이 넘은 분의 10대 시절 얘기를 듣는 것은 마치 옛날이야기를 듣는 듯 신기하고 재미있다. 그때마다 '이 분도 누군가의 딸 김정임일 때가 있었구나'라는 생각이 든다. 하지만 일상에서 시어머니는 희수 할머니라고 불린다. 그래서 시어머니가 가끔 이모님과 통화하시며 "나 정임이"라고 스스로를 호명할 때, 그 이름이 낯설게만 느껴진다.

『엄마의 마흔 번째 생일』은 할머니의 치매를 계기로 잃어버린 이름, 잃어버린 자아를 찾으려는 엄마의 얘기를 담고 있다. 주인공 가영이는 갑자기 달라진 엄마가 이해되지 않는다. 엄마는 아픈 할머니를 돌보지 않고, 전공을 살려 다시 그림을 그리겠다고 한다. 급기야 방과후 미술 교사로 가영이네 학교에 오기까지 한다. 엄마가 직장을 다니기 시작한 후로 도시락 대신 급식을 먹어야 했던 가영이의 언니는 떨어진 교복 단추마저 깜빡한 엄마에게 화를 낸다. 그때 엄마가 말한다. "할머니처럼 되지 않으려고 이런다." 딸만 넷을 낳은 할머니는 아들을 낳고 떳떳해졌다고 한다. 오로지 아들을 위해 살아온 할머니는 이제 치매 노인이 되었고, 생에 남은 것은 회한뿐이다. 엄마는 그런 할머니를 보면서 자신이 할머니 나이에 이르렀을 때 후회하지 않기 위해 자기 이름 찾기를 시작한 것이다.

엄마가 그린 자화상에는 여자의 삶이 담겨 있었다. 한 사람의 얼굴에 겹쳐 있는 여러 개의 얼굴. 딸로서, 엄마로서, 한 사람의 개인으로서 살아가야 하는 여자의 일생 말이다.

나 또한 여러 개의 얼굴들 사이에서 어떤 게 진짜 나인지 혼란스러울 때가 많다. 게다가 30대 중반이 되니 과거와 미래에 낀 어중간한 존재가 되어버렸다. 점점 학생들에게 "선생님이 어렸을 때는…… 너희가 내 나이가 되면……"이란 말을 자주 한다. 친정 엄마에게서 미래의 내 모습을 찾기도 하고, 스스로에게 현재 삶이 행복한지에 대한 질문을 하기도 한다.

아마 이 책의 엄마도 그런 심정일 것이다. 가족을 위해 20대에 멈춰버린 시계를 다시 돌리는 느낌. 그 과정에서 겪는 충돌. 젊음에 대한 향수. 치매에 걸린 시어머니를 바라보면서 느끼는 절망과 동병상련의 감정. 이런 복잡다단한 감정 속에서 엄마는 자기 자신으로서의 삶을 택한 것이다.

우스갯소리로 세상에는 세 가지 성이 있다고 한다. 여자, 남자, 아줌마. 『딸들이 자라서 엄마가 된다』는 사춘기 딸의 침묵으로 갈등을 겪던 엄마 수잔이 딸 알리야와 글쓰기를 통해 교감하는 내용을 담고 있다. 이 책을 보면 엄마들도 누구의 딸이었고, 그 딸들도 누군가의 엄마가 된다는 진리를 다시금 깨달을 수 있다. 하지만 대부분의 딸과 엄마는 애증의 관계에 놓여 있다. 누군가의 딸이었던 수잔은 엄마가 되는 순간 딸로서의 삶과 생각을 잃어버린다. 뫼비우스의 띠처럼 엄마와 딸의 마음은 닿을 듯하면서도 닿지 못한다. 여자에서 '엄마'가 되는 순간 '딸'의 시절을 잃어버리기 때문이다.

'엄마'로 살다가 자기 자신으로 살기 위한 잃어버린 자아 찾기에는 희생이 필요하다. 드라마나 영화에서 등장하는 커리어우먼이면서 현모양처까지 해내는 슈퍼맘은 현실에는 존재하지 않는다. 『엄마의 마흔 번째 생일』의 엄마도 자기 자신으로서의 삶을 병행하길 원하면서 아빠와 갈등을 빚게 되고, 자아찾기의 도화선이 된 할머니의 죽음을 지켜보지 못한다. 할머니가 돌아가실 때 곁을 지키지 못한 엄마는 불효를 저지른 나쁜 며느리로 몰려 장례식장에서도 쫓겨나게 된다. 주인공 가영이는 이런 엄마를 처음에는 이해하지 못한다. '왜 엄마는 집에서 할머니만 돌보고 살지 않을까? 그러면서도 왜 당당할까? 화실의 선생님으로, 방과후 교사로 만나는 엄마는 왜 눈부실까?'라는 의문만 가질 뿐이었다.

그러다 엄마가 아빠와 싸우고 집을 나가기 전에 한 말이 가슴에 와닿기 시작한다. 가영이와 언니 모두 자기 딸이며 장씨라는 걸 잊지 말라는 아빠에게 엄마는 소리친다. 나도 결혼 전에는 박씨라는 내 성이 대단한 줄 알았다고. 하지만 결혼하고 엄마가 되고 나니 자식한테 물려주지도 못하는 쓸모없는 거였다고. 가영이는 그제야 엄마도 누군가의 딸이었음을 깨닫게 되고, 여자로서 받는 온갖 제약들을 인식하기 시작한다. 가영이가 여자라는 이유로 남자아이들이 축구 시합에 끼워주지 않고, 남자 담임 선생님과 아빠마저 이에 동조하는 모습을 보며 '여자'의 현실적 위치를 경험하게 된다.

세상이 좋아져 자식이 부모 중 엄마의 성을 따라도 된다고 한다. 하지만 그게 그리 쉬운 일일까? 나만 해도 내 자식들에게 남편 성이 아닌 내 성을 물려주지 못한다. 법은 바꿀 수 있지만 사람의 인식이 바뀌는 데는 오랜 세월이 필요하기 때문이다. 두 딸에게 자신의 성을 물려주지는 못할망정 『엄마의 마흔 번째 생일』의 엄마는 자기의 이름을 버리거나 그 이름이 낯설어지는 것에 익숙해지고 싶지 않았던 것 같다. 변화는 희생과 용기를 바탕으로 이루어지는 것이다. 비록 가족과는 떨어져 지내게 되었지만 두 딸의 공감을 얻고 자신의 이름을 찾은 엄마의 자아 찾기는 이제 시작이다.

　나도 내 부모의 딸이었다는, 아니 딸이라는 사실을 기억하자. 딸아이를 낳고 '이 아이가 어른이 되었을 때는 여자들도 남자들과 동등하게 살 수 있을까?'라는 막막함에 눈물이 났던 기억이 있다. 눈물만 흘리고 막막해 할 것이 아니라 내 딸이 '여자가 감히, 여자가 어떻게……'라는 식의 편견에서 자유로울 수 있도록, 인간으로서 당당할 수 있도록 내가 먼저 변해야 한다. 남녀가 평등한 세상이 '올까'라는 막연한 기대감이 아니라 '오게 할 것'이라는 의지를 가지고 내가 먼저 바뀌어야 한다. 내가 먼저 세상에 당당해져야 내 딸과 그 딸의 딸이 살게 될 세상이 달라질 것이다. 내 앞선 조상들이 용기와 희생으로 과거와는 다른 오늘을 만들어냈듯이 말이다.

아이를 갖는다는 것,
그 지독하고 정상적인 혼란

엘리자베트 벡-게른스하임 / 『내 모든 사랑을 아이에게?』

구정은 내 모든 사랑을 아이에게. 내 '모든' 사랑을 아이에게. '한 조각' 내 인생. 이런 말들이 아주 무겁게 내 귀에 들어오고, 아주 가볍게 내 입에서 흘러나간다. 과연 어떤 걸까, 21세기 한국 사회에서, 한 아이를 기르고 있다는 것은. 이 책은 독일의 여성학자가 20세기 후반 독일(주로 동독) 사회의 변화와 함께 여성들의 출산·육아 문제를 검토해 쓴 것이지만 전혀 남의 일 같지가 않다.

나는 20세기 한국의 여성이었다. 큰 고민 없이 결혼제도에 뛰어들었고 21세기 초에 아이를 낳았다. 평균적인 또래 여성들과 비교해 조금 일찍 결혼했고, 평균적인 결혼한 여성들과 비슷한 나이에 아이를 가졌다.

책을 읽으면서 뒤늦게 어머니가 된다는 것과 아이를 키운다는 것에 대해 생각을 해보게 된다. 내 '모든' 사랑을 아이에게 준다는 것이 '한 조각 내 인생'에 어떤 의미를 지니고 있는지, 과연 내 인생은 내게 있어 '한 조각'뿐이며 아이가 내 '모든' 사랑을 퍼부을 만한 존재인지, 이 질문에 대한 대답이 '예스'라면 그건 어떤 이유에서고 '노'라면 또 어떤 까닭에서인지, 나를 둘러싼 현실과 내 안의 고민들은 어느 방향을 향하고 있으며 어느 쪽으로 향해야 하는지.

질문의 목록은 길고, 대답 또한 쉽게 나올 만한 것들이 아니다. 이 책을 읽지 않아도 대한민국의 엄마들, 아니 이 세상의 엄마들이라면 누구나 고민하고 있는 문제들이다.

뚜렷한 해답을 얻을 수 있는 문제들이 아니기에 편치 않은 마음으로 책장을 넘기면서 여성들의 인터뷰나 사례들은 대충 건너뛰었다. 처음 몇 개의 케이스는 찬찬히 훑어봤지만 읽을 필요가 별로 없는 것들이었다. 인용된 글들이 무가치해서가 아니라, 남의 사례를 읽을 것도 없이 내 경우를 생각하기만 하면 되는 것들이었기 때문이다.

'아이 문제'라는 것에도 여러 종류가 있다. 출산율 저하, 일하는 여성과 보육 문제, 양육과 여성의 자아 실현, 교육 문제 등. 이 책에서 말하는 '아이 문제'는 이 모두를 포괄하는 개념이지만 특히 저자가 역점을 두고 다룬 것은 '아이와 사랑'이다. 여기서 이 책이 육아지침서가 아니라 여성학 책임을 다시

한 번 말해둬야겠다. 엄마의 사랑이 아이에게 미치는 영향이 아니라, 아이를 낳아 키운다는 것이 엄마에게 미치는 영향을 다루고 있다는 뜻이다.

저자는 통일독일에서 '출산율 저하'로 드러나는 '아이 문제'가 결국 사회적인 문제임을 언급하면서 이야기를 시작한다. 그리고 유럽에서 부르주아가 등장한 후 가족 관계와 '모성'의 개념이 어떻게 변화했는지 살펴봄으로써 '근대적 모성'의 출현 과정을 추적한다. '모성의 사회사(社會史)'를 펼치고 있는 셈이다. 간략한 역사적 고찰을 통해 독자는 모성과 육아의 개념이 상대적이고 역사적인 것이며, 동시에 사회적인 것임을 확인하고, '일하는 여자들은 아이를 안 낳으려고 한다'는 흔해빠진 어구가 어째서 '절반의 진실'일 뿐인지를 알게 된다.

아이를 키우는 엄마는 누구든 스스로의 정체성과 아이에 대한 헌신의 정도를 놓고 고민하게 된다. 나는 훌륭한 엄마인가? 나는 내 아이에게 온전한 사랑을 퍼붓고 있는가? 나는 훌륭한 사람, 훌륭한 직장인, 훌륭한 사회인인가?

이 책은 고민 많은 엄마들이, 자기들 고민이 어디서 비롯된 것인지를 냉정하게 볼 수 있게 만들어준다는 점에서 읽을 가치가 있다. 하지만 그래서? 언제나 질문은 여기로 향할 수밖에 없다. 저자는 '낡은 처방'이라는 제목으로 말미에 짤막하게 몇 가지 해결책을 제안하는데, 정확히 말하면 '해결책'이 아니라

'해결책을 모색하기 위한 제안' 정도가 될 것이다.

우선, 저자는 여자들이 아이를 많이 낳게 하기 위한 '인구학적 차원의 출산 장려 정책'은 자칫 여성들을 다시 집 안으로 밀어넣으려는 시도로 이어질 수 있다고 지적한다.

> 이런 식의 처방은 한 가지를 오해하고 있다. 즉 여성의 삶의 변화들은 우연히 이루어진 것이 아니라 근대사회의 대변혁과 함께 시작된 기나긴 역사적 발전의 최종 산물이라는 점이다.(259쪽)

당연한 말씀. 근대와 산업사회는 당.연.히. 남자들뿐 아니라 여자들도 변화시켰다. 사회 속에서 여성의 위치는 이 산업사회와 상호작용하며 유기적으로 변해온 것이다. '아이를 안 낳으니 노동력이 부족하다, 그러니 여자들이여, 노동을 그만두고 아이를 낳아라!' 당연히 말이 안 된다.

이런 식의 사고방식이 우리나라에서도 '공식석상'에선 사라진 것 같지만, '일상'에선 아직 통용되고 있다. 길에서 만나는 택시 기사 아저씨들, 여전히 모든 직장에서 상층부를 점하고 있는 고리타분한 상사들, 시아버지 시어머니까지 동반 각성한 것은 아니기 때문이다. 심지어는 대통령의 측근이었던 어느 늙은 '세도가'가 "여성들은 아이를 낳는 것이 본분"이라는 식의 발언을 21세기에 버젓이 하지 않았던가.

　　나아가 이러한 역사적 발전과 결부된 자유와 평등이라는 이
상적 가치는 여성 운동에 의해 만들어진 것이 아니라 부르주아
사회가 부상한 것에 근거하고 있다.(260쪽)

　　페미니즘이라면 침 튀기며 욕하는 남자들 들으라고 하는 소
리다.

　　물론, 엄마의 고민이 얼마나 깊든 아이가 사랑스러운 존재
라는 사실에는 변함이 없다. 역사적으로 엄마와 아이의 관계
가 어떻게 발전해왔건, 지금 나는 내 아이를 사랑한다. 내 인
생의 100퍼센트는 아니지만, 내 사랑의 압도적인 부분은 아이
를 향해 있을 것이다. 다만 아이를 향한 내 사랑이 내가 가지
고 있는 사랑의 용량의 100퍼센트가 아니며, 나는 그것이 100
퍼센트가 되기를 바라지 않는다는 점이 중요하다. '아이 사랑
95퍼센트, 나 자신에 대한 사랑 5퍼센트'일지라도, 그 5퍼센트
가 없다면 독립된 한 사람이 아니라고 나는 생각한다. 그 5퍼
센트에 우리 사회는 종종 '이기심'이란 딱지를 붙이곤 한다.
하지만 엄마도 사람이다. 자신의 삶도 생각하려는 엄마를 이
기적이라고 욕하는 시대는 진즉에 막을 내렸어야 하지 않을
까. 드라마 작가 김수현 선생이 몇 해 전 〈엄마가 뿔났다〉라는

한 문장으로 명쾌하게 정리했듯이 말이다.

저자가 책에서 거듭 지적하듯 오늘날의 문제는 여성들이 출산을 기피하게 만드는 현실, 아이와의 상호관계를 처음부터 포기하게 만드는 현실이다. 정작 낳아놓고 나면 엄마와 아이를 동시에 내리눌러서 그 아름다운 관계가 성공을 향한 힘겨운 사다리 타기로 변하게 만드는 세계화된 자본주의의 위력!

인간적인 원리에 따라 조직된 사회, 육아가 여성의 개인적인 문제라고 밀쳐내지는 것이 아니라 아이와 아이의 성장을 돌보는 일이 일반적인 공적 우선권이 되는 사회ー이것이 페미니즘 속에 들어 있는 비전이다.(263쪽)

정말 옳지만 '낡은 처방', 고루하게 들리지만 정말 옳은 처방이다.

섹시한 엄마? 마초적인 엄마?

엄을순 / 「을쑤니가 사는 법」

김성리 엄을순 씨를 처음 만났을 때 어쩜 생각이 나하고 같은
지 놀라고 또 놀랐다. '왜 신사임당이 현모양처인
가?'나 '미인대회는 왜 꼭 처녀들의 몸매를 보려고 하지?' 같
은 생각을 그녀와 내가 똑같이 하고 있었던 것이다. 을순 씨의
말처럼 신사임당은 매우 당찬 여성이다. 감히 조선시대에 살
면서 혼인 후에도 강릉의 친정에 몇 년씩 눌러앉아 있었고, 강
릉을 떠날 때도 두고 오는 어머니 생각에 눈물을 흘렸다. 그리
고 유언이 '당신, 재혼하지 마'였다. 유교적인 규범이 엄격했
던 시절의 그녀는 현재 우리가 생각하는 현모양처와는 거리가
있는 "진정한 페미니스트"(140쪽)였다. 그렇다면 그녀는 누구
인가? 후대의 사람들이 현모양처로 칭송하는 율곡 이이의 어
머니로 알려져 있는 신사임당인가, 아니면 당찬 여성 신인선

인가?

친정 어머니께서 나에게 선물해주신 것 중의 하나가 신사임당이 쓴 시다. 어머니는 그 시를 한지에 먹물로 써주시면서, "신사임당도 친정 어머니를 그리워했다네" 하셨다. "여자가 살기 그리 어려웠던 시절에도 시를 쓰고 그림을 그렸단다. 요새는 그 정도는 아니라서……"라는 말도 덧붙이셨다. 연세 든 어머니가 힘들게 써준 시를 읽으면서 어머니의 의도를 곰곰 새겨본 적이 있다. 어머니는 딸이 재능 있다고 여겼던 문학을 늦은 나이에 다시 공부하는 것이 자랑스러웠던 것 같다. 방송통신대학교에 들어갈 때만 해도 저러다 말겠거니 싶었는데 석사를 마치고 박사 과정까지 진입하는 것을 보면서 어려움을 헤쳐 끝까지 나아가기를 내심 바랐던 것이다.

신문에서 간간이 접하던 엄을순 씨의 글을 『을쑤니가 사는 법』으로 다시 만났을 때 정말 반가웠다. 이 책의 앞부분만 보면, 환갑을 바라보는 을순 씨는 그 시대에 이화여대를 다닐 수 있을 정도로 유복한 환경에서 자랐고, 남편 잘 만나 미국에서 오랫동안 살았고, 미국에서 낳은 두 딸은 지금도 그곳에서 살고 있는 운 좋은 사람이다. 그러나 그것뿐이라면 내가 바쁜 시간에 자질구레한 일상의 이야기를 담은 이 책을 보면서 혼자 낄낄거리지는 않았을 것이다. 이 책 속의 그녀는 그냥 평범한 아줌마다. 아줌마가 되었을 때 경험하게 되는 황당한 일들을 담담하게 풀어놓고 있다. 그리고 한 사람의 여자로, 아내로, 어머니로, 엄을순으로 살아가는 일들을 날것 그대로 들려준다.

이렇게 평범한 이야기가 책이 되어 누군가의 관심을 끈다는 것 자체가 우리 사회의 서글픈 단면을 보여주는 것 같아 씁쓸한 감도 있다. 이 땅에서 여성으로 살아갈 때 몇 개의 이름이 있어야 할까? 이성과 자의식이 생겨 '아니야'를 말할 수 있게 되는 시기부터 생각해본다면, 학생, 아내, 엄마, 며느리, 여성 등 대략 떠오르는 것만 해도 다섯 개의 이름이 있다.

방학이 시작되던 첫날, 공부에 집중하기 위해 미용실에 다녀오겠다고 하기에 카드를 줬더니, 파마에 노랗게 염색까지 하고 온 딸 때문에 드러누웠다는 엄마를 만난 적이 있다. 가뜩이나 속상한데 남편은 집에서 도대체 하는 일이 뭐냐고 소리부터 지르더란다. 화가 나서 딸의 머리를 한 대 때렸더니, "엄마가 뭔데 때려! 그래서 내가 공부를 못하잖아"라고 소리를 지르며 나가버리더라고 한숨을 푹푹 쉬었다. 불 난 집에 부채질한다고 시어머니는 전화로 "야야, 너거 집은 시원하제. 나 너거 집에 가서 며칠 쉴란다"라는 통보를 함과 거의 동시에 들이닥쳤다. 그렇게 하소연을 하면서도 그녀의 손은 부지런하게 반찬거리를 주워 마트 카트에 담고 있었다. "내가 동네 북이야, 북! 세상에 머리 한 대 때렸다고 성적 나쁜 게 나 때문이라네. 남편은 애들 문제는 무조건 나 때문이고, 시어머니는 더워서 왔다고 꼼짝도 안 해. 해마다 그러네. 나는 안 덥나?" 맞다.
이름이 하나 더 있다. 동네 북!!!

결혼한 여성들이 흔히 겪는 것 중의 하나가 이름에 대한 정
체성이다. 결혼을 하면 그 순간부터 나의 이름은 주민등록증
에서나 만날 수 있다. ○○댁에서 누구 엄마로, 몇 호 아줌마
등으로 불리는 데 익숙해질 무렵, 비로소 자신의 이름에 대한
자각이 생긴다. 어찌 이름뿐이겠는가. 성(性)에 대한 사회적인
관념은 가히 이데올로기에 가깝다. "중년 남자의 정력은 권력
이고 젊음의 상징이고, 중년 여자의 정력은 추하고 창피하고
혐오스러운"(49쪽) 것으로 여긴다. 남성들뿐만 아니라 여성들
스스로도 자신의 성욕을 드러내기를 주저하고 부끄러워한다.
성욕에 있어서는 확실한 경계가 있는 것이다. 야위었으면서도
적당한 볼륨감이 있는 몸매가 미인의 절대적인 조건이 되는
것도 이러한 성적 관념에 의한 것이라고 본다.

진정한 여성의 자아는 어떤 것일까? 성욕과 같은 민감한 사
안에 대해서도 과감하게 밝힐 수 있는 게 독립된 자아일까? 성
욕은 하나의 예를 든 것에 불과하지만, 사회가 가지고 있는 잘
못된 통념에 대하여 말할 수 있는 용기가 진정한 자아의 모습
이 아닐까. 아이들에게, 남편에게, 시어머니에게 '당신들이 힘
든 것은 나도 힘들다'라고 말할 수 있을 때 비로소 홀로서기가
시작되는 게 아닐까 싶다. '을쑤니가 사는 방법'은 하고 싶은

것은 해보고, 하기 싫은 것은 하기 싫다고 말하는 것이었다. 너무나 쉬운 것 같은데, 현실적으로는 정말 어려운 게 을쑤니가 사는 방법대로 사는 것이다.

두 아이를 키우다 보면 많은 어머니들을 만나게 된다. 대부분의 어머니들이 결혼하고 애 낳고 살다 보면 '나는 뭐지'라는 생각이 든다고 말한다. 단언하건대, 이런 생각을 하는 어머니는 정체성을 잃지 않고 자신의 모습을 지켜가리라 믿는다. 문제는 순종적인 어머니다. 오로지 자식을 위하여, 남편을 위하여 헌신하면서 사는 그녀들의 삶은 더 이상 그녀 자신의 것이 아니다. 하루의 시간이 아이들 중심으로 짜여지고, 남편의 기분에 따라 자신의 기분도 좌우되고, 아이의 성적이 자신의 성적이 되고, 남편이 승진하면 자신이 승진하는 것으로 여기는 자발적인 순종은 많은 문제들을 만든다.

일방적인 애정과 관심은 상대로 하여금 멀어지게 만든다. 누군가를 보살펴주는 것이 맹목적이라면 그 보살핌은 상대에게 족쇄가 되기 때문이다. 맹목적인 애정은 시간이 지나면서 자신에게 멀어지는 것 같은 아이들과 남편에 대해 집착에 가까운 감정으로 변한다. 붓다는 집착이 우리들의 마음을 어지럽히고 삶을 고통스럽게 하므로 버려야 한다고 말했다. 내가 가지려고 하면 할수록 나의 빈자리만 더 크게 보이고, 없는 것을 가지려는 마음은 점점 지옥으로 변해간다. 내면의 지옥을 스스로 다스릴 수 없게 되면, 아이들을 억압하고 남편에게 분노를 느낀다. 남편은 점점 마초적으로 변하고 아이들은 나약해진다. 성인이 되어서 어머니를 미워하면서도 어머니를 떠나지 못하는 마마보이가 된다.

나의 애정이 시작은 순수했을지라도 자기에 대한 자긍심이 없으면 관계에 문제가 생기는 것이다. 그래서 때로는 여성들도 마초적이어야 한다. 때로는 어머니들도 섹시해져야 할 필요가 있다. 여성만이 지닌 성적 매력은 축 늘어진 삶에 에너지를 불어넣어줄 것이기 때문이다. 누구에게 보이기 위한 것이 아니라 내가 여성임을 깨닫게 해주는 게 섹시함이다. 내가 엄을순 씨로부터 섹시함과 마초적인 매력을 느낀 것은 그녀가 끊임없이 여성이고자 했기 때문이다.

아름다워지고자 하는 욕망은 나이와 관계 없다. 80세의 할머니에게 "피부가 고우세요"라거나 "나이보다 젊어 보여요"라고 하면 얼굴 가득 웃음꽃이 핀다. 그녀 또한 할머니이기 이전에 여성이기 때문이다. 세상의 여성들이여, 자신의 이름을 당당하게 부르자. 나오는 옆구리살, 뱃살을 당당하게 드러내자. 오만하게 허리를 세우고 턱은 살짝 들고 당당하게 걸어가자. 내가 나를 아름답다고 여기면 나는 아름다운 여인이다. 내가 나를 섹시하다고 여기면 나는 섹시한 엄마다. 마초가 별것인가.

여직원, 함부로 만지는 물건 아닙니다

이은의 / 『삼성을 살다』

 오만 가지 생각이 든다. 책을 읽으면서 이렇게 생각이 많아진 적도 참 오랜만이다.

미술대학원생한테서 받은 디자인을 유명한 디자이너 카렌 리틀의 작품으로 둔갑시켰다가 손해배상 청구 소송에서 패소한 삼성에 관한 이야기, 국가인권위원회에 성희롱 피해 구제 신청을 넣었다는 이유로 부당해고를 당한 현대자동차 사내 하청 노동자, 그리고 민영화 이후 3년 동안 40여 명의 노동자가 사망한 KT까지, '골리앗 대 다윗의 싸움'처럼 복잡하고 무거운 사건들이 떠오른다. 그러다 갑자기 생각이 한데로 모아진다.

'내가 이은의였다면 그렇게 싸울 수 있었을까?'

이 글과 241쪽의 「신문 사회면을 보는 새로운 눈」은 《프레시안》에 게재된 원고를 수정한 것입니다.―편집자

여성으로서 직장 생활을 하고 있는 사람이라면 누구나 이 책 『삼성을 살다』를 읽으며 주인공 이은의에게 감정이입을 하게 될 것이다. 일하는 여성들 중 상사나 동료, 고객으로부터 은근한 성희롱이나 성적 모욕을 당해보지 않은 사람이 몇이나 될까. 이은의의 이야기는 바로 '우리'의 이야기이기 때문이다.

이은의는 1998년에 삼성에 입사했다. 그녀 역시 여느 직장인처럼 인정받는 프로가 되기 위해 열심히 일했다. 그러나 상사의 성희롱을 문제 삼았다는 이유로 강제 발령을 당하고 경계 대상이 되었다. 그녀는 꿋꿋이 회사를 다니면서 국가인권위원회에 진정을 넣고 회사를 형사 고발했으며 민사소송을 진행했다. 5년간의 소송 끝에 그녀는 이겼고 보란 듯이 회사를 나왔다. 이 책은 이은의가 삼성의 여직원으로 지낸 12년 9개월간의 이야기를 기록한 에세이다.

명실상부한 최고의 대기업, 삼성의 영업사원이라는 자부심으로 살던 그녀가 성희롱 피해자이자 '문제 사원'이 되기까지의 과정에는 우리 사회가 여성 직장인을 대하는 태도가 고스란히 드러나 있다.

"여사원으로서 해줘야 하는 의전이 부족한 거 아나? 아침에 상냥하게 모닝콜도 해주고 술자리 분위기도 좀 잘 맞추고 해야지 말이야……."

술자리에서 P팀장의 블루스 제안을 거절한 것이 이유였
다.(178쪽)

직장 여성은 누구나 상사로부터 블루스를 추자는 말을 듣나
보다. 나도 예외가 아니었다. 그런 경험을 이야기했던 사람들
의 얼굴도 떠오른다. 그 중의 상당수는 마지못해 블루스에 응
했고, 일부는 어렵게 거절했다. 나는 거절했지만 이은의처럼
문제 제기를 하지는 못했다.

문제 제기를 하지 못한 데에는 여러 가지 이유가 있었다. 어
차피 문제 제기를 해봤자 달라지지 않을 것이라는 생각도 있
었지만, 조용히 끝내는 것이 결과적으로 나를 위해 좋을 것이
라는 생각도 했던 것 같다. 내가 이은의였다면 그렇게 싸우지
는 못했을 것이다. 아마 대부분의 직장 여성이 이은의처럼 싸
우지는 못할 것이다. 이를 두고 비겁하다고 비난할 수 있을 것
인가.

실태 조사 결과는 비난의 화살을 다른 데로 돌려야 한다는 것
을 보여준다. '여성 노동자 직장 내 성희롱 실태 조사'에서 약
40퍼센트의 직장 여성이 지난 2년 동안 성희롱을 경험했다고
대답했다. 그 중 80퍼센트 가량은 아무런 사후 조치를 취하지
않았다. 적극적으로 대응해도 바뀌는 건 없을 것 같아서 그랬
다는 응답이 25퍼센트였는데, 실제로 사후 조치를 취했을 때

상대방에게 아무 변화가 없었다는 응답이 50퍼센트가 넘었다.

문제 제기를 하면 업무나 인사상의 불이익을 받게 될 것 같아서 침묵했다는 응답도 25퍼센트였는데 실제로 사후 조치를 취했을 때 그러한 불이익을 받았다는 응답이 50퍼센트 가까이 되었다. 이러한 상황에서 어느 누가 문제 제기를 할 수 있겠냔 말이다.

이은의 역시 처음에는 참았다. 그러나 성희롱은 멈추지 않았고, 더 이상 참을 수 없는 지경에 이르렀을 때 절규하게 된 것이다. 여자가 일을 하는 게 무슨 죄라도 되는지, 왜 여직원은 아무나 함부로 만져도 되는 물건 취급을 받아야 하는 건지.

마침내 용기를 낸 그녀는 회사가 문제를 회피하는 모습을 지켜보고, 업무상 불이익과 왕따를 당하고, 회사와 싸워나가는 과정에서 점점 더 강해졌다. 그녀의 용기와 끈기는 어디에서 비롯된 것일까. 이 책에 해답이 있다.

이렇게 내가 지쳐 나가떨어지듯 퇴사해버리면 그게 바로 선례가 될 터였다. 앞으로 성희롱이나 왕따를 당해서 문제제기를 하면 나를 선례로 삼아 구조 조정해 버리겠다는 말로 들렸다. 매일 아침 신문을 보면서 불끈 솟아나던 정의감이 일상에서는 망각되기 일쑤였는데, 엉뚱하게도 회사가 그것을 상기시켜주었다.(245쪽)

'내가 이은의를 알았다면 그녀를 대리해서 싸울 수 있었을까?'

이건 변호사로서 고민하게 되는 또 다른 문제다. 내가 피해자일 때에는 내가 당사자라서 문제 제기를 하지 않지만, 내가 아닌 다른 사람이 피해자일 때에는 내가 당사자가 아니기 때문에 쉽게 문제 제기하라는 말이 나오지 않는다. 노동자가 회사를 상대로 싸우는 것, 그것은 계란으로 바위 치기이기 때문이다. 정보와 권력과 사람까지 독점한 회사는 언제든지 자신에게 불리한 정보를 은폐하고 유리한 정보를 가공해낼 수 있다. 오랜 시간 기다려야 하는 것도 고통이지만 그 과정에서 동지들까지 잃어버리기 십상이다.

긴 왕따 생활을 하는 동안 의지가 되었던 재무팀의 계약직 언니는 '나는 자존심을 지킬 힘이 없으니 연락을 하지 말아 달라'는 문자를 끝으로 연락을 끊었다. 언니의 비감이 그대로 느껴져 슬펐다.(216쪽)

이런 상황에서 이길 수 있으니 같이 싸우자, 당신은 버티기만 하면 된다고 이야기하는 것은 오히려 무책임하게 들린다. 특히 성희롱 사건에서는 더더욱 그렇다. 문제가 제기되었을 때 회사는 진실을 밝혀내기보다는 진실을 덮어버리려 한다. 회사가 진실을 밝혀내려는 액션을 취하는 경우에도 객관적인

제3자 대신 가해자의 입장을 대변하는 사람이 조사를 하고 있
으니 진실이 밝혀질 턱이 없다.

결국 문제를 제기한 사람만 불만 세력 또는 부적응자로 낙
인 찍힌다. 회사는 피해자를 '꽃뱀'으로 몰아가면서 피해자가
해고를 당하거나 좌천된 것은 그의 무능력 때문이라고 변명한
다. 남녀고용평등법은 "사업주는 직장 내 성희롱 발생이 확인
된 경우 지체 없이 행위자에 대하여 징계나 그 밖에 이에 준하
는 조치를 하여야 한다", "사업주는 직장 내 성희롱과 관련하
여 피해를 입은 근로자 또는 성희롱 피해 발생을 주장하는 근
로자에게 해고나 그 밖의 불리한 조치를 하여서는 아니 된다"
고 정하고 있지만 법과 현실은 괴리되어 있다.

법과 현실이 괴리된 데에는 섬세하지 못한 법 규정에도 책
임이 있다. 성희롱 발생 시 사업주가 해야 할 조치에 대해 단
몇 줄이라도 법에 명시가 되어 있다면 회사가 이렇게 뻔뻔하
게 나오지는 않았을 것이다.

이런 상황에서 포기하지 않고 버텨낸 이은의가 존경스럽고
고맙기까지 하다. 지난한 싸움을 하는 동안 이은의가 용기를
잃지 않을 수 있게 도운 그의 대리인 또한 칭찬받아 마땅하다.

사람들은 우리가 삼성과 싸우느라 삶이 피폐해졌다고들 한
다. 하지만 사실 우리는 삼성이 우리 삶을 피폐하게 만들었기

때문에 싸움을 시작하게 되었다. 주어야 할 것을 주고, 해야 할 의무를 하지 않으면, 언젠간 그것들이 부메랑이 돼서 돌아오기 마련이다.(273쪽)

사실 처음 이 책을 접했을 때에는 고약한 심보가 먼저 발동했다. 아무리 겸손한 척해봤자 에세이가 결국 길게 늘려 쓴 자기 자랑 아니겠냐는 생각이 먼저 들었다. 그러나 문장 하나하나에서 작가의 진심, 솔직함 그리고 섬세함을 느낄 수 있었다. 그래서 어느 순간 책에 밑줄까지 쳐가며 읽게 된다. "나도 여자라서 받는 상처가 많았지만, 누군가에게는 내가 여자인 게 상처가 되고 있었다"라든가 "다행히 절망보다 분노가 컸다"라는 문장에는 밑줄이 두 번 그어져 있다. 보통의 에세이와 달리 편안함 대신 긴박감이 앞서는 것도 신기하다. 작가의 필력이 여느 소설가보다 못하지 않다. 마치 한 편의 소설을 읽고 있는 기분이다.

아쉬운 점이 있다면 책의 제목이 '삼성을 살다'이며, 책의 홍보 과정에서 작가가 '엄친딸'로 소개되고 있다는 것이다. 판매를 높이기 위한 전략이었겠지만 성희롱을 당하는 여성 직장인의 이야기는 삼성에만 존재하는 것이 아니고, 이은의가 용기를 낼 수 있었던 것이 그가 대기업 사원이라거나 스펙이 좋아서가 아니었지 않은가.

여성이라면 누구나 이은의가 같은 상황에 놓일 수 있고, 그럴 때 회사가 보이는 반응도 삼성이든 다른 회사든 엇비슷할 것이다. 문제는 그럴 때 우리가 어떻게 행동할 수 있을까다. 일하는 여성으로서 존엄성을 지키며 살아가기가 참으로 어려운 이 사회에서, 이 책은 우리에게 '용기를 내라'고 주문하는 희망의 메시지다.

여성의 언어로 말할 수 있는가

정희진 / 『페미니즘의 도전』

김성리 민주주의의 메카라고 불리는 미국에서도 여성의 참정권은 1920년에야 헌법으로 인정받았다. 많은 여성들이 투쟁으로 일구어낸 값진 결과였다. 한국은 1948년에 여성이 참정권을 인정받았다. 미국에 비하면 투쟁도 없이 평화롭게 진행되었으며, 여성이 투표권을 행사하는 것에 대한 사회적인 반발도 거의 없었다. 오히려 선거철이 되면 여성용 고무신이 불티나게 팔리던 시절도 있었으니 여성의 힘이 약했다고 볼 수는 없다. 선거가 다가오면 어린 시절의 우리 집에도 어머니와 할머니에게 몇 켤레의 고무신이 배달되곤 했다.

그러나 곰곰 생각해보면, 투표권이 여성의 권리와 무슨 관계가 있을까 싶다. 우리는 아직도 문패가 부부 이름으로 나란히 걸려 있으면 한 번 더 눈이 가고, 집문서를 부부 이름으로 하려면 시댁의 격렬한 저항에 부딪쳐 싸워야 한다. 심심찮게 언론에 나오는 과도한 혼수의 피해자도 여성이다. 심지어 '암탉이 울면 집안이 망한다', '여자 셋이 모이면 그릇이 깨진다', '여자와 소인은 너무 가까이하지 마라' 등 여성을 폄하하는 속담들도 있다. 인구의 반이 여성임에도 여성에 대한 폄하는 끊임없이 계속되고 있다.

심지어 같은 여성끼리 견제하고 비하하는 경우도 있다. 시어머니와 며느리 사이에서 이런 일이 특히 자주 일어난다. 며느리이기 이전에 독립된 한 인간으로서의 권리를 찾으려면 언제나 가로막는 사람이 시어머니다. 여성의 적은 여성인 셈이다. 그뿐이겠는가. 남편도 내 편이라고 할 수 없는 상황이 연속된다. 오죽하면 '내 편'이 아닌 '남 편'이겠는가. 남편도 아들이고 아들은 여성의 몸을 빌려 세상에 나왔지만, 남성들은 그 사실을 항상 망각하고 산다.

이러한 환경에서 자신의 권리를 찾고자 하는 여성들에게 으레 따라붙는 수식어가 있다. '페미니스트'다. 페미니스트는 '고집이 센', '말썽을 일으키는', '안 해도 되는 일들을 괜히 들쑤시는' 여자라는 이미지가 강하다. 그래서 페미니즘은 여성의 관점으로 사회나 문화를 보는 것이 아닌, 드세고 기센 여성들이 자신의 말만 하는 것으로 매도당한다. 정희진은 『페미니즘의 도전』에서 페미니즘에 대하여 명쾌한 정의를 내린다.

사람들은 대개 여성학이나 여성운동을 여성의 상황에 대해 말하는 것으로 알고 있다. 그러나 사회문제, 사회 자체를 여성의 눈으로 보는 것이 여성학이다.(31쪽)

　남성 위주의 사회에서 정희진은 "남성이 자기를 알려면 여성문제(젠더)를 알아야 한다. 여성이라는 타자의 범주가 존재해야 남성 주체도 성립하기 때문이다"(13쪽)라고 주장한다. 여성의 문제가 남성과 결코 무관하지 않다는 뜻이다. 진정한 페미니즘은 거부하거나 반항하는 것이 아니라 협상하고 소통하여 공존하는 것이 궁극적인 목표이기 때문이다. 이 말은 여성의 사회·문화적 위치가 남성과 동등하지 않다는 것을 의미한다.

　나는 자칭 불량주부다. 마흔이 넘어 전공을 변경하여 만학도의 길을 걷기 시작한 후부터 언제나 책을 읽어야 했기에 앉아서 즐기는 수다가 부담스러웠고, 청소 등의 집안일에 정성을 기울일 수 없었다. 지금도 달라진 건 없다. 방학을 맞이하여 집에 온 딸은 굶지 않기 위해 밥하고 국 끓이고 반찬을 만든다. 인터넷이 좋은 길잡이를 하고 있다. 입고 나갈 옷이 없어서 몇 번 당황해 하더니 이제 빨래도 하고, 음식물도 갖다 버린다. 고무장갑을 끼고 싱크대 앞에 서 있거나, 친구를 만나고 들어오는 길에 반찬 만들 재료를 사들고 올 때도 많다.

　저자는 "여성주의는 남성 언어에 익숙한 사람들에게 사유의 전환을 요구한다"(33쪽)고 단언한다. 우리 사회에 통용되는 남성 언어는 일종의 규범과 같은 것이다. 이것을 라캉은 '아버지'로 표현한다. 아버지는 법이며 질서이며 또 다른 통제다. 영화배우 안젤리나 졸리의 딸인 샤일로의 옷차림새와 취향이 한때 호사가들 사이에서 화제가 된 적이 있다. 세계적인 배우를 부모로 둔 예쁘고 어린 소녀가 장난감 큰칼을 허리에 차고 남자아이의 옷을 입고 머리를 짧게 자른 모습은 일반적인 통념을 깨는 것이었기 때문이다.

남성의 언어, 우리 사회를 지배하는 고정관념의 시선으로 본다면, 샤일로는 그래서는 안 된다. 레이스가 나풀거리는 원피스를 입고 금발의 긴 머리에는 예쁜 리본 핀을 꽂고 인형을 안고 있어야 한다. 샤일로는 소녀이기 때문이다. 나는 어린 샤일로의 사진을 볼 때마다 진정한 페미니즘을 만난다. 남성적인 언어가 지배하는 관념의 세계를 어린 여자아이가 통쾌하게 해체하기 때문이다. 나의 딸이 자신의 생존 방법을 스스로 찾는 모습에서도 쾌감을 느낀다. 딸은 아버지에게도 스스로 생존하기를 당당하게 말한다.

밥을 제때 짓지 않기, 청소하지 않기, 빨래는 시간 날 때 하기 등과 같은 것들이 여성주의는 결코 아니다. 진정한 여성주의는 자신이 좋아하는 것, 자신에게 중요한 것을 당당하게 스스로 실천하는 것이다.

페미니즘은 협상, 생존, 공존을 위한 운동이다.(40쪽)

불통(不通)인 타자, 즉 남성의 언어를 향하여 선전포고를 하
는 것이 아니라 자신의 의지대로 삶을 살아가는 것이다. 불통
의 관계는 관계가 아니다. 협상은 소통이며, 소통은 타인의 생
존을 나의 생존과 같은 것으로 인식하는 것이며, 이러한 인식
이 곧 공존이다. 여성과 남성이 서로의 문제를 공동의 문제로
인식하고 대화로 풀어갈 때 공존이 실현된다.

100일을 갓 넘긴 아이를 기르며 맞벌이를 할 때, 밤마다 아
이가 울었다. 아이의 울음소리에 짜증을 내는 남편을 두고 아
이를 업고 밤새 집 앞을 배회한 적이 자주 있었다. 내 등에서
떨어지면 울기 때문에 어떤 날은 아이를 업은 상태로 이불을
포개어놓고 거기에 엎드려 잠을 자기도 했다. 새벽이면 일어
나 아이의 이유식을 만들고 밥을 짓고 대충 세수만 하고 운동
화를 신었다. 자고 있는 남편을 깨울 생각도 없었다. 아이를
위탁 가정에 데려다주고 날카로운 울음소리를 등에 달고 미친
듯이 뛰어 차를 타고 출근했다. 주말이 되면 시댁에 가서 업힌
아이의 배가 등에 닿을 정도로 일을 하면서 우아하고 고상한
시집 식구들의 식탁을 풍성하게 차렸다. 돈을 버는 방법에 변
화가 있었지만, 그렇게 10년을 살았다.

한때는 그 10년의 시간이 억울한 적이 있었다. 그러나 그 10

년의 시간이 나를 깨웠다는 것을 안다. 그 시간이 없었다면, 내가 나를 찾는 여행 같은 것은 없었으리라. 시간은 위대하다. 말 없는 시간은 나의 잠자는 욕망을 흔들어 깨웠고, 다시 나를 찾기까지 10년의 시간을 걸었다. 나를 찾아가는 10년의 시간은 쓰나미처럼 몰려오는 일과 공부와 육아에 파묻힌 시간이기도 했지만, 행복하고 또 행복했다. 24시간 중 오로지 나를 위해 쓰는 시간이 있다는 사실 자체가 행복이었다. 그리고 다시 시작된 10년의 시간 중 4년째의 지점에 서 있다.

14년의 시간 동안 여성에 대한 고정관념과 사회적인 규범으로 무장한 남성의 언어는 언제나 나를 구석으로 몰아갔다. 그러나 남성의 언어가 아닌 여성의 언어로 사회를 이야기할 때 조화와 균형에 좀더 가까이 다가갈 수 있음을 알려준 것도 그들의 언어다. 자신의 관점에서 질서를 세우고 규범을 만들어 지켜나가기를 강요하는 언어보다 유연하고 '그럴 수 있겠구나'라고 생각하는 게 여성의 언어임을 이제 안다. 진정한 페미니즘은 '그럴 수 있겠구나', '나는 몰랐는데 참 힘들겠구나'라고 생각하는 힘, 그래서 위로해주고 위안 받는 따뜻함이다. '엄마니까 아내니까 며느리니까'라고 생각하기 전에 그녀들에게도 그녀만의 삶이 있다는 것을 인정해주는 것이다.

타인에 대한 인정은 남성이라고 예외가 될 수는 없다. 그들의 일을, 그들의 생각을 그들의 관점에서 바라볼 수 있을 때 진정한 공존이 이루어진다. 페미니즘은 소통의 언어이며 공존의 장이기 때문이다. 나의 딸이 스스로 가사를 분담해주는 것을 엄마에 대한 공존의 배려라고 생각한다. 어린 샤일로가 당당하게 자신만의 스타일을 즐길 수 있도록 배려해주는 안젤리나 졸리의 유연한 사고가 페미니즘이 지닌 소통이라고 여긴다.

살다 보면, '진정 이게 내가 원하는 삶이었던가?'라는 회의에 빠질 때가 종종 있다. 그럴 때에 스스로 질문을 던져보자. '내가 원하는 삶은 어떤 모습이었지?' 그 이후는 두 가지 길이 나타난다. 지금까지 그러했던 것처럼 그냥 그렇게 계속 회의하고 자학하면서 사는 길, 또 다른 길은 이전에는 상상도 못했던 많은 일들을 경험하면서 사회의 고정관념과 싸우고 타인의 질시를 넘으며 가야 하는 길이다. 어느 길을 가든 마음은 가시밭이고 순간순간 솟아오르는 분노를 만나게 된다. 그러나 확실한 것은 어느 길을 가든 '내가 나'임을 잊어서는 안 된다는 점이다. '내가 나'라는 진실을 인식할 때, 그곳에 여성의 언어가 자리 잡기 때문이다.

잊지 말자. 여성의 언어는 공존의 언어라는 사실을. 나를 찾는 길이 비록 험할지라도, 나를 알려면 타인을 알아야 하고, 나를 이해하려면 타인을 먼저 이해해줘야 한다. 서 말의 구슬을 바닥에 쏟으면 멀리 굴러가는 구슬도 있고 발 앞에서 뱅뱅 도는 구슬도 있다. 구슬을 꿰면 목걸이가 되지만, 꿰지 않으면 구슬로 남는다. 그러나 목걸이에 있는 구슬도 구슬이다. 어떤 구슬이 될지는 내가 선택하지만, 아름답지 않은 구슬은 없다. 다만, 나의 정체성을 잊지 않아야 한다. 멀리 가든 그 자리에서 뱅뱅 돌든.

**PART
2**

인생이라는
강을
건너는 법

행복의 조건, 불행의 조건

에릭 와이너 / 『행복의 지도』

김성리 사람은 '따라쟁이'다. 무엇이든지 따라 한다. 많은 실험들이 이를 증명했고, 다윈도 증언했다. 아, 트리나 폴러스는 이 따라 하는 병이 어떤 것인지를 『꽃들에게 희망을』이라는 책에서 보여준다. 이 책은 줄무늬 애벌레가 뭔가 있을 거라는 희망으로 애벌레 기둥을 따라 올라가지만, 그 희망으로 가는 길은 다른 곳에 있었다는 이야기다.

사람들이 희망을 갖는 이유 중 하나는 아마 자신이 불행하다고 생각하기 때문일 것이다. 희망이란 결국 행복해지고 싶다는 마음일 텐데, 행복이 자신과는 상관 없는 이야기라고 여기고 살아온 사람들에게 그 희망은 어떤 방식으로 존재할까. 그들이 찾는 희망이란 도대체 어디에 있는 걸까.

수업 시간에 학생들에게 "행복하니?"라는 질문을 던진 적이 있다. 순간 거의 모든 학생들이 당황하고, 강의실은 찬물을 끼얹은 것처럼 썰렁해졌다. '행복'이라는 단어가 무엇인지 알지 못한다는 표정으로 앉아 있는 학생들을 보며, 나는 상대적으로 불행해졌다. 그래서 역으로 질문을 다시 던졌다. "불행하다고 생각하니?" 세상에나! 모두들 "네"라고 대답했다. 호응을 얻었건만, 나는 행복해지지 않았다.

스무 살 언저리의 풋풋한 나이에 학생들은 행복보다 불행을 먼저 알았고, 행복이라는 단어 자체를 낯설어하고 있었다. 나의 학생들에게 행복은 로또 당첨만큼이나 멀리 떨어져 있었다. 두 시간 동안 학생들과 주거니받거니 하며 논쟁을 벌였다. 그리고 나온 결론은 이렇다. '지금까지 행복에 대해서 생각해 보지 않았고, 행복하다고 여긴 적도 없다. 그렇다고 불행하다고 느낀 적도 없다.'

착하디착한 나의 학생들이 그렇게 모호한 답을 만들어낸 이유는 공부에 있었다. 그들은 언제나 한 명만이 오를 수 있는 1등을 보고 달렸다. 부모들은 그들의 앞에서, 때로는 뒤에서 행복이라는 당근과 불행이라는 채찍으로 아이들을 조련했고, 아이들은 그 길을 완주했다. 아니, 완주 당했다. 학생들이 먹은 당근에는 돈, 명예, 권력 등이 행복이라는 포장지에 싸여 있었다.

반면, 아이들의 세계는 불행도 행복도 아닌 순간적인 즐거움이 지배하고 있었다. 늦잠 자기, 친구들과 길거리 농구 하기, 야구장 가서 형형색색의 막대 풍선 흔들기, 수다 떨기, 잡지책 돌려 보기, 아이돌 가수 공연장 가서 소리 지르기 등. 그 일들은 모두 '1등이 가질 수 있는 행복'에서 아이들을 멀어지게 하는 것들이었다. 그 아이들이 자라서 나의 학생이 되었고, 그들은 무엇이 행복인지 무엇이 불행인지 알 수 없는 상태가 되었다.

학생들에게 다시 질문을 던졌다. "행복을 느껴보지 못했으니 행복하지 않다고 말할 수 있나? 행복이 '나 왔수' 하고 소리 지르며 올까?" 묵묵부답, 그들의 반응은 시큰둥하기만 했다. 그래서 이번에는 당근을 던졌다. "내가 이 수업을 10분 빨리 끝내준다면 너희들은 행복할까? 불행할까?" 놀랍게도 즉시 반응이 왔다. "행복할 거예요." 나는 그날 학생들에게 행복을 선물했다. 학생들은 함성을 지르며 강의실을 나갔고, 덩달아 나도 행복해졌다.

태생적으로 역마살을 타고난 남자가 행복 탐색을 위해 열개의 나라를 여행한 후에 책을 냈다. 그 책, 『행복의 지도』에서 이 남자는 말한다.

행복을 찾는 것이 불행의 중요 원인 중 하나이긴 하지만, 그건 괜찮다. 난 이미 불행하니까.(12쪽)

그래서 행복을 찾지 못한다 하더라도 밑져야 본전인 셈이다.

이 남자가 행복을 찾아가기 위해 보는 지도의 이름은 '남들 따라 하지 않기' 다. 그 지도대로 행복 탐험을 떠났고, 그의 지도에는 다음과 같은 지명이 첨가되었다.

행복은 끝없는 관대함이다—네덜란드

행복은 완벽함에서 오는 권태다—스위스

행복은 국가의 최대목표다—부탄

행복은 복권 당첨이다—카타르

행복은 실패다—아이슬란드

행복은 어딘가 다른 곳이다—몰도바

행복은 생각하지 않는 것이다—태국

행복은 진행 중인 작업이다—영국

행복은 모순이다—인도

행복은 집이다—미국

아쉽게도 한국이 빠졌다. 행복으로도 불행으로도 후보에 들지 못한 것일 수 있다. 나의 학생들이 행복하지도 불행하지도 않다는 희대의 답을 내놓은 것을 보면, 최소한 불행하다는 것이 증명되지 않은 셈이니 아직은 내가 살 만한 나라에 살고 있다는 말이다. 그러니 모험심으로 가득 찬 탐험가에게 우리는 이미 호기심의 대상이 아닐 수도 있다.

행복하기 위해서 필요한 게 무엇일까? 먼저, 돈이 아닐까. 돈이 많이 있다면 내가 원하는 것을 모두 가질 수 있다. 심지어 늙지 않을 수도 있고, 고장 난 장기를 교체해가며 150살까지 살 수 있을지도 모른다. 우리는 텔레비전 화면에서, 영화관 스크린에서, 잡지에서 도저히 믿을 수 없을 정도로 팽팽하고 탄력 있는 노인의 얼굴을 자주 만난다. 그 모든 것이 돈과 결부되어 있다.

돈이 많으면 굳이 힘들게 일하지 않아도 되고, 밤새워 책과 씨름하지 않아도 된다. 돈이 많으면 행복하리라는 생각은 오늘날의 이야기만은 아니다. 남의 나라에까지 갈 필요 없이 우리의 『허생전』을 만나면 된다. 허생은 배고프고 추워도 책을 읽으면 행복했지만, 그의 아내는 그렇지 않았다. 허생은 불행한 아내를 위하여 돈을 벌었고, 무인도를 사서 도적들을 격리해 사회정의까지 구현했다. 그러나 정작 허생 자신은 행복하지 않았는지 자취를 감추어버린다.

행복 탐험가인 저자는 '카타르'에서 돈이 차고 넘치는 사람들의 삶을 탐험한다. 그곳에서 확실하게 변하지 않는 것은 '단단한 더위'뿐이다. 카타르의 사람들은 철저하게 돈에 의해 유지되는 삶을 산다. 국가와 국민 모두 돈이 많다 보니 끝없이 무엇인가를 욕망한다. 노예도 돈이 많은 나라지만, 노예와 노예를 부리는 사람 간의 계급차는 여전하다. 큰 부자들은 '환경 친화적', '세탁세제'와 같은 단어를 모른다. 그런 것들은 노예들의 일이기 때문이다. 카타르에서는 모든 것을 돈으로 해결할 수 있다. 그들은 석유를 팔아 번 돈으로 무엇이든지 사들인다. 애써 공장을 지어 환경을 오염시킬 필요가 없다. 비행기가 살아가는 데 필요한 것들을 전부 가져다주기 때문이다. 그런데, 이 천방지축 탐험가는 커다란 문제에 봉착한다.

사람이 사치를 지나치게 즐기다 못해 아주 지겨울 정도가 되면, 그 사람의 영혼은 어떻게 될까?(150쪽)

결국 저자는 답을 찾지 못한 채 카타르를 떠난다.

돈은 결코 행복의 조건이 될 수 없다는 사실을 우리는 인정해야 하지 않을까. 물론, 삶을 여유롭고 풍족하게 지낼 수 있는 최고의 조건이 돈임을 부인할 수는 없다. 하지만 돈으로 안락함과 편리함, 권태로움은 살 수 있을지언정 행복은 살 수 없다. 그것을 아주 옛날 우리의 허생이 말했고, 오늘날 『행복의 지도』의 저자 에릭 와이너가 말하고 있다.

그럼 가난하면 어떨까? 그래서 에릭은 부탄으로 간다. 부탄은 국민총생산보다 국민행복지수가 더 중요한 나라다.(116쪽) 부탄에서 말하는 국민행복지수란 "자신의 한계를 아는 것, 어느 정도면 충분한지 아는 것을 뜻한다."(117쪽) 그래서 부탄에서는 길거리의 개도 행복하다. 왜냐하면 길거리의 개에게 필요한 것은 최소한의 먹이와 잠자리뿐인데, 아무도 그 동물을 나무라거나 쫓아내지 않기 때문이다. 불교 교리의 영향도 있겠으나 실은 길거리 개들의 생존에 필요한 것들이 부탄 사람들에게는 필요하지 않기 때문일 것이다.

나에게 필요하지 않지만, 타인이 가지는 것은 용인할 수 없는 게 사람의 배배꼬인 심보다. 사촌이 땅을 사면 갑자기 배가 아프지 않은가. 그러나 부탄 사람들은 자신에게 필요한 것이 필요한 만큼만 있으면 행복지수가 최고로 올라가므로 타인의 시선에 신경 쓸 필요도 없고, 타인보다 많이 가져야 할 필요도 없다. 부탄의 사람들이 실제로 저자가 생각하는 대로 행복하다고 느끼는지는 알 수 없으나 최소한 불행해 보이지는 않는다.

그럼, 가난이 행복의 조건인가? 천국은 마음이 가난한 자들의 것이라고 예수도 말씀하시지 않았나. 잠깐, 부탄 국민들이 가난한 것이 물질적인 것인가? 심리적인 것인가? 카타르 국민들이 볼 때, 부탄의 국민들은 분명 불행하게 보일 것이다. 그렇다면, 부탄 국민들의 눈에 카타르 국민들은 행복해 보일 것인가? 나는 여전히 혼란스럽다. 행복과 불행의 차이가 확연하게 드러나지 않기 때문이다.

저자는 후기에서 말한다.

행복의 본질에 대해 아주 포괄적으로 일반화를 할 사람은 바보 아니면 철학자밖에 없다.(473쪽)

행복은 미꾸라지 같다.(473쪽)

이 책의 저자는 '남들 따라 하지 않기' 지도를 따라 열 개의 나라를 돌고 돌아 자신의 가족에게로 돌아갔다. 그리고 아내와 아이에게서 행복의 원천을 찾는다. 불행하게도 다수의 '따라쟁이'들은 오늘도 행복을 옆에 두고 먼 곳을 배회하고 있다.

오직 한 사람만 차지할 수 있는 1등 자리에 오르기 위해 옆도 보지 않고 뒤도 돌아보지 않고 12년을 달려온 나의 학생들은 '따라쟁이'다. 막연한 희망만 품고 애벌레 기둥을 올라가던 줄무늬 애벌레처럼 한 명의 자리를 향해 백 명이 달리기를 했기 때문이다. 지금도 또 다른 아이들이 똑같은 달리기를 하고 있다. 그 아이들이 '남들 따라 하지 않기' 지도를 만들어 자기만의 길을 갈 때, 나는 강의실에서 그들과 함께 무한한 행복을 누릴 수 있으리라 믿는다.

내가 수업을 10분 빨리 마쳐 나의 학생들이 일탈의 기쁨 속에서 잠시 행복했다면, 우리가 15도만 몸을 틀어 옆을 봐준다면 그 아이들은 오랜 시간 동안 행복해지리라. 행복은 말 없는 아이들에게서 함성이 나오게 만들고, 무표정한 얼굴에 꽃을 피우게 하리라. 그 행복은 멀리 있지도 않고, 비싸지도 않다. 나의 가장 가까운 곳, 내 안에서 언제든지 밖으로 나올 채비를 마치고 기다리고 있다. 행복이 밖으로 나오는 데에 돈이 얼마나 들까? 권력이 작동해야 할까? 하인이 명예롭게 문을 열어주어야 할까? 글쎄……

인생엔 마돈나가 필요하다

앤 타일러 / 『우연한 여행자』

평균. 사전적 정의는 '많고 적음을 고르게 하다'.

『우연한 여행자』의 주인공 메이컨은 규칙적인 생활을 해야 안심이 되는 남자다. 평균을 지향하는 캐릭터인 셈이다. 모험을 싫어하는 그가 가진 직업은 아이러니컬하게도 여행 작가다. 특히 출장 여행 전문인데, 어느 곳에 가도 집에 있을 때처럼 생활하는 그의 천성이 오히려 글쓰기에 미덕으로 작용하는 것 같다. 그가 쓴 책의 표지에는 안락의자에 날개가 달려있는 그림이 그려져 있는데, 그 그림이 그의 특징을 그대로 보여준다.

그러던 그의 인생에 예상치 못했던 일들이 일어난다. 아들의 죽음, 아내의 일방적인 이혼 통보…… 메이컨은 당황하기 시작한다. 성격상 모든 것이 원래대로 제자리에 있어야 하는

데 그가 도저히 제어할 수 없는 일들이 연달아 일어나기 시작한 것이다. 그래서 그는 밥도 안 먹고, 글도 안 쓰고, 사람들과 말도 하지 않는다. 살아있는 시체, 좀비와도 같은 상태가 된 것이다.

마돈나! 짧은 심지를 더우잡고 눈물도 없이 하소연하는 내 마음의 촛불을 봐라.

이상화의 「나의 침실로」라는 시의 한 부분이다. 메이컨의 마음이 이랬을까? 자신의 삶을 지키기 위해 늘 살아오던 방식대로 살아간 것이 오히려 그의 삶을 좀먹고 있었다. 결국 나락으로 떨어진 메이컨은 자기 앞에 펼쳐진 현실을 인정하지 못한 채 소리 없고 눈물 없는 비명을 지르게 된 것이다. 메이컨의 절규는 아내에 대한 집착으로 표현된다. 그는 아내가 돌아오길 바란다. 아내를 사랑해서라기보다는 아내와 사는 것이 평균적인 삶이기 때문이다. 하지만 이제 새로운 삶을 시작한 아내는 메이컨의 외침에 귀 기울여줄 여력이 없다.

그런 메이컨 앞에 이상화의 마돈나가 등장한다. 메이컨이 기르던 개가 주인의 정신적 상처를 대신 드러내기라도 하듯 갑자기 난폭해지고, 그 때문에 메이컨이 동물 보호소에 가게 되는데 그곳에서 동물 보호소 직원인 뮤리엘을 만나게 된 것이다. 이상스러운 울림을 가진 여자, 뮤리엘 프리쳇. 그녀는 표준적인 사람과는 거리가 멀다. 어두운 골목을 걷다 강도를 만나면 그녀는 가방으로 강도의 턱을 후려쳐버린다. 맞춤법에 맞는 말보다 틀린 말을 더 많이 하며 교양도 없다. 그녀가 입는 옷들은 지나치게 파이거나 심하게 찢어진 것들이라 예의를 차려야 할 자리에는 도무지 어울리지 않는다. 집도 주택가가 아닌 슬럼가에 있다. 나이도 메이컨보다 훨씬 어리다. 한마디로 메이컨과는 정반대의 성향과 조건을 갖고 있어 전혀 어울리지 않는 인물이다. 하지만 메이컨은 그녀에게서 평균적인 삶보다 평균적이지 않은 삶이 행복할 수 있다는 것을 배운다. 결혼도, 자식도, 직업도, 무엇 하나 자신이 선택해본 적 없고, 쳇바퀴 돌듯 똑같은 일상만 반복해오던 메이컨에게 그녀는 스스로 선택할 수 있는 자유를 경험하게 해준다. 그녀는 그의 진정한 마돈나인 것이다.

책의 좋은 점은 자신을 비춰볼 수 있다는 것이다. 주인공인 메이컨을 통해 나도 내 삶을 돌아보게 되었다. 교사의 직업상 특성이랄까? 나도 평균을 좋아한다. 모든 것이 제자리에 있는 상태, 모든 상황이 원만한 상태, 너무 격정적이지도 너무 냉정하지도 않은 상태, 나에게도 타인에게도 많은 것을 바라지 않는 상태……. 그래서일까? 가끔 내 삶의 단조로움에 내 목이 조이는 기분이 든다.

결혼 전에 친구가 했던 말이 항상 귀에 맴돌곤 한다. "선영아, 너는 평범한 것 같아. 평범하기 어려운 거 너도 알지? 그래서 너랑 네 신랑도 평범하고 아무 문제 없이 무난하게 잘 살 것 같아." 물론 평범하게 사는 것도 어렵다. 아무 문제 없이 무난하게 살기란 로또 맞기보다 어렵다는 것을 교사 생활을 하면서 자주 느낀다.

그래도 사람에게는 존재를 인정받고 싶은 욕구가 있다. 매슬로우라는 심리학자에 의하면 인간의 최상위 욕구는 자아실현의 욕구라고 한다. 아무래도 남과 같은 평균적인 삶 속에서 자아실현을 하기는 어려울 것이다. 그래서 내게는 남과 다른 삶, 뮤리엘의 삶처럼 활력이 넘치는 삶에 대한 열망이 있다. 학교에서는 50명의 교사 중 하나로, 가정에서는 누군가의 엄마로 불리지만, 나는 그 무엇보다 한 명의 여자인 '홍선영'으로 살고 싶다.

언젠가 남편이 내게 기업의 기본적인 목표가 무엇인지 아느냐고 물었다. 난 사회 시간에 배운 대로 이익 추구라고 대답했다. 그러자 "돈 벌고 나면?"이라고 남편이 물었다. 그래서 모른다고 대답했다. 남편은 지속적인 경영이라고 말했다. 회사가 어느 정도의 수익을 내면서 거느리는 직원과 자신의 안락한 생활이 계속되도록 할 수 있으려면 회사가 지속적으로 경영될 수 있어야 한다고 했다. 지속적인 경영은 그대로 두면 가능한가? 아니다. 모험이 필요하다. 예를 들어 여학생들의 롤모델이 되고 있는 한경희 대표가 있다. 평범한 주부였다가 생활 속의 필요에서 나온 스팀 청소기로 기업의 대표가 되었다. 스팀 청소기만 팔아서 지속적인 경영이 될까? 아니다. 모든 가정이 스팀 청소기를 산다고 가정하면 더 이상 회사가 존재하지 못한다. 그래서 요즘 그 회사는 오븐기도 만들고 다리미도 만든다. 모험을 하는 것이다.

사람의 삶도 마찬가지다. 사람이 지속적으로 살기 위해서는 모험이 필요한 것 같다. 10년이면 강산도 변한다. 나는 교사 생활도 10년이 넘었고 결혼 생활도 올해로 10년째다. 젊은 날의 나는 평균적인 사람이었다. 서대문구에 살면서도 명지대 주변에는 유해한 것이 많다는 말에 고등학교 때까지 명지대 근처에도 가보지 않았고, 저혈압 때문에 기절했을 때에도 깨어나자마자 과외 아르바이트에 늦지 않기 위해 발걸음을 재촉했다. 어른들이 그어놓은 금 안에서만 바르게 산 셈이다. 하지만 나도 내심 그러한 삶이 좋지만은 않았는지, 평균을 거부하려는 욕망이 지킬 박사의 하이드처럼 불쑥불쑥 튀어나오곤 했다. 자율학습 빼먹고 집으로 도망가기도 했고, 비가 수두룩하게 내린 시험지를 동그라미로 고쳐보기도 했다. 물론 엄마한테 바로 들통이 났지만……. 또 교생 시절에는 학교간 농구 대회에 가서 정장 웃옷을 벗어 들고 격렬한 응원전을 펼쳐 학생들과 동료들을 놀라게 하기도 했다.

　이 책의 메이컨을 통해 내 평범한 삶이 마냥 평범하지만은 않았음을 깨닫는다. 모험이나 일탈을 통해 사람은 삶의 활력소를 얻는다. 그래야만 지속적인 인생 경영이 이루어질 수 있다. 삶이 무료한가? 지금 삶에 지쳤는가? 주인공 메이컨의 평균과 일탈 사이의 놀라운 균형을 보라. 그리고 내 삶의 작은 모험을 시작해보라. 단! 지속적인 삶의 경영이라는 기본 원칙은 지켜야 할 것이다. 과도하고 통제 불가능한 모험은 위험할 수 있기 때문이다. 자기 주도적 선택에 의한 모험과 일탈은 앞으로 남은 인생의 몇십 년을 지속해가는 힘이 되어줄 것이다.

죽음, 사랑하는 이와의
영원한 이별 앞에서

모모이 카즈마 / 『아내와 함께한 마지막 열흘』

김성리 얼마 전, 유난히 나를 따르던 녀석의 부음을 들었다. 멀리 통영까지 엠티를 갔을 때, 늦도록 술을 마셨는데도 아침에 일어나 김치찌개를 유난히 맛있게 끓여주었던 사람이 20대의 나이에 요절했다는 소식에 하던 일을 계속할 수가 없었다. 당시에 나는 개인적으로 무척 힘겨운 일을 겪으면서 겨우 버티고 있던 중이었기 때문에 그 소식은 나를 완전히 해체시켜버렸다. 카톡에 올라와 있는 사진을 보며 한동안 멍하니 있는 것 외에 내가 할 수 있는 게 없었다.

우리는 살면서 많은 이별을 반복한다. 다시 만날 것이 약속된 이별이 있는 반면, 영원히 만날 수 없는 이별도 있다. 영화나 드라마, 또는 문학작품을 통해 이별을 보지만, 실제로 영원한 이별이 나에게 예고 없이 찾아오면 어떻게 해야 할까. 모모이 카즈마는 사랑하는 아내를 떠나보낸 후 3년이 지나서야 아내와의 이별을 『아내와 함께한 마지막 열흘』에 털어놓았다. 그는 아내를 "비열한 것, 교만한 태도를 철저히 싫어했고, 증오가 아닌 용서를, 사랑을 선택하려고 했던 여자"(248쪽)로 기억한다.

누군가에게 기억된다는 건 어떤 의미일까. 아니 누군가를 기억한다는 것은 그의 삶에 어떤 가치가 있는 걸까. 오래전에 만난 한 여인이 있다. 그 여인은 치매에 걸린 시어머니와 두 아들과 살고 있었다. 치매에 걸린 시어머니로 인하여 한바탕 난리를 치른 후, 우리 둘은 마주 앉았다. 그 여인은 아름다운 얼굴과 시원시원한 말솜씨를 지니고 있었다. 가끔씩 만나는 그녀의 큰아들은 키가 컸고, 말이 없지만 눈빛이 다정한 청년이었다.

그 여인의 남편은 아들과 똑같았다고 했다. 큰아이가 여섯 살, 작은아이가 세 살이던 20여 년 전에 남편은 "갔다 올게"라는 말을 남기고 출근한 지 30분 만에 주검이 되어 돌아왔다. 시어머니는 젊디젊은 며느리가 안쓰러워 수없이 재혼을 종용했다. 그 여인은 말했다. "나는 아직도 잠들기 전에 그이의 체온을 느껴요." 남편은 떠나기 전날 밤, 버스 정류장으로 마중 나온 아내를 업어주었다. 남들의 이목이 창피해서 거절하는 아내를 억지로 업고 골목을 걸어오면서 사랑한다고 고백했다.

그때 남편 손바닥의 체온을 볼기에 느끼며, 남편의 등이 참 넓고 따뜻하다고 여기며 잠시 잠이 들었더랬다.

여인은 20여 년을 밤마다 남편의 등에 얼굴을 기대고 볼기에서 남편의 손길을 느끼며 잠이 든다고 했다. 그러나 그녀는 매일 상처받고 살았으리라. 만질 수 없고 마주 볼 수 없는 사랑을 떠나보내지 못하는 삶은 언제나 죽음과 함께하는 삶이기 때문이다. 지두 크리슈나무르티는 죽음을 이해하려면 삶 전체를 이해해야 한다고 했다. 그 여인은 남편의 삶도 자신의 삶도 온전하게 받아들이지 못하고 그리움과 슬픔 속에서 살고 있었다.

모모이 카즈마의 아내 역시 아침에 명랑하게 출근했다가 혼수상태로 돌아와 남편 곁에서 열흘을 더 살다가 갔다. 어린 딸은 충격으로 말을 더듬었고, 저자는 순간의 기억을 상실했다. 말이 없는 아내와 단 둘이 있고 싶어 면회 온 사람들을 돌려보내기도 하고, 아내의 모든 것을 간직하고 싶어 의식 없는 아내와 입을 맞추기도 했다. 우리들에게 삶이 있다면, 죽음은 그 삶과 함께 찾아온다. 다만, 삶에 가려져 있어서 보이지 않을 뿐이다. 그래서 삶과 죽음은 언제나 함께한다. 저자는 자신의 삶 한가운데에 들어와 있는 아내의 죽음 앞에서 끝없이 절망하고 상처받고 있었다.

살면서 받는 상처가 죽음에 의한 이별뿐이겠는가. 죽음 이후의 시간은 더 캄캄하고 외롭다. 모모이 카즈마가 3년이 지난 후에야 아내와의 이별을 세상에 알린 것이 이별 후의 고통을 말해준다. 아내가 말 없이 숨을 쉬었던 열흘이라는 시간이 그에게는 끝없는 슬픔의 길이자, 혼자 상처받는 시간이었다. 그럼에도 모모이 카즈마는 아내가 자신을 떠난 후의 시간보다 함께한 시간에 자신의 모든 것을 쏟았다. 의식 없이 누워 있는 아내의 머리에 씌우는 수건을 매일 빨고 다렸다. 저자가 사별 이후의 시간에 집착했더라면, 아내와의 이별을 이처럼 아름답고도 절절하게 말할 수 없었을 것이다. 현재의 시간 속에는 저자와 아내의 과거가 함께 들어 있지만, 미래의 시간 속에도 아내가 함께 있을지는 아무도 모른다. 그러나 미래는 아직 오지 않은 것이므로 미리 준비해야 할 필요는 없다. 현재에 충실하면 미래가 바뀌기 때문이다.

그런데 오지 않은 미래에 집착하면, 우리들의 삶은 상처투성이가 된다. 내가 오늘을 살면서 죽음을 생각하지 않는 것처럼 내일도 생각하지 않으면 지금이 평온하다. 내일을 위해 우리가 할 수 있는 것은 없다. 내일 내가 어찌 될지, 어떻게 내일이 다가올지 알 수 없기 때문이다. 아내에게 죽음이 언제 찾아올지 몰라 저자는 매일을 슬픔으로 보냈다. 그러나 슬픔으로 지금을 소비하지 않았다. 그는 아내 곁에서 그가 사진작가로 누볐던 죽음의 현장들을 되새기며, 아내가 그에게 주었던 용기와 사랑을 하나씩 꺼내어 들여다보았다.

《엘르》의 편집장이었던 장 도미니크 보비는 '감금증후군(locked-in syndrome)'으로 온몸이 마비되어 서서히 죽어가는 15개월 동안 유일하게 움직일 수 있는 왼쪽 눈꺼풀을 깜박여 『잠수복과 나비』를 만들었다. 그는 이 책에서 자신의 삶을 진솔하게 나타내면서 자신을 잠수복에 갇힌 나비로 표현했다. 열쇠로 가득 찬 세상이지만, 자신을 가두고 있는 잠수복을 열 열쇠는 어디에도 없다는 것을 알기에 그는 오로지 눈깜박임으로 한 권의 책을 만들었다.

모모이 카즈마는 지금에 충실했지만 슬픔으로부터 완전히 벗어나지 못하고 있었다. 보비는 잠수복을 탈출하지 못했지만, 그의 책은 나비가 되어 남아 있는 사람들이 슬픔을 극복할 수 있게 도와준다. 사랑하는 사람과의 이별만큼이나 '나'를 상실하는 슬픔도 크고 깊다. 슬픔을 극복하는 방법은 다르지만, 내가 직접 때로는 책을 통해 만난 사람들에게 공통적으로 느낀 것은 죽음을 두려워하거나 비켜가지 않고 지금에 충실하다는 점이다.

모모이 카즈마는 바지를 소변에 적시거나 기억을 잠시 잃기도 하지만 아내와 함께하는 하루하루의 시간을 온 힘을 다해 보냈다. 보비는 움직일 수 없는 몸으로 자신의 삶의 흔적을 남겼다. 내가 만났던 여인은 남편의 부재에 상처를 받으면서도 자기가 있어야 할 자리를 굳건히 지켰다. 그들은 슬픔을 피해

가거나 외면하지 않았다. 자신들에게 극한의 슬픔을 안겨주는 상처의 실체를 마주 보고 스스로 쓰다듬어주고 있었다. 그들은 자신이 버려야 할 것이 무엇인지 알고, 버리고 있었다.

나를 아프게 하는 것들은 어떤 공식도 없고 실체도 없이 언제나 나의 주위를 맴돈다. 공식이 없으니 정해진 해답도 없다. 그래서 살면서 언제나 함께해야 하고 끝까지 가지고 가야 한다. 어떤 이는 죽음을 삶의 끝에 놓았지만, 어떤 이는 죽음을 삶의 가운데서 만난다. 죽음은 나의 의지와 관계 없이 언젠가는 만나야 한다. 그러나 슬픔은 내가 지금을 어떻게 보내느냐에 따라 나의 삶을 갉아먹을 수도 있고 나의 삶을 풍족하게 할 수도 있다.

그 아이의 죽음은 나에게 하나의 상처를 남겼다. 내가 해결할 수 없는 문제도 또 다른 상처를 주었다. 상처는 후회를 불러온다. 후회는 과거를 불러오고 미래를 어둡게 한다. 그 속에서 현재, 지금은 없다. 우리들의 삶이 누군가에게 상처를 주고 상처를 받아야 한다는 사실을 인정한다면, 슬픔은 나에게서 몇 발걸음 떨어질 것이다. 내가 슬픔을 만들 수는 있지만, 슬픔이 스스로 나를 찾아오지는 못한다. 나의 삶이 상처받아 아프고 이 상처 때문에 슬플 때 죽음을 마주한 사람들의 이야기를 읽자. 그들이 죽음의 상처로부터 받은 슬픔을 다스려나간 길을 따라서 걸어보자. 조용히 눈을 감고.

돌고 도는 우리네 세상살이

최호철 / 「을지로 순환선」

윤지영 '을지로 순환선' 안 풍경은 언제나 다르다. 잠을 자는 사람이 있는가 하면 적게나마 책을 읽는 사람들도 있다. 요즘에는 술을 마시고 인사불성이 된 사람들도 자주 눈에 띈다. 꼬마도 있고 노인도 있다. 학생도 있고 직장인도 있다. 출근을 위해 '을지로 순환선'을 탄 사람도 있고 친구를 만나러 부지런히 가는 사람도 있다. 저마다 다른 외양과 목적으로 '을지로 순환선'에 타고 내린다. 시선을 돌려 한 바퀴 휙 둘러본다. 이 많은 사람들은 어떻게 살아가고 있을까. 그리고 그들의 얼굴에 드리워진 그늘과 자조 섞인 기대를 살피고 있는 나는 어떤 사람일까. '을지로 순환선'은 숨막히게 복잡하면서도 사람 냄새 나는 이 도시를 그대로 담아놓은 곳이다.

'을지로 순환선'을 그린 사람이 있다. 최호철, 그는 일러스트레이터다. 아니 만화가다. 아니 화가다. 에라 모르겠다. 그냥 그림 그리는 사람이라고 해두자. 만화가면 어떻고 회화가면 어떤가. 그의 그림은 만화면서도 회화고 동시에 일러스트레이션이다. 그는 그런 구분을 없애버린 사람이다. 구분은 사라졌지만 알맹이는 남았다. 사람! 그의 작품에서는 사람 냄새가 난다. 최호철, 나는 그 사람이 누군지 모른다. 하지만 그의 작품집『을지로 순환선』을 보고 그를 아주 가깝게 느꼈다. 그림에서 온기가 느껴지는 건 왜일까. 동시에 그림에 슬픔이 묻어나는 건 왜일까. 왠지 그와는 무슨 이야기를 나눠도 통할 것 같은 느낌이 든다. 소주만 있다면.

최호철이 그린『을지로 순환선』에는 지하철 2호선 한 칸의 풍경이 그대로 옮겨져 있다. 아마도 '구의'와 '건대입구' 사이인 것 같다. '구로디지털단지' 근처인 것도 같다. 아닌가, 켜켜이 쌓인 집들을 보니 난곡 또는 봉천, 어쩌면 아현인 것도 같다. 터널을 뚫고 나온 지하철은 복잡한 바깥 풍경과 어울려 보다 현실적인 공간으로 바뀐다. 종교를 설파하는 사람도 보이고 시선을 돌려 창밖을 보는 소녀도 있다. 그리고 그런 소녀를 내려다보는 엄마도 있다. 침을 튀기며 "예수천국 불신지옥"을 외치는 설교자와 달리 창밖을 보는 소녀의 표정은 심드렁하다. 그리고 소녀를 내려다보는 엄마의 표정에는 애잔함이 묻어 있다. 소녀의 맞은편에는 초라한 행색의 행인이 있고 그

옆에는 행인을 슬그머니 피하는 처녀가 있다. 자세히 보면 피부색이 다른 사람도, 구걸을 하는 사람도 있다. 너무나 익숙한 풍경, 이 시간 '을지로 순환선'의 모습이다. 이렇게 설명하면 "그게 그림이냐, 사진이지"라고 말하는 사람도 있을지 모른다. 그러나 작가 최호철의 그림이 '현실의 모방'이 아닌 이유는 의도적으로 왜곡되고 집약된 표현에서 거대 '괴물' 도시와 그 속에서 아등바등 살아가는 사람들을 마음으로 느낄 수 있기 때문이다. 그가 표현하고자 하는 것은 풍경이 아니라 삶이다. 그리고 삶이 그림으로 투영될 수 있는 것은 그에게 사람에 대한 짙은 애정이 있기 때문이다. 그의 그림을 보면서 마음이 따뜻해지는 동시에 아려왔다면 그림을 그린 그의 마음과 조우한 것이리라.

이 책에 실린 또 다른 작품인 '우산 장수'를 살펴보자. 이제 막 그친 비가 반가울 법도 한데 지하철역 출구에서 마주치는 풍경에 만감이 교차한다. 통 안 가득히 꽂혀 있는 우산들, 그리고 고개를 푹 숙인 우산 장수. 최호철은 이렇게 설명한다.

아직 꾸물꾸물 구름이 있으니 기왕 나온 거 다음 비를 기다려보자. (82쪽)

이 작품은 그의 다른 작품들과 달리 간결하게 표현되어 있

82

다. 우산 장수의 표정 또한 우비에 가려 잘 보이지 않는다. 그러나 알 수 있다. 같은 경험과 생각을 한 번이라도 해본 사람이라면 우산 장수가 어떤 표정을 하고 있는지를. 그런 우산 장수를 보는 우리들의 표정도 다를 바 없다. 갑자기 마음을 들킨 기분이다. 아마도 최호철은 사람들의 마음을 꿰뚫어보는 재주가 있나 보다. 마음만이 아니다. 우리가 주변에서 겪을 수 있는 삼라만상의 경험과 인물이 기껏해야 60점 가까이 되는 작품 속에 다 들어가 있다. 민중작가인 최호철의 그림은 정치적이라기보다는 대중적이다.

『을지로 순환선』에 실린 그의 작품들은 모두 느낌이 비슷하다. 그렇다고 해서 지루하거나 답습적이라는 의미는 아니다. 오히려 개성이 넘친다. 낙관은 없지만 모든 작품에 '최호철 작'이라고 씌어 있는 것 같다. 이중섭이 높게 평가되는 이유는 누가 봐도 한눈에 그의 작품을 알아볼 수 있기 때문이라던데, 그런 이유에서라면 최호철 역시 높게 평가되어야 마땅하다.

물론 도시인들을 너무 따뜻하게만 바라보는 최호철의 시선이 부담스러울 수 있다. 나아가, 그 시선에 동정이 섞여 있는 것은 아닌가 의심이 들 수도 있다. 도시에 산다고 다 서민이거나 불행한 건 아닌데 작가가 산수화를 그리듯 주변부의 삶을 풍경화한 것이 아닌가, 하고 말이다. 그러나 최호철이 그린 것은 산수라기보다 '여백의 미'가 불가능한 도시 속 삶의 모습이다. 많은 사람들이 부대끼며 아득바득 살아가는 도시, 그 속에서 우리는 나와 내 이웃을 발견한다. 그 순간 그림은 풍경에서 삶으로 전환된다. 오히려 현실에서는 풍경처럼 지나가는 일상의 모습들을 삶으로 되돌려놓는 것, 그것이 최호철이 의도했던 것 아닐까.

어느 소박한 삶이 전하는
진짜배기 감동

지현곤 / 「달달한 인생」

윤지영 이 책의 표지 안쪽에는 이렇게 씌어 있다. "지현곤, 40여 년 동안 조그만 쪽방에서 바위처럼 머물고 있는 세계적인 카툰 작가. 초등학교 1학년 때 척추결핵에 걸려 하반신이 마비되어 학교를 중퇴하였다. 그후 독학으로 그림을 그리기 시작해 1991년 《주간만화》에 카툰으로 데뷔한 뒤 대전국제만화영상전 대상(1994년), 국제서울만화전 금상(1994년), 국제서울만화전 대상(1995년), 대전국제만화영상전 우수작가상(2006년) 등을 수상하였다. 2008년 한국 카툰 작가로는 처음으로 뉴욕 아트게이트 갤러리의 초청으로 단독 전시회를 개최하여 한 달여 만에 작품 55점을 모두 판매하는 기록을 남겼다."

'장애인'과 '세계적인 카툰 작가', 독자들에게 꽤 매력적인 소재다. 이 두 가지는, 『오체 불만족』에서 그러하였듯, 이 책이

폭발적으로 인기를 끌 만한 요소가 된다. 게다가 이 책은, 그가 그린 그림들로 가득하여 볼거리까지 충분하다. 그러나 뭔가 대단한 기대—예컨대 장애를 딛고 세계 정상에 우뚝 서기까지의 파란만장한 인생 역전극, 성공 스토리에 대한 기대—를 했다면, 책을 보며 조금 당황할 수도 있겠다.

『달달한 인생』은 작가 지현곤의 '소박한 일상' 이야기다. 그렇다고 이 책이 시시하다는 것은 아니다. 소소하게 펼쳐지는 삶과 생각으로부터, 오히려 공허하지 않은 '진짜배기 감동'이 전해온다. 아니, '감동'이라는 말만으로는 부족하다. 그것은 감동과 반성과 기쁨과 고민까지 섞인, 말로는 설명이 잘 되지 않는 복잡미묘한 느낌(!)이기 때문이다. 화려하지 않아서 더 눈에 띄는 동백 같은 책이다.

따져보자면, 작은 방에서 엎드리거나 누워서 생활해야 하는 자의 일상은 단조로울 수밖에 없다. 자유롭게 사람들을 만날 수도, 멋지게 여행을 할 수도 없다. 외출을 하려면 조카의 품과 휠체어가 필요하니, 병원에 한 번 가는 것조차 어마어마한 일이다. 그러나 활동 범위와 경험이 반드시 비례하지는 않는다. 정작 매일 밤 여흥을 즐기는 사람은 쳐다볼 기회 한 번 없는 달을, 그는 매일 누워 있기 때문에 누구보다도 더 자세하고 깊게 볼 수 있다. 그의 그림이 소름 끼칠 정도로 섬세하고 꼼꼼한 것도, 어쩌면 그가 방 안에만 있었기 때문일지 모른다.

항상 하늘에 떠 있지만 닿을 수 없는

언제라도 손 뻗으면 잡을 수 있을 것 같은

그리하여 꿈이되 현실인

다음 날이면 그 자리에 또 다시 다가오는

크기, 위치, 모양 등이 늘 새로이 바뀌는

자유로운

생성과 소멸을 반복하는

그래서 동경하는

그 달을 보며 나는 내 자신의 모습을

투영했는지도 모른다('달과 나')

그러나 그와 비슷한 상황에 있는 사람 모두가 그림을 그만
큼 그릴 수 있는 것은 아니다. 그러한 능력과 의지는, 장애인
이라서가 아니라 지현곤이라서 가능한 것이다. 그림을 보면서
'이 사람은 그림으로 도를 닦았구나!' 하는 생각이 드는 것도
이 때문이다. 그의 작품을 장애와 결부할 필요는 없다.

장애는 내 개인의 경험이다. 사람들이 저마다 자신의 삶에
평생 영향을 끼치는 어떤 상처를 마음 속의 트라우마로 품고
살아가듯 나에게 있어 장애도 마찬가지이다. 사람들의 트라우
마가 다 똑같은 내용과 형태가 아니듯이 장애도 남들과 겹치지

않는 한 개인의 경험이다. 내 만화는 사람들에게 공감을 얻을 만한 내용을 풀어낸 작품이니 장애는 내 만화의 중심 맥락이 되지 않는다.(19쪽)

이 책은 작품집이자 에세이다. '풍자적인 표현에 긍정적인 그림, 극한 상황에서의 마지막 유머나 상황 반전'이라는 그의 그림 원칙처럼, 이 책은 따뜻하지만 가볍지 않은 이야기를 담고 있다. 최소한 그의 그림을 볼 수 있다는 것만으로도, 이 책은 충분히 가치 있다.

나는 살아있다, 고로 저항한다

할레드 호세이니 / 『천 개의 찬란한 태양』

김성리 살면서 '왜?'라는 의문이 들기 시작하면 불편해진다. 반면, '왜'라는 의문이 없으면 '어떻게'라는 방법에 대한 질문도 생기지 않는다. 같으면서도 다른 '여자와 어머니'에 대한 인식은 '왜'와 '어떻게'로 나누어볼 수 있다. 자신의 몸속에 생명이 자라고 있다는 사실을 확인하는 순간부터 여자는 어머니로 변모한다. 남자도 여자도 아닌 어머니라는 제3의 성(性)으로 정체성을 옮겨가는 것이다. '어떻게?' 누가 가르쳐주지 않아도 저절로 그렇게 된다.

딸은 같은 여성이면서도 자기가 어머니가 되기 전에는 자신의 어머니와 대립하며, 세상의 어머니를 절대로 이해하지 못한다. 여성에게는 여자와 어머니라는 두 개의 정체성이 있는데, 이 두 정체성은 서로 대립하기 때문이다. '어떻게' 대립하냐고? 이 질문에도 딱 맞아떨어지는 답은 없다. 그냥 몸으로 마음으로 부딪치며 살다 보면 나오는 게 답이다.

줄리아 크리스테바는 정신분석학적으로 볼 때, 어머니와 딸은 동성애적인 관계에 있다고 말한 바 있다. 남성은 생명을 잉태하지 못한다. 반면, 여성은 생명을 잉태하고 태아가 생물학적으로 완전한 인간이 될 때까지 자신의 몸 안에 넣고 보호한다. 이 과정에서 모체와 태아는 치열한 생존경쟁을 할 수밖에 없다. 둘 다 살아남아야 하기 때문이다.

태아 입장에서는 모체만이 유일한 생명줄이므로 모든 것을 모체를 통하여 해결해야 한다. 그러나 모체 입장에서 태아는 자기와 다른 생명체다. 게다가 그 생명체를 구성하는 것 중 반만 자기 것이고 반은 타인의 것, 즉 남편의 것이다. 여기에 모체가 겪는 태생적인 갈등이 있다. 그런데 그 태아가 여성의 염색체를 가지고 있다면 상황은 달라진다. 나와 가장 닮은 생명체, 그러면서 내 몸속에서 완전한 인간이 되어 탄생된 생명체, 그게 딸이다. 사랑하면서 대립하는 것은 어쩌면 어머니와 딸에게 자연적으로 형성된 본능일지도 모른다.

여자와 어머니 사이에는 공통점이 있다. 그것은 여성이기에 겪어야 하는 세상의 부조리함이다. 남성들이 사회에서 수컷으로서 생존하기 위해 경험하는 부조리와는 종류가 다르다. 그 부조리는 존재하기 위해 겪어야 하는 참담함이기 때문이다.

여성이냐 남성이냐 하는 성별의 차원이 아니라 인간으로서 살아가기 위해 감당해야 하는 부조리는 폭력과 같으며, 세계 어느 곳에나 잔존해 있다.

멀리 가지 않더라도 이 땅에서 태어나 살다 간 옛 여인들에게 가해진 사회적인 억압과 굴레를 우리는 잘 알고 있다. 그 폭력의 굴레 속에서도 자신만의 세계를 꽃피운 여성들, 신사임당, 허난설헌, 이매창, 황진이를 우리는 잘 안다. 그녀들은 자신이 살아있음을 스스로 증명하고자 했다. 남녀의 구별이 엄격했던 시대에 남성의 힘을 빌리지 않고 당당하게 서고자 했다. 자신의 의지대로 자녀를 양육하고, 재능을 펼치고, 사랑하는 남자를 스스로 선택하고 그 사랑에 충실하며 자신의 삶을 완성하고자 했다.

21세기인 현재에도 지구 한쪽에서는 인간으로 살아가기 위해 목숨을 걸어야 하고, 사랑하는 이들을 구하기 위해 자신의 모든 것을 버려야 하는 여성들이 있다. 그녀들은 여자로, 어머니로 살기 위해 온몸으로 절규한다. 여성들을 억압하는 폭력적인 부조리는 남성들에 의해 만들어지고 유지된다. 그 세계에서 여성은 없다. 단지 남성과는 다른 종이 있을 뿐이다. 그곳은 아프가니스탄이다.

'하라미(사생아)'로 태어난 마리암은 그 언어가 지닌 의미를 알지 못한 채 아버지의 집으로 찾아가 자신의 존재를 알린다.

마리암의 어머니는 딸의 미래를 너무나 잘 알기에, 그리고 딸이 다시는 돌아오지 않을 거라는 슬픔에 스스로 죽음을 택한다. 어머니의 예언대로 마리암은 아버지의 부인들에 의해 자기보다 스무 살이나 많은 남자에게 팔리듯이 시집을 가고, 몇 번의 유산 끝에 학대와 멸시의 나락으로 떨어진다. 남편은 함께 생을 살아갈 자신의 반쪽을 원한 것이 아니라 동물적인 욕정을 해결할 대상, 그리고 아들을 낳아줄 여자가 필요했던 것이다.

남편의 폭력 속에서 죽음보다 더 고통스러운 삶을 이어가던 마리암에게 삶의 의미를 찾게 해준 사람은 놀랍게도 남편의 첩인 라일라와 그녀가 낳은 아이인 아지자였다. 라일라는 남편의 폭력으로부터 본처인 마리암을 구해주고 방이 아닌 부엌 입구에서 잠을 자게 된다. 잠든 라일라 옆에서 깨어 있는 아지자를 발견한 마리암은 꼬물거리는 아지자의 손가락을 통해 온기를 느낀다. 다음 날 아침, 자신이 만들었지만 한 번도 입혀보지 못했던 아이의 옷을 아지자에게 내어주면서 마리암은 라일라와 피보다 진한 정을 나누게 된다.

라일라는 현재 남편의 계략으로 사랑하는 사람의 생사를 모른 채 오로지 뱃속의 아이를 위하여 첩이 되었다. 어느 순간 라일라는 "무방비 상태로 짐을 지고 체념한 채 운명을 견디고 있는"(335쪽) 마리암의 얼굴에서 자신의 또 다른 얼굴과 함께 어머니의 얼굴을 본다. 마리암은 자기만 보면 기어와 안기고 매달리는 아지자를 안으며, 그 누구도 "지금까지 그렇게 순진하게, 그렇게 에누리 없이 자신에게 사랑을 표시한 적이 없기에"(339쪽) 눈물을 흘리며 황홀해 한다. 아지자는 마리암에게 어머니로서의 여성성을 부여한 것이다. 그렇게 마리암은 두 여자의 어머니가 되었다.

때리면 맞고, 밤이 오면 잠들고, 아침이 오면 하녀처럼 일만 하며 자신이 누구인지도 잊어버린 채 살아야 했던 마리암의 삶은 점점 변해간다. 어린 아지자와 뒤이어 태어난 아지자의 동생과 그들의 어머니인 라일라를 위해서라도 살아야 하는 삶으로 말이다. 어쩌면 또 다른 부조리일 수도 있는 남편의 첩을 수용함으로써 마리암의 삶은 빛을 띤 것이다.

그러나 새롭게 시작된 삶에는 또 다른 고통과 희생이 요구된다. 같은 여성이면서도 삶의 양태가 다른 것은 '어떻게 사는가'에 대한 여자와 어머니의 대답이 서로 다르기 때문일 것이다. 본능에 충실한 이기심이 여자의 얼굴이라면, 본능을 억누른 이타적 사랑이 어머니의 얼굴이다. 가질 수 없는 것을 열망하는 것이 여자의 얼굴이라면 가질 수 있는 것마저 다 내려놓는 게 어머니의 얼굴이다. 마리암은 여자로서의 성적 정체성을 버리고, 어머니로서의 여성성을 견고하게 쌓아갔다. 오로지 라일라와 두 아이를 위해.

마리암은 라일라와 그녀가 낳은 두 아이의 어머니였기에 자신의 목숨을 걸고 그들의 행복을 찾아준다. 죽음의 늪 속에 마리암을 두고 떠날 수 없어 울며 매달리는 라일라를 자신의 무릎에 뉘어놓고 마리암은 말한다.

"라일라, 엄마답게 생각해. 엄마답게 생각하라고. 나는 엄마야."(488쪽)

마리암은 엄마였다.

마리암이 원한 것은 지극히 소박한 것들이다. 사랑하는 라일라와 해질녘 마당 한켠에서 차를 마시고, 아이의 웃음소리를 듣고, 그 아이가 예쁜 처녀로, 씩씩한 청년으로 성장하는 것을 보는 것, 그것뿐이다. 그것을 얻기 위하여 마리암은 남편을 살해하고, 그 죄로 사형당한다. 땅 속 어딘가에 묻힌 채 그녀는 자신을 찾아 헤매는 라일라의 울음 섞인 발소리를 듣고 있으리라.

우리가 일상적으로 행하는 일들이 아프가니스탄의 여성들에게는 목숨과 바꾸어야 가능한 일이다. 아프가니스탄만이 아니라 지구 위 다른 땅에서도 이런 일은 끊임없이 벌어지고 있다. 물론 죽음으로 귀결되는 희생적인 삶만이 의미 있다는 것은 아니다. 그러나 죽음 아니면 방법이 없을 때, '어떻게' 할 수 없을 때, 우리는 어떻게 해야 할 것인가.

나의 삶이 세상의 부조리 속에서 의미를 찾지 못할 때, 내가 누구인지 생각할 겨를도 없이 그냥 버티며 살아간다는 생각이 들 때, 마리암을 만나보자. 그녀가 삶의 끝에서 남긴 코란의 한 구절을 생각해보자.

신은 진실을 갖고 하늘과 땅을 창조하셨다. 신은 밤이 낮을 가리게 하시고, 낮이 밤을 따라잡도록 하신다. (506쪽)

마리암은 신이 진실을 찾아줄 것이라고 여겼다. 자신의 목숨과 바꾼 사랑하는 이들의 행복을 신이 찾아줄 것이라고. 그렇게 믿고 두 눈을 감았다.

마리암의 삶은 신의 모습을 완전히 다른 방향에서 보는 남자들에 의해 철저히 파괴되었다. 마리암에게 남편과는 달리 따뜻한 눈길을 주었던 재판관마저 마리암의 삶을 자신들이 파괴했음을 알지 못했다.

"신은 당신네 여자들과 우리 남자들을 다르게 만들었나 봅니다. 뇌부터 다릅니다. 당신들은 우리처럼 사고할 수도 없습니다." (497쪽)

아프가니스탄의 남성들에게 여성은 신이 그들과 다르게 만든 삶의 도구일 뿐이었다.

시인 최명란은 아우슈비츠를 다녀온 후, 자신의 시에서 "이 지상엔 사람이 없고, 하늘에는 해도 달도 없다"고 말했다. 아우슈비츠의 만행을 눈감은 철학을 향하여 아도르노는 "위대한 철학은 자기 자신 외에는 아무것도 용인하지 않고 자신 이외는 논리적이며 이성적인 간계로 박해를 가한다"고 비판한 바 있다. 아도르노에게 아우슈비츠의 비인간적인 만행은 평생의 짐이었다.

『천 개의 찬란한 태양』이 나왔을 때, 온·오프라인을 막론한 여러 언론들은 마리암과 라일라를 둘러싼 억압의 현실에 분노 섞인 말들을 쏟아냈다. 그 중에는 이 책을 "세상의 모든 여성들이 꼭 봐야 한다"는 말까지 있었다. 그러나 그것들은 그야말로 광고 그 이상도 이하도 아니었다. 아우슈비츠는 역사임에도 현재까지 많은 사람들의 뇌리에서, 또는 마음에서 사라지지 않고 현재 진행형으로 지속된다. 반면, 실제로 이 시간에도 진행되고 있는 아프가니스탄 여성들의 잔인한 삶은 우리들의 현실 속으로 들어오지 못한다. 왜 그럴까?

이 책을 읽으며 먼 곳에서 오늘도 또 다른 마리암이 죽어가고 있으며, 또 다른 라일라가 자신의 사랑과 아이들을 지키기 위하여 무수한 폭력 앞에 노출되어 있다는 사실에 가슴이 저렸다. 지구 저쪽에서 사는 이름 모를 여인들의 잔혹한 삶이 지구 한쪽에서는 유물론적 가치에 의해 재단되어 팔린다는 불편한 진실 앞에서 내 자신이 그렇게 작게 느껴질 수가 없었다.

마리암은 어린 아지자를 통하여 자신이 살아있음을 느꼈다. 절대로 받아들일 수 없을 것 같던 라일라를 가슴으로 품으면서 삶의 희망을 보았다. 그 희망으로 마리암은 거대한 힘에 저항했고, 결국은 이겼다. 비록 살인이라는 극단적인 방법이었지만, 마리암은 자신과 자신이 사랑하는 이들의 삶을 파괴할 것이 명백한 남성과 사회의 힘에 당당하게 맞섰다. 온몸이 피투성이가 되도록 폭행당하면서도 맞섰다. 그것은 반항도, 부정도 아닌 저항이다.

마리암은 라일라를 생물학적으로 잉태하진 않았지만, 모성은 그녀의 가슴 깊은 곳으로부터 솟아올랐다. 라일라도 마리암의 얼굴에서 자신의 얼굴을 보았으며, 마리암으로부터 위안을 받았고, 마리암을 의지하여 사랑하는 사람과의 이별도 견뎠고, 남편의 폭력도 견뎌냈다. 그녀들은 여자 대 여자로 만나서 어머니와 딸로 거듭났다. 그리고 부둥켜안고 서로의 상처로부터 자신의 상처를 보았으며, 서로 지켜주고자 했다.

살아있다는 것의 가장 기본적인 권리인 생의 존엄을 믿으며, 자신이 사랑하는 이들을 지키기 위하여 마리암은 마지막 남은 삶을 '천 개의 태양'으로 불태웠다. 마리암은 이제 '천 개의 태양'이 되어 '밤이 낮을 가릴지라도 밤을 따라 잡아' 라일라의 사랑과 아지자의 삶을 찬란하게 비출 것이다. 그리고 나는 자신이 가야 할 길을 알고 그 길을 걸어간 마리암을 기억할 것이다. 어머니의 위대함도 기억할 것이다.

어렵기만 한
자녀교육,
어떻게 해야 할까?

우리끼리의 비밀, 교실 카스트

학생생활연구회 / 『이선생의 학교폭력 평정기』

홍선영 우리 반 아이들에게 '훈화'를 가장한 '협박'을 시작한다. "올해부턴 친구를 괴롭히거나 돈이나 물건을 뺏으면 그게 다 생활기록부에 기록된다. 고등학교까지 기록이 따라가. 앞으로 대학 입학사정관제 때 중학교 생활기록부를 본다는 말도 있더라. 기록이 남으니까 범죄자가 되는 거나 마찬가지야."

맞다. 작년에 학교 폭력과 집단 따돌림을 당하던 한 학생이 자살을 했고 그 사건을 계기로 학교 폭력 없애기 작전이 시작되었다. 그 방안 중 하나로, 범죄자가 소위 '별'이라고 하는 범죄 기록을 개인 정보에 다는 것처럼, 학교 폭력 가해자의 생활기록부에도 주홍글씨가 새겨지게 되었다. 이렇게 하면 학교 폭력이 없어지고, 따돌림도 사라지고, 평화로운 학교가 될까?

『이선생의 학교폭력 평정기』는 이 질문에 대해 '아니오'라고 답하고 있다.

우리 교사들이 경험하고 연구해 본 결과, 학교폭력은 일상의 비인간적인 권력 관계에서 비롯된다. 대중매체에 오르내리는 끔찍한 학교폭력은 빙산의 일각일 뿐이다. 아이들은 늘 일상적인 폭력에 노출되어 있다. 아이들은 늘 서로 비교하고, 서열을 인식하며, 경쟁에서 살아남기 위해 자신만의 무기를 갈고 닦는다.('지은이의 말')

학교 폭력은 너무나 일상적인 문제이기에 해결 또한 간단치 않은 것이다. 이 책은 학생생활연구회의 따돌림사회연구모임 교사들이 직·간접적으로 겪은 사례들을 엮어낸 책이다. 사실 학교 폭력이나 '왕따' 등의 은어로 불리는 따돌림 문제는 교사라면 누구나 겪고, 고민하는 문제이기 때문에 서점에서 이 책 제목을 보고는 해답을 얻을 수 있겠다는 생각에 신이 나서 사 들고 왔다. 그런데 막상 책을 펼쳐보니 내가 책 제목 중 '기'를 빼먹었다는 사실을 깨달았다. 이 책은 학교 폭력을 평정한 얘기가 아니라 평정하기 위해 노력한 기록인 것이다. 책에는 11년 교사 생활 동안 나를 괴롭혔던, 아니 내가 아이들의 나이 때 보고 겪었던 얘기들이 그대로 펼쳐지고 있을 뿐, 어디에도 답은 없었다. 오히려 내가 막연히 듣고 경험했던 일들을 구체적인 기록으로 읽어 내려가면서 뱃속 깊이 숨겨져 있던 불편함만 더 커졌다.

그러면 답도 없고, 읽으면 불편하기만 한 이 책을 읽지 말아야 할까? 아니, 그렇기에 더 읽어야 할 것 같다. 불편한 진실은 드러내고 소리칠 때 해결의 실마리를 찾을 수 있기 때문이다. 이 책은 학교 폭력과 따돌림의 문제를 교사의 눈으로 바라보는 동시에 가해자의 입장과 피해자의 입장에서 사실적으로 그려내며, 그 원인을 다각도로 고찰하고 있다.

예전에 내가 담임을 맡았던 반에는 아이들에게 괴롭힘을 당하는 두 아이가 있었다. 그때 학교를 옮겨온 지 얼마 안 돼 적응하기에 바빴던 나는 학부모님을 통해서야 그 사실을 알았다. 내가 알게 된 후 학교에서 폭력대책위원회가 열렸고, 그것을 통해 알게 된 사실은 끔찍했다. 반 년 넘게 두 아이는 가해 학생이 깜빡하고 지나치는 날을 빼고는 거의 매일 한두 대씩 맞았다. 교실에서 많은 아이들에 둘러싸인 채 머리카락을 잘리기까지 했다. 그 학생들의 사례를 포함해 이 책에서 그려지는 많은 학교 폭력과 따돌림들의 공통점은 학급 내에서 이루어진다는 것이고, 가장 먼저 알아야 할 교사가 가장 나중에 안다는 것이다. 당시 나는 두 아이를 지키려고 애를 썼다. 모든 잘못이 가해 학생들에게 있다고 말하며 그 아이들을 혼내면서 일을 수습하려고 했다. 하지만 가해 학생들의 말은 충격적이었다. 그들은 "친구 사이에 한 대 치지도 못 하냐, 머리가 길기에 잘라준 것뿐이다. 친구가 아니면 그런 행동을 왜 하겠냐. 그렇게 따지면 가해자가 다른 반 애들까지 스무 명도 넘는데 선생님이 다 징계 줄 수 있냐"고 따지듯이 말했다.

『이선생의 학교폭력 평정기』에서도 많은 교사들이 나와 같은 상황에 처한다는 사실을 알 수 있다. 가해 학생들은 입을 모아 '친구' 사이에 장난도 이해 못 하는 아이들이 잘못이라고 몰아간다. 당하는 아이의 부모는 보복이 무서워 합의를 해 준다. 피해 학생은 꼬리표가 달려 진짜 왕따인 '찐따'가 돼버리고 학년이 올라가도 상황은 반복된다. 우리 반 두 아이 중 한 명은 1학년 때 수련회에서 성추행을 당했던 과거가 있었다. 그때 학교에서는 징계위원회까지 열었지만, 가해 학생들에게 내려진 처벌은 고작 '10일 이내의 출석 정지'였다. 결국 달라진 건 아무것도 없었고, 해가 바뀐 후에도 피해자 아이는 여전히 왕따를 당하고 있었던 것이다.

책의 마지막 에피소드인 '나이팅게일의 일기'에는 학교 폭력을 평정하기 위해 노력하는 교사, 이 선생님이 나온다. 교사 첫해에 겪었던 집단 따돌림 문제에 충격을 받고 '감시자'의 역할까지 하면서 학교 폭력과 따돌림을 없애기 위해 노력한 교사의 결론은 교사 한 명의 힘으로는 학교 폭력을 해결할 수 없

다는 것이다. 사회에는 끊임없이 이어지는 힘과 권력의 사슬
이 있고, 학교 또한 마찬가지다. 이 선생님이 명명한 '교실 카
스트'라는 이름의 신분 피라미드가 존재하는 것이다. 어쩌면
학교 폭력의 진정한 가해자는 아이들을 1등부터 꼴등까지 서
열화하고, 부모의 직업이나 재산 등으로 끊임없이 비교, 차별
하는 우리 어른들이 아닐까?

　우리 반 아이들의 얼굴을 한 명씩, 한 명씩 떠올려본다. 지
금의 시기가 그 아이들의 인생에서 어떤 그림 조각으로 기억
될까를 상상해본다. 세 살 버릇 여든까지 간다는 말처럼 어린
시절 '장난'이라는 형식으로 행해지는 무수한 폭력들은 남은
수십 년의 인생에 그림자가 되고, 상처가 되고, 흉터로 남는
다. 그건 가해자든 피해자든 마찬가지다. 부디 우리의 고운 아
이들의 영혼에 흉터로 남을 일이 없기를 기도한다.

학사부일체, 학생과 교사는 하나다

시게마츠 기요시 / 『말더듬이 선생님』

홍서영 존경하던 동료 선생님이 갑작스럽게 돌아가셨다. 30년 가까운 세월을 교사로 살았던 분이기에 선생님의 장례식장은 많은 학생들과 학생이었던 어른들로 가득 찼다. 내가 그분을 처음 만났던 10년 전, 선생님은 긴 머리를 질끈 묶고 언제나 학생들 속에 있었다. 병아리 교사인 내가 수업 시간과 쉬는 시간을 나눠 생각할 때, 그 선생님은 학생들과 함께 하는 시간으로 묶어 생각하셨다. 그래서인지 많은 학생들이 선생님을 따랐고, 그들이 누군가의 엄마, 아빠가 된 후에도 친구처럼 인연을 이어갔다. 그런 분이 갑작스럽게 돌아가시게 되었고 영정 사진조차 준비되지 않아 작년 졸업 앨범 사진이 영정 사진이 되었다. 영정 사진 속 선생님은 역시나 머리를 질끈 묶고 환하게 웃고 있었다.

요즘 학생들은 마음에 드는 교사에게 칭찬이랍시고 "학원 강사 하셔도 되겠어요"라는 말을 한다. 교사와 강사의 차이가 뭘까? 나는 강사는 학생의 명함을 만들지만, 교사는 학생의 인생을 만든다고 생각한다. 모든 교사들에게는 존경받고자 하는 욕구가 있다. 하지만 존경받는 교사가 되는 것은 하늘의 별 따기다. 『말더듬이 선생님』은 존경받는 교사가 되는 지침서이자, 존경받는 교사들에 대한 헌사다.

무라우치 선생님은 일반적인 교사의 모습과는 다르다. 일단 말을 심하게 더듬어서 무슨 말을 하는지 집중하고 들어야 겨우 알아들을 수 있다. 하지만 비정규직 교사라 한 학교에 짧게는 한 달, 길게는 몇 달 있을 뿐이어서 학생들은 집중하지 않는다. 오히려 더듬는 것을 놀리고 장난치고 싶어한다. 그럼에도 무라우치 선생님은 웃는다. 그리고 자신이 말을 더듬어서 미안하다고 말한다. 특히 이상한 점은, 선생님이라면 모든 학생들을 사랑해야 하는데 무라우치 선생님은 한 학생에게만 관심을 가진다는 것이다. 왕따 가해자, 외로움에 숨이 막혀 개구리를 죽이는 학생, 가족의 문제로 상처 입은 학생 등 무라우치가 만난 여덟 명의 학생들은 교사 같지 않은 교사 덕분에 자아비판의 세계에서 벗어난다. "너무 늦지 않아서 다행이야"라는 무라우치 선생님의 더듬거리는 마지막 인사와 함께…….

3년 전 만난 이 책은 교사를 포기하려던 내 삶에 비친 한 줄기 빛이었다. 도서관을 맡으면서 비담임이 되었던 내게 5월에 담임 자리가 뚝 떨어졌다. 학교에 나오지 않는 아이, 선생님한 테 "지랄하네"라는 말을 아무렇지 않게 내뱉는 여학생, 아버지 에게 맞고 사는 아이, 술에 취해 학교에 찾아오는 학부모, 말 보다 주먹이 먼저인 아이들로 인해 담임 교사가 두 손 두 발 다 들고 휴직해버린 3학년 6반이었다. 내가 이렇게 욕을 잘하 는 사람이었나 싶게 아이들에게 매일 욕을 하고, 화를 냈다. 아이들은 똘똘 뭉쳐 나한테 반항해댔고, 부모들은 매일같이 항의 전화를 했다. 내가 교사가 맞나, 나도 도망가버릴까……. 매일매일이 두려움과 자기비판의 나날이었다.

그때 도서관에 새 책이 들어왔고, 표지에 커다란 덩치의 교 사가 있는 이 책을 읽게 되었다. 이 책에 실린 부적응 아이들, 문제아들, 이상행동을 하는 아이들의 숨겨진 이야기들을 읽으 며, 나는 우리 반 아이들의 상처를 보았다. 그 아이들이 왜 고 슴도치처럼 가시를 꼿꼿이 세우고 있을 수밖에 없는지를 알아 버렸다. 게다가 담임 선생님이 한 번 버린 아이들이었다. 그 아이들이 어떻게 나에게 마음을 열 수 있었겠는가?

아침에 교실에 들어서면 무표정한 얼굴로 "오늘도 사고 치 면 죽는다"라는 극단적인 말을 내뱉는 대신 속으로 쑥스러워 하면서도 시침 뚝 떼고 "즐거운 아침이야. 오늘도 행복했으면 좋겠다"라는 낯간지러운 멘트를 날리기 시작했다. 아이들이

"우~" 하고 야유를 보내면 "와~" 하고 크게 웃었다. 그리고 집에서는 알코올중독자인 아버지에게 매를 맞고, 학교에서는 학급 친구를 이유 없이 때리던 지희에게 "사랑한다"고 말해주었다. 계속된 말썽에 부모가 자신을 할머니에게 맡겨버린 상처에 욕을 달고 살던 하늘이에게 "선생님은 너 포기 안 할 거야"라고 말해주었다. 그 외에도 다양한 상처와 외로움, 사춘기로 방황하고 갈 곳 몰라 헤매던 아이들에게 무라우치 선생님처럼 늦지 않았다는 희망을 주려고 노력했다. 다음해 2월 졸업식에서 지희와 하늘이는 나를 안고 울었다. 나는 그 아이들의 눈물에서 받은 힘으로 오늘도 아이들을 가르치며 웃을 수 있다.

선생님이라는 자리는 완벽할 필요도 없고 권위라는 힘을 가질 필요도 없다. 교사들은 무라우치 선생님 같기만 하면 된다. 말을 더듬고 행동이 어눌해도 아이들 속에서 아이들과 웃고 울 수 있으면 된다. 아이들의 상처를 보듬고, 아이가 미래를 생각할 수 있게 해주면 된다.

부모들도 그런 점을 알아줬으면 좋겠다. 부모로서의 삶도 실수와 눈물과 웃음 범벅에 사랑을 뿌려 섞은 비빔밥인 것처럼, 교사의 삶도 다르지 않음을 생각해줬으면 좋겠다. 부모와 교사가 같은 자리에서 학생을 함께 바라보면 좋겠다. 같은 아이를 공유하고, 그들과 함께하는 삶이므로……

교육이란 무엇인가?

필립 아리에스 / 『아동의 탄생』

구정 프랑스 파리 소르본대학에서 역사학과 지리학, 인구
론 학을 전공한 저자 아리에스는 주로 '인간에 대한 이
해'에 초점을 맞춰 역사를 서술한 것으로 유명하다. 주로 정치
에 편중된 왕조사(王朝史)가 아니라 유럽 중세에서 이어져오는
민간의 '숨겨진 역사'를 찾아내는 섬세한 시각 때문에 그의 저
서들은 대중들에게 널리 읽힌다. 국내에서도 『사생활의 역사』
시리즈가 텔레비전 독서 프로그램에 소개되면서 인기를 끌기
도 했다.

우리나라에 소개된 것은 2003년이지만, 그의 대표작인 『아
동의 탄생』이 프랑스에서 출간된 것은 1973년이었다. 미국에
서나 유럽에서나 극성스런 부모 세대들이 아이 교육에 에너지
를 쏟아붓는 현상이 보편화되고 어린이에 대한 '신화'들이 기

승을 부릴 무렵이었다.

　그런 때에 아리에스가 꽤나 두꺼운 이 책(한글판 703쪽)에서 다양한 기록을 들어 내세운 주장은 "아동이라는 개념이 탄생한 것은 최근의 일"이라는 것이었다. 불과 300년 전만 해도 유럽 사람들은 아동을 독립적인 인격체로 인정하지 않았고 심지어는 조그만 원숭이 같은 장난감으로 보기도 했었다고 말한 것이다. 조부모와 부모, 삼촌과 고모들 틈에서 사랑받으며 자라나는 어린이의 모습은 15세기의 도덕주의자나 19세기 전통주의 사회학자들의 상상에서나 존재하던 허구에 불과하다고 그는 단언한다.

　책은 아리에스의 전공이나 다름없는 주제와 소재들을 망라하고 있다. 중세 프랑스의 전통사회, '아동'이라는 개념의 발전 과정, 근대 이후 교육제도의 변화와 사회상 따위를 다룬다. 그다지 학술적으로 씌어진 책이 아니기 때문에 사료를 잔뜩 붙여놨는데도 술술 읽힌다. 저자가 주로 동원한 사료는 12세기까지 거슬러 올라가는 학자들의 문헌과 프랑스 혁명 이전 부르주아지들의 편지나 일기 같은 것들이다. 중세의 축제나 아이들 놀이, 의복의 변화도 중요한 사료가 된다. 또 한 가지 눈길을 끄는 것은 중세 이후 그림에 나타난 도상(圖像)들이다. 성화(聖畵) 속 예수 가족의 모습이 17세기 이후에는 어떻게 리얼한 가족의 모습으로 바뀌어가는가를 꼼꼼히 들여다본다.

그의 분석에 따르면 프랑스에서 17세기는 '아동의 발견'에서는 아주 중요한 시기였다. 발견은 무엇인가. 아동은 성인과 다른 존재라는 사실에 대한 발견, 즉 인식이 확장되고 새로운 개념이 생겨난 것을 말한다.

고대에서 중세까지 아동이란 덜 자란 어른, 어서 빨리 기술을 가르쳐 노동력으로 써먹어야 할 견습생에 불과했다. 도제가 아닌 '학생'으로서 아이를 가르치고 잘 자란 인간형으로 만들어야 한다는 생각이 자리를 잡은 것은 17세기 이후의 일이다. 아동기-청소년기-성년기-노년기로 이어지는 인생의 시대 구분이 뚜렷해지기 시작한 것도, 사람들이 자기 나이를 분명한 숫자로 말할 수 있게 된 것도 그리 오랜 일은 아니다.

어째서 17세기인가. 부르주아지의 형성, 중산층 의식의 발전, 공개된 대저택에서 은밀한 사적 공간으로 바뀐 주거 형태의 변화 같은 것들이 가족의 개념을 새로 만들었다. 엄마와 아이 사이의 친밀함은 그때에 와서야 배타적이고 최우선적인 것이 되었으니, 모성(母性)이라는 감정도 그 전까지는 그다지 절대적인 것은 아니었다. '공간'이 '관계'를 바꾸고 '감정'을 만들어낸다는 이런 분석은 모성에 대한 현대 페미니스트들의 전위적인 해석과도 일견 통한다.

사회·문화적 변화로부터 감정과 심리의 변화를 도출해낸다는 점에서 아리에스의 시선은 다분히 유물론적이다. 이런 역사관은 근대 이후 국민국가의 형성과 군대식 학교 체제에 대한 분석이 주를 이루는 책 후반부에서 아주 잘 드러난다.

수도원의 규율에서 벗어나 잠시 숨통이 트였던 18세기 자유주의적 교육관이 19세기 이후 어떻게 병영식 교육 체제로 침몰해버렸는지, 프랑스와 영국의 사례를 들어 조목조목 짚는다. 초등교육과 중등교육의 분리를 아동기-청소년기 개념이 갈라지던 시기와 연결시킨 동시에 하층민과 부르주아지의 교육 분기점으로 지목한 것도 눈길을 끈다.

책은 철저히 프랑스 중심적이어서, 사실 근대적 교육 체계를 외부에서 얻어오다시피 한 우리 입장에서는 남의 얘기처럼 들리기 쉽다. 그러나 중요한 것은 바로 그 점이다. 제대로 틀을 갖춘 아동 개념도, 교육 체제에 대한 역사적 통찰도 없는 채로 시험 제도만 들쑤시는 것이 우리 현실이다. 교육은 결국 사회·문화적 전통과 같이 가는 것이고, 사회 전체에 대한 통찰력 있는 접근 속에서 제도를 다듬어야 한다는 것이 이 책의 숨겨진 교훈이다.

책벌레 아이는 엄마가 만든다

매리언 울프 / 『책 읽는 뇌』

해마다 첫 국어 시간이면 나는 학생들에게 초등학교 때까지 읽었던 책 중 기억나는 문학 작품을 제목과 글쓴이로 나눠 적어보도록 한다. 나누는 이유는 제목만 기억하는 경우가 상당히 많기 때문이고, 문학 작품으로 한정하는 이유는 그렇게 하지 않으면 만화나 위인전 제목만 죽 나열하기 때문이다. 아이들은 종이 한 장을 채우지 못하고 내는 경우가 많고, 대부분 스무 쪽 이내의 짧은 동화를 적어내기 일쑤다.

하지만 그 중에서도 가장 충격적이었던 것은 외고 입시를 준비 중인 중학교 3학년 학생이 교과서에 있는 문학 작품 외에는 읽어본 적이 없고, 그것도 시험 때문에 봐서 기억이 안 난다며 빈 종이를 내밀었을 때다. "집에 책은 없니? 엄마가 어렸을 때 동화책도 안 읽어주셨니? 아니, 독서 활동 상황에는 무슨 책을 적었니?"라고 묻자, "공부하기도 바쁜데 언제 읽어요? 독서 활동 상황에 있는 책은 학원 선생님이 요약해주셨어요"라며 황당하다는 듯이 나를 쳐다보았다.

독서의 중요성을 알고는 있지만 대부분 입시 등의 목적을 위해서인 경우가 많다. 그나마도 요즘은 논술 학원이나 독서 학원이다 해서 아이들에게 요약글 읽기만 시키는 경우가 있다. 하지만 그러한 목적도 없는 경우에는 아예 책을 읽지 않는다. 오죽하면 콩쥐팥쥐 얘기를 할 때 신데렐라 얘기를 왜 선생님 마음대로 바꾸냐며 뭐라 하는 학생이 나오겠는가.

국어교사로서의 책임감 같은 게 작용해서인지 나는 독서나 언어 관련 책을 특히 많이 보는 편이다. 게다가 이 책을 읽은 2009년은 둘째 현수가 두 돌이 되도록 말을 안 해 온갖 방법을 다 강구하며 관련 도서라면 닥치는 대로 읽던 시기였다. 이때 만난 『책 읽는 뇌』의 첫 줄은 충격적이면서 희망적이었다.

독서는 선천적인 능력이 아니다. (15쪽)

이에 대해 인지과학자 스티븐 핑거는 "소리에 관한 한 아이들은 이미 선이 연결 상태다. 반면에 문자는 고생스럽게 추가 조립해야 하는 옵션 액세서리다"(36쪽)라고 했다. 즉 문자들의 조합인 독서는 학습의 대상인 것이다. 그는 타고나지 않은 독서 능력을 학습하는 조건으로 제도적 환경을 들고 있다. 즉 독서를 위해 수백 단어, 수천 개념 그리고 수만의 청각적, 시각적 지각에 대해 수백 가지를 학습한다고 할 때 환경의 영향이 들어간다는 것이다. 아이가 여덟 살이 되어 학교에 들어갈 때 글을 읽지 못하면 뭔가 부족한 듯이 느끼는 것은 왜일까? 알파벳 코드를 개발하는 데 2,000년이 걸렸지만, 아이들은 2,000일(만 6~7세) 만에 이 코드를 해독해야 하는 것으로 사회는 기대하기 때문이다. 불가능할 것 같은가? 아니, 가능하다. 뇌는 진화했기 때문이고, 진화의 역사는 인류의 시작과 함께할 정도로 거대한 역사를 가진다.

이렇게 만들어진 뇌는 최초의 문식 활동에 2,000년이 걸렸지만, 현재는 2,000일 만에 문식 활동이 가능할 정도로 진화되었다. 다만 이때 진화된 뇌는 유전적으로 프로그래밍 되고 설계된 기존의 신경 회로들을 연결하는 방법을 배우면 되는 것이다. 선과 선을 연결하면 불이 들어오는 것처럼 진화된 뇌의 뉴런과 신경 회로들을 연결해주면 누구나 책을 읽는 것이 가능하다. 하지만 앞서 말했듯이 문자를 읽는 것과 이해하는 것은 다르다. 문자들이 단순히 조합된 것이 책이 아니기 때문이다. 그렇다면 문자를 읽어 이해하고 행동하게 하려면, 즉 독서를 하게 하려면 어떻게 해야 할까?

그 방법은 생각보다 간단하다. 한 아이가 있다. 그 아이가 누군가의 품에 안겨 동화를 처음 들을 때, 바로 그 순간부터 독서 학습이 시작된다는 것이다. 이 시간의 양이 성장 후 독서 능력을 예언해준다고 보고 있다. 학기 초 학부모와의 만남 시간에 받는 단골 질문은 "우리 애가 책을 안 읽어요. 어떻게 하면 책을 읽을까요?"다. 『책 읽는 뇌』는 그 걱정을 하기 전에 과연 아이에게 책을 읽어주었는지, 계속 말을 걸어주고 대화하려고 노력했는지를 반성해봐야 한다고 말하고 있다. 책을 책꽂이에 가득 꽂아주고 '아이가 알아서 읽겠지'라고 기대만 해서는 안 된다. 부모가 노력한 만큼, 행동한 만큼 내 아이가 책을 읽고, 책을 사랑하고, 독서 능력을 기를 수 있다는 것이다. 『사랑하지 않는 자, 모두 유죄』라는 책 제목을 독서 학습에 적용한다면 '행동하지 않는 부모, 모두 유죄'라 할 수 있다.

두 돌이 되도록 말을 하지 못하는 현수를 진찰했던 재활의학과 의사의 소견은 부정적이었다. "지금 1년이 지체되었다는 건 엄청난 거다. 또래 아이들은 걷고 있는데 이 아이는 기고 있다고 보면 된다. 쫓아가려면 뛰는 것도 아니고 날아가야 한다. 그게 쉽겠느냐. 큰 기대는 말고 최소한 걸어가기만 한다고 생각하고 교육해라."

당시 나는 지푸라기라도 잡는 심정으로 이 책에 매달렸다. 이 책의 작가 매리언 울프도 난독증인 아들을 키우고 있는데다 인지신경과학과 아동발달의 전문가였기 때문이다. 담당의의 말대로 현수의 현재 상태를 받아들이되, 포기하지 않았다. 이 책에서 깨달은 바대로 두 돌이 되도록 "엄마", "물" 정도만 말하던 현수에게 끊임없이 말을 걸고, 언어 치료를 시키고, 관심을 보이는 책이면 열 번이고 스무 번이고 읽어주었다. 그러자 "엄마"가 "엄마, 물"이 되고, "엄마, 물 줘"가 되어갔다. 아이에게 날개가 달린 것이다. 그 결과로 이제 만 5세가 된 현수는 더 이상 언어 치료가 필요 없고, 내가 아프면 "엄마 빨리 회복하셔야 해요"라고 걱정스런 표정을 지으며 말해준다. 알려주지도 않았는데 한글을 익혀 잠자리에서 『우리 아빠가 최고』를 읽어주는 멋진 아이로 자라고 있다.

인간의 뇌가 독서를 만들었지만, 독서는 인간의 뇌를 확장시킨다. 그러므로 디지털 시대에도 문자로 된 독서는 사라지지 않을 것이다. 나는 현수의 머릿속에서 무슨 일이 일어나고 있는지는 모른다. 왜 두 돌이 되도록 말을 못 했던 애가 다섯 돌이 되었을 때는 유창하게 말을 하고, 책을 읽을 수 있게 됐는지도 모른다. 하지만 그런 변화의 바탕에는 아이를 품에 안고 읽어주던 동화, 하루 있었던 일들을 끊임없이 들려주고 사랑한다고 속삭이던 내 목소리가 깔려 있으리라고 본다. 나는 오늘도 현수가 자신이 읽을 수 있는데도 읽어 달라고 가져오는 동화책을 품에 안고 읽어주고, 오늘 어린이집에서는 무엇을 했는지, 엄마는 학교에서 무엇을 하고 왔는지를 얘기한다.

그리고 아이의 뇌 속에 독서의 마법이 더욱더 멋지게 펼쳐지기를 기대해본다.

책 안 읽는 아이를 위한 처방전

서정오 / 『우리가 정말 알아야 할 우리 옛이야기 백가지』

홍선영 딸아이는 책을 굉장히 좋아한다. 매달 10여 권의 책을 사주는데, 책이 도착하면 2~3일 내로 다 읽어버린다. 그 중에 재밌었던 책은 열 번이고 스무 번이고 계속 읽는다. 그래서 나는 아이의 친구 엄마들로부터 "희수는 엄마가 국어 선생님이라 책을 좋아하나 봐요"라는 말을 많이 듣는다. 절반은 맞고, 절반은 틀린 얘기다. 국어 교사다 보니 책 읽기에 단계가 있다는 사실과 아이가 책에 흥미를 갖게 만드는 방법을 알고 있다는 것은 맞다. 하지만 엄마가 국어 교사라고 아이가 책을 좋아하는 거라면, 반대로 아이가 책을 좋아하면 엄마가 국어 교사여야 할 텐데 그건 아니지 않은가?

아이가 그림책에서 동화책으로, 저학년 도서에서 고학년 도서로 넘어갈 때 흥미를 갖도록 노력하는 것이 중요하다고 말

120

하고 싶다. 사실 딸아이는 책을 좋아하는 아이가 아니었다. 그리고 나는 책을 좋아하게 하겠다고 아이 방에 전집을 꽉꽉 채워놓는 엄마도 아니었다. 속으로는 아이가 책에 흥미를 갖는 순간을 호시탐탐 노리지만 겉으로는 읽기 싫으면 안 읽어도 된다고 쿨한 척하고 있었다. 그래서 우리 집은 그 흔한 과학동화도 유명한 유치원생 필수 그림책들도 없었다. 대신 학교에서 중학교 1학년 아이들에게 읽어주던 『우리가 정말 알아야 할 우리 옛이야기 백가지』가 뽀로로 그림책 두세 권과 함께 책상에 놓여 있었다.

어느 날 기회가 왔다. 자기 싫은지 방을 뱅뱅 돌던 딸아이가 "엄마, 이 책은 왜 두꺼워?"라고 묻는 것이었다. 그래서 "희수 재밌는 얘기 많이 해주라고 두껍지, 잠 안 오면 제일 재밌는 걸로 하나 읽어줄까?"라고 답했다. 그리고는 「방귀 안 뀌는 사람 있나」를 팔에다 가짜 방귀를 뽕뽕 불어가며 들려주었다. 아이가 다른 이야기를 또 들려 달라고 했을 땐 한 걸음 물러나 "내일 해줄게. 하지만 글자 읽을 줄 아니까 낮에 네가 읽어봐도 돼"라고 말했다. 퇴근하고 오니 아이는 이미 그 책을 다 읽은 후였다. 흥미를 보이는 것 같기에 다른 옛날 이야기들, 다른 나라의 민화를 들려주기 시작했다. 그렇게 자발적인 흥미에서 책 읽기를 시작하자 아이는 책 자체와 이야기를 즐기게 되었다. 그때부터는 책을 안 읽는 것에 대한 걱정이 사라졌다.

이야기를 좋아하게 되고 책의 매력을 깨닫게 하는 옛날 이야기의 매력이 뭘까? 일단 옛날 이야기의 매력은 짧고, 말놀이가 많다는 것이다. 아이들이 읽어도 부담이 없고 이해하기 쉽게 한두 쪽이면 끝난다. 그리고 옛날 옛날 옛적에, 간날 간날 간적에같이 말놀이가 많아 어휘력이 늘어나고 언어에 흥미를 불러일으킬 수 있다. 엄마들이 많이 읽어주는 『잘 자요 달님』이나 『사과가 쿵』 같은 책보다 우리 옛날 이야기가 더 좋은 것 같다. 세 가지 소원이나 은혜 갚은 두꺼비 이야기를 들으면서 미물에게도 생명이 있고, 착한 사람이 복을 받는다는 것을 알고, 해와 달이 된 오누이, 땅 속 나라 도적 퇴치 이야기를 들으면서 하늘 나라, 지하 세계 등 상상의 세계로 상상력을 확장하고, 주인공과 함께 모험을 하는 경험을 한다. 게다가 쉬운 구어체인 덕분에 입에 착착 감기는 맛이 있어, 엄마가 읽어주기에도 좋고 아이가 읽기에도 좋다.

비단 어린 아이에게만 좋은 것이 아니다. 나는 중학교 아이들에게도 옛이야기를 많이 들려준다. 특히 이 책은 모험과 기적, 인연과 응보, 우연한 행운, 세태와 교훈, 슬기와 재치, 풍자와 해학으로 주제별 분류가 되어 있어 훈화의 말을 이야기로 대신할 수 있어 더 좋다. 언중유골이라고 이야기 속에 뼈가 있어, 재밌다고 하하 웃다 보면 어느샌가 진한 감동이나 깨달음을 얻게 된다. 요즘 중학생들은 서양 동화책이나 현대 창작

동화 같은 책만 주로 읽다 보니 교과서에 '박씨전'이 있었는데 흥부전의 박씨인 줄 알았다고 하는 일까지 있다. 그래서 이 책을 구수한 구어체와 언어유희를 살려 읽어주면 신이 나서 웃고, 주인공이 위기에 처하면 '아이쿠' 하면서 걱정한다. 그리고 행복한 결말로 끝나면 자기 일인 양 신나하는 것이다. 〈해를 품은 달〉이나 〈성균관 스캔들〉 같은 사극 열풍이 불다 보니 옛날 삶의 모습에 대한 배경지식이 약하나마 있는 것도 즐겁게 듣는 이유 중 하나인 것 같다.

엄마들에게 말해주고 싶다. 내 아이가 책을 안 읽는다고 걱정하기보다는 내 아이가 책에 호기심을 가질 때까지 일단 기다려야 한다. 대신 아이가 책에 호기심을 가질 수 있도록 아이가 지나다니는 장소에 책을 놔두는 센스는 필수다. 옛이야기 책은 이 책같이 그림이 알록달록하고 해학적이어서 아이들의 관심을 끌기 좋다. 밤이면 외국 동화책 대신 우리 옛이야기를 읽어주자. 말이 구수하고 말장난이 재밌어서 특별한 기술이 없는 엄마들도 재미있게 읽어줄 수 있다. 아이가 중학생쯤 됐는데 어떻게 읽어주냐고 쑥쓰러워할 수 있다. 하지만 독서에 흥미를 갖지 못한 학생들에게 옛이야기는 부담 없는 독서의 시작이 될 수 있다. 부담도 없고 이야기가 흥미로워 책을 읽어주는 엄마와 아이 모두 만족할 수 있을 것이다.

조금 느리게 자라는 아이들

후지이에 히로코 / 「저 문 너머로」

'자폐 소녀와 가족의 성장 이야기'란 부제가 붙어 있는 이 책의 주인공 유메는 아스퍼거증후군 환자다. 자폐스펙트럼장애라고, 자폐와 보통 사이의 경계에 있는 아이다. 자폐증과는 달리 이 병은 어린 시절의 언어 발달 지연이 두드러지게 나타나지 않기 때문에 유메의 엄마는 유메에게 자폐 증세가 있다는 걸 몰랐다. 그런데 유메가 모래가 무섭다고 모래 놀이를 하지 못하고, 갑자기 울음을 터뜨리고, 특정 글자나 글자 순서에 집착한다. 엄마는 유메가 왜 그러는지 몰라 힘들기만 하다. 그때 텔레비전에 아스퍼거증후군과 자폐에 대한 전문가의 강연이 나오게 되고, 엄마는 그제야 유메를 이해하기 시작한다. 물론 처음에는 부정했지만, 곧 유메의 장애를 받아들이고 유메의 적극적인 협력자로 변신한다. 두꺼운 자폐 관련 책을 읽기 시작하고, 유치원 엄마들 앞에서 자기 아이의 자폐에 대한 이해를 구한다. 유메의 오빠도, 아빠도, 할머니, 할아버지까지 유메의 든든한 조력자다. 유치원 선생님들과 소아과 선생님들도 든든한 지원군이 된다. 가족과 주변 사람들의 노력과 이해로 유메는 하루하루를 즐겁게 생활하고 유치원도 무난히 마칠 수 있었다.

이 책은 작가 후지이에 히로코의 경험을 담은 에세이와 그가 쓴 소설로 이루어져 있는데, 유메는 작가가 쓴 소설 속 주인공이자 작가의 또 다른 모습이다. 후지이에 히로코 역시 해리성 장애를 극복한 후 현재는 자폐와 장애를 가진 아이들과 부모들의 이해를 돕는 강연자로 활동하고 있다. 유메가 자라면 후지이에 같은 삶을 살지 않을까?

학교에서 보면 자폐까지는 아니어도 유사 자폐 성향이나 주의력결핍 과잉행동장애 증세를 보이는 아이들이 많다. 하지만 적극적인 협력자의 역할을 하는 부모님도 드물고, 사회적 시스템과 이해도 부족하다. ADHD(주의력결핍 과잉행동장애) 약을 복용하고 있거나, 틱 장애 등으로 병원 치료를 받으면서도 주위에 알려질까 봐 쉬쉬하는 경우도 많다.

요즘 복지가 좋아졌다고 하지만 경계에 있는 사람들은 좀처럼 도움을 받을 수 없다. 어느 반 학부모님은 생활 형편이 어려워 급식비 내기도 힘들다며 도와 달라고 우신다. 하지만 작은 집도 있고, 트럭에 야채를 싣고 팔러 다녀 자기 소유의 차도 있는 학부모님은 차상위계층에 해당되질 않는다. 쌀 살 돈이 없어 사흘 동안 끼니를 굶었던 적도 있다는데 경제적 경계에 있기 때문에 정부의 지원을 받을 수 없는 것이다. 장애도 마찬가지다. 차라리 장애 판정을 받으면 나라에서 교육비며 체육 활동비, 미술 치료비 등 갖가지 지원 혜택이 나오지만, 평범하다고 하기에는 어딘가 다르고, 장애라고 하기에는 애매한 '경계인' 아이들은 어떤 지원도 받지 못한다. 이런 '경계인' 아이들에게 공공기관의 문턱은 너무 높고, 사립기관은 너무 비싸다. 장애라면 주변 사람들에게 이해나 연민을 받을 수라도 있을 텐데, 튀는 행동이나 말 때문에 냉대만 받기 일쑤다.

나도 둘째 현수가 언어 지체가 있어서 1년 반 가까이 병원에 다녔다. 30분밖에 되지 않는 언어 치료를 받는 데에 진료비가 5만 원이 넘었다. 언어와 인지 치료를 병행해야 효과가 있다는데 인지 치료는 6개월을 대기해야 했고, 그 다음에는 열여섯 번 수업에 100만 원이 넘는 치료비를 내야 했다. 맞벌이를 하고 있긴 하지만, 여섯 식구의 빠듯한 살림살이에 엄청난 부담이었다. 게다가 치료를 받으려고 재활의학과 앞에 앉아 있으면 아이도 나도 부족한 사람이 된 것만 같아 스스로가 조바심이 났다. 옆에 온 할머니께서 위로한다고 "애가 모자라서 힘들겠우"라는 말씀을 하실 때면 가슴이 아파 울기도 많이 울었다.

하지만 우리 가족은 아이가 지체가 있다는 것을 받아들였다. 병원의 모든 프로그램을 따랐고, 검사하자면 검사하고, 치료하자면 치료했다. 병원 의사 선생님이 보통 두 돌밖에 안 됐는데 '지체'라는 말을 쓰면, 그것도 소설 속 유메나 내 아이같이 멀쩡해 보이는데 그런 말을 하면, 부모의 99퍼센트는 화를 내면서 진료실을 박차고 나간다고 했다. 그리고 지체가 너무 심해져서 회복되기 어려운 상황이 오면 울면서 나타나는 경우가 많다는 것이다. 같이 근무했던 선생님 한 분의 아들이 아스퍼거증후군이었다. 초등학교 5학년 때 아이가 왕따와 괴롭힘을 당해서 찾아간 병원에서 아스퍼거증후군 진단을 받았다. 그런데 사실은 두 돌 때 열경기를 해서 찾아간 병원에서 자폐 성향이 나타날 수 있으니 치료를 하라고 권유받은 적이 있었다고 한다. 불같이 화를 내는 시부모님과 남편 때문에 치료를 하지 않았고, 또 자라면서 가끔 딴 말을 하고 딴 생각을 해도, 어른들 말씀 잘 듣는 착한 아이여서 걱정하지 않았다고 한다. 그런데 알고 보니 친구의 악의 섞인 농담에서 악의를 느끼지도 못했고, 책의 내용은 이해하지 못한 채 암기만 하고 있었다. 그러는 사이 친구들의 악의는 점점 악한 행동으로 발전해서 아이에게 씻을 수 없는 상처를 남겼다. 그 선생님은 두 돌때 의사 말만 들었어도 이렇게는 안 됐을 거라고 후회하셨다.

우리 시어머니는 직장 생활을 하는 날 대신해 일주일에 두

세 번씩 아이 손을 잡고 병원이며 발달장애아동센터에 다니셨다. 사람들의 지나친 남 걱정에도 끄떡하지 않으셨다. 한편 나는 어린이집을 다니면 치료에 도움이 된다는 말을 듣고 어린이집도 알아보았다. 보통 지체가 있는 아이는 교육하기 어렵다고 거절한다는데 우리가 만난 원장 선생님은 이해와 사랑으로 교육시키겠다며 흔쾌히 아이를 받아주셨다. 어린이집 현수 담당 선생님이 그런 아이를 교육한 경험이 있기 때문이었던 것 같다. 그 선생님은 아이가 알아듣도록 천천히 말을 해주고, 못 알아듣는 것 같으면 몇 번이고 다시 말해주었다. 현수가 새로운 단어를 하나만 말해도 칭찬해주었음은 물론이다.

주변의 노력 덕분에 현수는 지금은 말도 잘하고, 올해 들어간 유치원에서 발표 잘하는 씩씩한 보통아이로 잘 자라고 있다. 아이의 부족함을 인정하고, 성장할 수 있도록 조력하고 협력한 가족과, 교육학에서 말하는 '중요한 타인들'의 존재가 있었던 덕택인 것 같다.

조금 느리게 자라는 아이들은 많고도 많다. 그런 아이들을 친구, 학교(또는 유치원), 사회가 기다려주고, 품어줄 수 있어야 한다. 자폐는 아이의 내면 속에 존재하는 일종의 문이라고 생각한다. 문에는 손잡이가 있다. 아이가 열 수도 있고, 다른 사람이 열어줄 수도 있다. 하지만 아이가 열 수 있는 힘이 없다면 밖에 있는 사람들이 열어주어야 한다. 소설 속 유메가 가족과 중요한 타인들에 의해 '자폐'라고 하는 문을 열고 '세상'을 향해 나갈 수 있었던 것처럼 말이다.

나는 지금 내가 자랑스럽다. 아이의 '늦음'에 절망하고 슬퍼하는 대신 다른 친구들보다 천천히 걷는 그 손을 잡아주었기 때문이다. 솔직히 말해 처음에는 그때까지 남들과 같은 보폭으로 걸어왔던 내가 아이의 느린 걸음을 기다려주고, 손잡아주는 것이 쉽지 않았다. 하지만 남편이, 부모님이, 아이의 선생님이 함께 기다려주었다. 그리고 내가 아이 손을 잡고 올 수 있도록 격려해주었다.

성적이 낮다든지, ADHD가 의심된다든지, 유사 자폐처럼 보인다든지, 성격이 원만하지 못하다든지, 남들보다 부족하고 모자란 점이 내 아이에게 보이는가? 그 순간, 아이 마음의 손잡이를 돌리길 바란다. 부족함을 인정하고, 느리지만 끝까지 걸어갈 수 있도록 도와주고, 격려해주자. 빨리 가는 토끼도 있고 느리게 가는 거북이도 있지만 거북이가 승리할 수도 있다. 삶은 얼마나 빨리 가느냐가 중요한 게 아니라 어떻게 가느냐가 중요하다는 것을 마음에 새기고 내 거북이가, 또는 남의 거북이가 포기하지 않고 잘 걸어갈 수 있도록 도와주길 바란다. 내 아이가, 또는 그 아이가 유메가 될 수 있도록 말이다.

소녀들의 은밀한 비밀을
알고 싶으세요?

레이첼 시먼스 / 「소녀들의 심리학」

여자아이들에게 생일 파티는 어떤 의미일까? 친구 딸이 생일 파티에 초대받지 못했을 때 생일을 맞은 아이에게 써 보낸 편지가 정답일 것이다. "나는 너를 친구라고 생각했는데, 나를 초대하지 않아서 속상했어." 그렇다. 여자아이, 소녀들에게 생일 파티란 단순히 케이크를 나눠 먹고 모여서 수다를 떠는 자리가 아니다. 생일 파티에 초대된다는 건 초대하는 사람의 친구이고 같은 소속이라는 걸 인정받는 것이다.

생일 파티와 마찬가지로 여학생들이 그들만의 우정을 확인하는 방법은 아침에 만나 같이 등교하기다. 집이 같은 방향이 아니어도 상관없다. 그 중에 한 친구가 늦는다면 같이 늦어줘야 한다. '소녀들의 의리'를 지키지 않고 지각이 무서워 혼자서 등교했다가는 다시는 그 무리에 끼지 못한다.

130

우리 반이었던 여학생 민아는 다섯 명의 여학생 무리 중 한 명이었다. 하지만 다섯 명이라는 홀수가 민아에게 초등학생 때의 악몽을 떠올리게 했다. 민아는 초등학교 때 세 명이 어울려 지냈는데, 민아를 뺀 다른 두 명이 친해지는 바람에 혼자 따돌림을 당했던 경험이 있었던 것이다. 그래서 이번에는 절친 한 명을 만들기로 했다. 영주였다. 만나서 학교에 올 때도, 수련회에 가서 같은 방을 쓰면서도 나머지 세 명과는 다르게 "영주야, 난 네가 특히 좋다. 너랑만 놀아도 상관없어"라고 편애를 하기 시작했다. 어쨌든 짝수만 만들면 안심이었기 때문이다. 그런데 민아의 의도와는 달리 네 명이 이상하다는 듯이 민아를 보기 시작했다. 등교할 때 만나던 장소를 바꾸었고, 여학생들의 또 다른 의리인 화장실 같이 가기에 끼워주지 않았다. 민아가 그렇게 벗어나고 싶어했던 초등학교 때의 악몽이 되풀이되기 시작한 것이다. 민아는 죽고 싶고, 학교에 가고 싶지도 않다며 이불을 뒤집어쓰고 단식 투쟁을 시작했다.

어른들의 눈으로 보면 같이 학교에 안 가는 게, 화장실에 안 가는 게 무슨 따돌림이냐며 코웃음을 칠 일이다. 그리고 민아처럼 죽겠다고 난리를 칠 일이냐고 할 것이다. 교사의 입장에서도 왜 민아를 따돌리느냐고 나머지 네 여학생들을 혼내기도 어렵다. 『소녀들의 심리학』은 이런 소녀들의 은밀한 따돌림, 특히 남학생들과는 다른 정신적인 따돌림을 다룬 최초의 책이다. 그 자신 또한 따돌림의 피해자이자 가해자이기도 했던 레이철 시먼스는 약 3년에 걸쳐 300여 명을 인터뷰 한 후 이 책에서 소녀들의 따돌림 문화와 실상, 부모와 교사의 대처 방법 등을 알려주고 있다.

고등학교에 다니는 한 소녀가 있다. 소녀의 어머니는 소녀의 친구가 인기도 많고 자신감에 넘치는 게 부럽다. 내 딸이 그런 아이와 친구가 되면 내 아이도 그렇게 될 것 같은 환상에 빠진다. 그래서 딸에게 그 친구와 친하게 지내라고 권한다. 소녀 또한 어머니와 같은 환상에 빠진다. 그 아이와 친구가 되면 나도 인기 있는 아이가 될 것 같다. 하지만 그 아이는 사람들이 있을 때는 소녀에게 친절하게 대하지만 둘만 있으면 냉대하고 야유한다. "사람들이 널 좋아하는 건 다 내 덕분이야"라고 말하면서. 소녀는 사람들에게 이 아이의 참모습을 보라고 외치고 싶지만 아무도 자기 말을 믿지 않을 것 같다. 소녀는 점점 잠을 못 자고 소극적이 되어 자기만의 껍데기 안에 갇힌다. 결국 정신과 치료를 받기에 이른다. 소녀의 어머니는 본인의 환상과 욕심이 딸을 괴로움의 나락으로 떨어뜨렸다는 죄책감에 시달리게 되었다.

또 다른 예. 레이철 시먼스는 자신이 은근한 따돌림의 피해자였다는 괴로움에 성인이 된 후 소녀들의 따돌림을 연구했다. 그런데 면담 조사 중 고등학교 때 친구로부터 충격적인 말을 듣게 된다. 그녀도 레이철이 자신을 따돌리는 바람에 괴로웠다는 얘기를 듣게 된 것이다. 레이철은 학창 시절, 친구들이 레이철을 빼놓고 자기들끼리만 얘기를 한다든가 파티에 끼지 못할 때마다 우울에 시달렸더랬다. 그런데 자기도 모르는 사이에 다른 친구에게 똑같은 행동을 하고 있었다. 자신이 따돌림을 당하지 않기 위해, 따돌림을 당하는 아이와는 다른 편에 서기 위해 스스로 가해자의 역할을 맡았던 것이다.

이 책에서 300여 명의 소녀(또는 어른으로 성장한 성인 여자)들이 공통적으로 말하는 것은 친구가 가해자가 되고, 자기가 친구의 가해자가 된다는 것이다.

현재 학교에서도 여학생들 사이의 왕따 문제는 대개의 경우 집단 내에서 발생한다. 여학생들은 대체로 두세 명에서 네다섯 명이 하나의 소그룹을 이뤄 친구가 된다. 그 그룹에 끼지 못하거나 방출되면 전체 왕따나 다름없다. 그렇다면 소녀들의 따돌림은 구체적으로 어떤 모습일까? 그 모습은 이중적이고 학대적이다. 오늘은 말을 걸지 않는다. 하지만 내일은 잘해준다. 또 그 다음 날은 그 아이만 두고 다른 아이들과 나갔다가 킬킬거리며 돌아온다. 그리고 다시 다음 날은 잘해준다. 그래서 아이는 헷갈린다. 자기가 따돌림을 당한다고 말하기도 그렇고, 친구들이 잘못했다고 말하기도 어렵다. 하지만 혼자 있으면 괴롭고, 자신에게 잘해주다가 뒤에서 킬킬거리는 친구들을 보면 자신이 뭘 잘못했는지 몰라 혼란스럽다.

선생님이나 부모가 그 사실을 알 때는 이미 따돌림을 당하는 아이의 심신이 지칠 대로 지친 후다. 손을 대기에는 너무 늦은 것이다. 따돌림을 당하는 아이의 문제는 뭘까? 간단하다. 인기가 많거나 리더 격인 아이, 즉 '좋은 친구'가 문제 있다고 한 소녀를 지목하면 나머지 소녀들은 그 아이의 말에 동조한다. '좋은 친구'란 어른들의 잣대가 반영된 결과물이다. 공부 잘하고 얌전하고 예의바른 아이다. 하지만 어른이 보는 '좋은 친구'가 아이들에게 진정한 좋은 친구는 아닐 수도 있다는 사실을 기억해야 한다. 내가 가르쳤던 아이들만 떠올려봐도 전교 회장인 한 여학생은 중학교 1학년 때 친구들을 꼬드겨 친구들이 술을 훔치게 하기도 했고, 모범적이고 예의바른 행동으로 칭찬받던 여학생 네 명이 같은 그룹의 한 아이를 중학교 3년 내내 모욕과 욕설로 괴롭히기도 했다.

이 책은 딸 가진 어머니라면 꼭 한 번 읽어봤으면 한다. 소녀들의 따돌림은 눈에 보이지는 않지만 평생을 지고 가게 되는 짐이다. 책에서 피해자 경험을 안고 성장한 많은 여성들이 그 상처가 자기를 위축시켰고, 자존감을 잃게 했다는 데 입을 모은다. 하지만 그 상처를 극복하고 상담가로 일하거나 만족스런 삶을 영위하고 있는 몇몇 여성들은 어머니를 통해 회복되었다고 말한다. 어머니들도 뒤돌아보라. 직접적으로든 간접적으로든 자신이 피해자가 된 경험이나 가해자가 된 경험을 갖고 있을 것이다. 그 기억이 지나치게 선명하다면, 크면서 겪는 일이라고 치부하기에는 문제가 있는 게 아닐까? 그렇다면 친구가 나랑 같이 학교 안 간다고, 생일 파티에 초대받지 못했다고 우는 딸에게 그게 울 일이냐고 퉁박을 주기보다는 딸의 손을 잡아주자. 딸이 그 아이한테 잘못했던 일이 생각나지 않는다고 한다면, 너는 잘못한 게 없다고 말해보자. 엄마의 따뜻한 지지 성명이 당장 아이의 문제를 해결해줄 순 없겠지만 촉촉하게 상처에 스며들어갈 것이다. 그리고 새로운 관계를 만들어갈 수 있는 든든한 뒷배가 될 것이다.

PART
4

내 아이와
함께
읽는
성장소설

날갯짓을 준비하는 애벌레들

조단 소넨블릭 / 『드럼, 소녀&위험한 파이』

스탠리 홀은 1904년 『청소년기』라는 책에서 청소년기를 질풍노도의 시기라고 정의했다. 아동도 아니고 성인도 아닌 모호한 위치에서 겪는 자아의식의 혼란기가 청소년기라는 것이다. 이 시기에는 갈등, 소외, 외로움, 혼돈 등의 감정이 하루에도 몇 번씩 휘몰아친다. 하지만 스탠리 홀은 청소년기가 질풍노도의 시기인 동시에 '새로운 탄생'의 시기라고 이야기한다. 아동기의 미숙함에서 벗어나 보다 높은 수준으로 도약하며 완전한 인간적 특성이 새롭게 탄생하기 때문이다. 마치 『꽃들에게 희망을』에서 애벌레가 고치를 통해 나비로 탄생하듯 청소년기는 나비를 준비하는 고치 단계와 같다고 볼 수 있다.

이런 모순적 청소년기를 다룬 많은 소설들을 우리는 성장소설이라고 부른다. 태풍의 핵이라고 불리는 중학교 시기의 학생들을 가르치다 보니 성장소설을 많이 읽고, 학생들에게도 자주 권해주게 된다. 하지만 개인적으로 나는 성장소설들을 좋아하지 않는다. 극단적 상황에 처한 중학생(또는 고등학생)이 갑작스런 계기로 그러한 상황을 극복하면서 세상을 보는 다른 눈을 갖게 된다는 줄거리들에 거부감을 갖고 있다. 성장하는 데 왜 꼭 위기가 필요한 걸까? 그리고 왜 주인공들은 『우아한 거짓말』의 만지처럼 자살한 동생을 가진 언니거나, 『오렌지 1kg 그리고 삶은 계속된다』에서처럼 죽은 엄마를 가진 소녀여야 할까? 가뜩이나 조와 울의 씨실과 날실을 달리는 중학교 애들한테 잘못 읽혔다가 따라 하는 애가 나오는 것은 아닐까, 하는 생각들이 잇따른다. 『어느 날 내가 죽었습니다』를 읽고 자살한 여학생이 있다는 유언비어도 들려오고……. 복잡다단한 감정의 중학생과 같은 수준인 중학교 교사는 하늘이 무너질까 걱정했다는 기나라 사람과 같이 별 걱정을 다 한다.

그런 의미에서 『드럼, 소녀&위험한 파이』는 성장소설이 같은 줄거리도 다양하게 변주할 수 있다는 가능성을 보여주는 작품이다. 동시에 '형제'의 의미를 생각하게 하는 작품이며, 7교시 쉬는 시간에 읽다가 눈물을 줄줄 흘리며 코를 풀기 바쁘게 만들 정도로 감동적이기도 하다.

이 책의 주인공 스티븐은 질풍노도와 새로운 탄생이라는 모순적 시기에 놓인 중학교 3학년 학생이다. 드럼과 예쁜 여학생을 좋아하고, 얄밉긴 하지만 자신을 믿고 따르는 여덟 살 어린 남동생 제프리를 둔 그 나이 때의 평범한 아이다. 하지만 동생이 의자에서 넘어져 코피를 흘리는 사건을 기점으로 스티븐의 평범한 일상은 끝이 난다. 코피 때문에 병원을 찾은 동생은 백혈병 진단을 받게 된다. 동생은 투병 생활을 시작하고, 친절하고 유쾌했던 부모님은 웃음을 잃는다. 다른 많은 성장소설의 주인공들처럼 스티븐에게도 없어졌으면 좋겠다고 생각했던 어린 동생이 정말 없어질 수도 있는 극단적 상황이 닥친다. 하지만 다른 성장소설의 주인공들과는 달리 스티븐에게는 계란 냄새가 나는 소중한 드럼 스틱도 있고, 병원비 모금을 위해 앞장서주는 아네트와 레니라는 여자 친구들도 있고, 현실에 적응하지 못하고 모든 숙제를 거부하는 스티븐을 위해 상담을 해주는 선생님들이 있다. 스티븐 또한 치료비 때문에 점점 집안이 어려워지고, 부모님의 애정이 제프리에게만 쏟아져도 그 현실을 유머로 승화해 작문해내는 멋진 아이다. 무엇보다 이 책이 특별한 것은 일반적인 성장소설들처럼 제프리의 죽음을 통해 스티븐이 정신적 성장을 이룬다는 뻔한 스토리가 아니라, 회복되어가는 동생에게 "사랑한다"고 말하는 스티븐의 졸업 장면으로 끝나기 때문일 것이다. 스티븐이 성장하게 된 데에는 주변 사람들이 끼친 영향이 크다. 제프리와 같은 병을 앓고 있는 사만사라는 또래 여자아이가 자신을 찾아오지 않는 언니를 그리워하는 모습을 보면서, 그리고 상담 선생님으로부터 "바꿀 수 없는 것 때문에 고민하고 괴로워하는 대신에, 바꿀 수 있는 것을 생각해보라"는 조언을 들으면서 스티븐은 변화한다. 자신이 제프리의 곁에 있어줄 수 있는 형이라는 것을 깨달으며 자신이 가진 것에 감사하게 된 것이다. 그렇게 스티븐은 질풍노도의 청소년기를 무사히 마치고 새로운 탄생을 준비하며 졸업을 하게 된다. 상실을 통한 성장이 아닌 사랑을 통한 성장이었기에 이 책의 내용은 더욱 감동적이다.

나도 내 학생들이 스티븐과 같은 성장을 이뤘으면 좋겠다. 요즘의 학생들은 백혈병 걸린 동생만큼이나 중대하고 다양한 가정 문제를 가지고 있다. 내가 가르쳤던 아이들 중 한 명은 양쪽 팔이 자해한 상처로 가득했다. 공부 욕심이 있는 부모의 기대에 숨이 막힐 때마다 한 번씩 칼로 자신의 팔목을 그었기 때문이다. 정신적인 스트레스가 너무 커서일까? 부끄러울 수도 있는 상처를 무감각하게 드러내고 학교에 다닌다. 또 다른 학생은 주의력결핍 과잉행동장애를 가진 오빠가 있다. 홀로 남매를 키우는 엄마는 오빠의 학교 생활을 여동생에게 떠맡겨 버렸다. 오빠를 한 학년을 낮춰 동생과 같은 학년이 되게 한 것이다. 여동생은 초등학교를 다니는 6년 내내 오빠와 함께 학교를 다니고, 오빠가 어려움을 겪거나 문제 행동을 일으키면 수업 중에도 달려가 일을 처리해야 했다. 오빠의 '학교 엄마'가 된 것이다. 그래서일까? 열네 살 아이의 눈빛에는 푸르른 청춘에 대한 기대감이 없다. 오빠가 학교를 다닐 동안은 앞으로도 오빠의 그림자가 되어야 하기 때문이다. 어쩌면 그후로도 계속…….

두 아이에게는 스티븐에게 있는 것이 없다. 열정을 쏟을 드럼이 없고, 다양한 지원을 아끼지 않는 친구들이 없고, 있는 그대로 인정해주고 사랑해주는 가족이 없다. 그러나 그 무엇보다 내가 이 책을 읽으며 가슴을 친 것은 그 아이들의 상처받은 영혼을 끌어안을 수 있는 선생님이 없었다는 깨달음 때문이었다. 몇 년 전 만났던 그 아이들을 보며 나는 '어린 나이에 안됐네…….'라고 안타까워하기만 했지, 그들에게 현실을 극복할 수 있는 정신적인 힘을 주지는 못했던 것 같다. '담임이 아니니까', '가정이 바뀌지 않는데 내가 뭘 바꿀 수 있겠어'라는 생각에 방관자 역할만 했던 것이다. 나비의 날갯짓이 폭풍우를 일으킨다는 말처럼 작고 사소한 일이 나중에 커다란 효과를 가져온다는 사실을 망각하고 있었던 것이다. 스티븐의 상담 선생님인 갤리 선생님의 한 마디가, 백혈병 소녀 사만사가 말한 "어떤 일이 있어도 동생 곁에 있어 줄래?"라는 한 마디가 스티븐이 사랑을 통한 성장을 이룰 수 있었던 원동력이었음을 기억해야겠다.

이 책은 학생들의 성장을 돕는 성장소설이 어른들의 정신을 치유해줄 수도 있음을 알려주었다. 일상의 쳇바퀴에 갇혀 교사로서의 초심을 잃은 11년차 교사에게 『드림, 소녀&위험한 파이』는 짧은 말과 사소한 행동으로도 한 아이의 영혼의 성장을 도울 수 있음을 깨닫게 해주었다. 바뀌지 않는 것에 괴로워하지 않고 내가 바꿀 수 있는 것부터 노력하자는 결심은 생각보다 큰 인식의 변화를 가져온다. 학생들을 만날 때 하는 가벼운 인사에도 오늘부터는 진정한 마음을 담아봐야겠다. 눈을 맞추고 웃어주며 "오늘도 너를 만나 정말 감사해"라고 낯간지러운 말도 던져봐야겠다. 그 말이 물결을 일으키고 일으켜 그 아이가 고치를 뚫고 나와 아름다운 나비가 될 수 있도록 말이다.

내가 손을 잡아줄게, 문을 열어봐

벤 마이켈슨 / 『스피릿 베어』

김성리 누구나 사랑받기를 원한다. 사랑 중에서도 가장 본능적인 사랑은 가족 속에서 형성된다. 어린 아기에게만 부모가 전부인 것은 아니다. 어린 아이에서 소년으로, 청년으로 나이가 들어가도 부모는 생각만으로 코끝이 찡해지고 마음 한구석이 따뜻해지는 존재다. 그 가족으로부터 사랑받지 못한다는 느낌은 성장기 아이들에게 치명적인 트라우마를 입히고, 아이는 어두운 그림자에서 벗어나지 못한다.

『스피릿 베어』에서 콜은 사랑받지 못하는 아이였다. 아버지는 술에 취해서 콜에게 폭언을 퍼붓기 일쑤였고 때로는 콜이 기절할 때까지 때렸다. 어머니는 틈만 나면 술에 취해 자신의 삶이 얼마나 힘든지 콜에게 늘어놓기만 했다. 콜이 사람들에게 자기의 감정 상태를 알릴 수 있는 유일한 방법은 폭력이었다.

그래서 피터를 죽지 않을 만큼 때렸다. 피터가 콜이 철물점을 턴 사실을 밀고했기 때문이다. 콜의 그림자는 폭력이었다.

이제 콜은 감옥에 가야 한다. 돈이 많은 아버지가 산 변호사도 콜이 성인 법정에 서는 것을 막을 수는 없었다. 최근에 이혼한 부모는 소년원에 수감된 콜을 따로 만나러 왔다. 면회실에서조차 아버지는 콜을 때리지 못해 씩씩거렸다. 콜이 성인 법정에서 재판을 받아야 한다는 것이 기정사실화된 후부터 아버지와 어머니는 더 이상 콜을 만나러 오지 않았다. 오직 보호관찰관인 가비만이 콜을 매일 찾아왔다.

어렸을 때 나의 손을 잡고 논두렁을 걷던 아버지는 "자식이 어떤 잘못을 해도 부모는 언제나 문을 열어놓고 기다린다"고 말씀하셨다. 그때 아버지의 손은 참 크고 따뜻했다. 내가 사랑받고 있다는 사실 그 자체만으로도 행복했다. 사랑받았던 사람이 사랑을 줄 수 있다. 내가 누군가를 사랑하기 위해서는 먼저 나를 사랑할 수 있어야 한다. 내가 나를 사랑한다는 것은 나를 이해한다는 것을 의미한다. 나를 이해하는 것은 그 누구보다 내가 나 자신을 가장 잘 아는 것이다.

이해는 단순하게 아는 차원을 넘어 전체 안에서 부분을 보고, 그 부분을 통해 완성된 그림을 그리는 것과 같다. 콜을 아는 사람들이 콜의 폭력적인 말과 행동만을 보고 그것이 콜의 전부라고 여겼듯이, 우리들은 아이가 어긋난 행동을 했을 때 그것만 본다. 왜 그러는지, 엄마인 나는 잘못이 없는지 돌아보지 않고, 아이가 무엇을 원하는지 살펴보지 않는다.

그러나 가비는 콜의 폭력적인 행동 뒤에 숨어 있는 그림자를 보았다. 가비의 과거가 콜의 현재 모습이기 때문이다. 가비가 콜의 나이였을 때 아무도 원형 평결 심사를 받게 해주지 않았다. 그래서 가비는 5년 동안 감옥에 있었고, 자기 때문에 "상처를 입은 사람들에게 진 빚을 갚을 기회를 영영 잃고 말았다."(138쪽)

그런 기억을 안고 있기에 가비는 콜에게 소금, 밀가루, 설탕, 버터, 중조 등 케이크의 재료를 맛보게 하고, 그 재료들을 모두 섞어 만든 케이크를 먹게 했다. 가비가 콜에게 원형 평결 심사를 받게 하려고 애를 쓰는 이유에 대한 비유였다. 콜의 내면에 잠자고 있는 많은 가능성들을 콜이 스스로 알고, 그것들을 조화롭게 버무려 맛있는 케이크를 만들 수 있는 기회를 주고 싶었던 것이다. 그래서 콜이 상처 입힌 사람들의 상처를 치유함으로써 콜의 상처가 치유될 수 있으리라고 믿었다. 그것이 삶이 지닌 순환의 모습이기 때문이다.

봄의 생명력은 여름이 되면 절정에 달해 온 세상을 가득 채울 만큼의 에너지를 뿜어낸다. 그 에너지가 최고조로 올랐을 때 가을이 찾아오고 우리는 쇠락의 시간을 맞이한다. 그리고 다시 일어설 수 있는 힘을 모으기 위해 추위와 절망과 싸우며 잠을 잔다. 잠을 자는 동안은 마치 모든 생명체가 운동을 멈추거나 에너지를 상실한 것처럼 보이지만, 그 잠의 시간 속에서 생명은 꿈틀거리며 봄을 기다린다.

가비는 콜에게서 순환의 가능성을 보았다. 자신이 겨울의 시간을 보내고 콜의 보호관찰관이 되었듯이 콜도 언젠가는 추운 겨울을 견디고 봄을 맞이하는 방법을 누군가에게 전해줄 것임을 믿었다. 자기를 알고 순환의 의미를 깨우치려면 콜만의 온전한 시간과 공간이 필요했다. 다른 보호관찰관인 에드윈과 함께 가비는 콜이 원형 평결 심사를 받을 수 있도록 애썼다. 원형 평결 심사는 인디언 사회의 전통적인 재판 방식으로, 처벌이 아닌 치유를 목적으로 한다. 심사 결정에 따라 콜은 감옥 대신 외딴 섬으로 보내졌다.

섬에 홀로 남겨진 콜은 에드윈이 애써 지어준 오두막과 가비가 준 인디언 담요인 옛투를 함께 불태우고 바다에 뛰어들었지만, 조류에 의해 다시 섬으로 떠밀려 왔다. 추위와 동물들로부터 자기를 지켜줄 수 있는 오두막이 불타는 것을 보며 콜의 가슴은 원인을 알 수 없는 분노로 더 뜨겁게 타올랐다. 불길 곁을 빙빙 돌며 콜은 미친 듯이 웃었다. 눈물을 흘리며 웃었다.

아무도 콜의 마음속 깊은 곳에 있는 슬픔을 알려고 하지 않았다. 자기를 전혀 사랑하지 않는 부모와 함께 산다는 것이 얼

148

마나 외롭고 힘든지 헤아려주지 않았다. 누군가에게 관심을 표현하고 싶을 때 때리는 것 외에 어떤 방법이 있는지, 손을 잡고 서로의 체온을 느끼는 게 어떤 것인지를 알려주지 않았다. 그래서 콜은 사랑이 어떤 것인지 몰랐다.

10대 청소년들의 내면을 "질풍노도와도 같다"고 말한다. 어른들은 질풍노도의 시간이 마치 영원히 그 아이들을 지배할 것처럼, 자신들은 그런 시간을 보낸 적이 없는 것처럼 생각하고 행동한다. 어른들의 위선은 아이들에게 미움과 분노의 감정이 싹트게 하고, 아이들은 같은 상처를 지닌 친구를 찾아다닌다.

그리고 사회는 어느 순간 그 아이들을 외면하고 추방해야 하는 이방인으로 여긴다. 콜이 그랬다. 지나가는 마을 사람들을 기죽게 할 정도로 으리으리한 집에 사는 콜이었지만, 콜의 내면은 언제나 춥고 외로웠다. 이웃 사람들과 학교의 급우들은 콜이 옆에 있는 것마저 거북해 했다. 사랑을 배우지 못한 콜이 친구와 이웃에게 할 수 있는 표현은 아버지로부터 배운 폭력뿐이었다.

언제부터인가 아버지는 콜이 본받고 의지하며 살아갈 가족이 아니라 콜의 자아를 무참히 짓밟는 무자비한 힘이 되어 있었다. 어머니도 외양을 꾸미기에 바쁘고, 걸핏하면 술에 취해 자신의 불행이 콜 때문이라고 주정을 늘어놓았다. 아무리 주위를 둘러보아도 콜에게는 세상으로 나갈 수 있는 문이 보이지 않았다. 그래서 콜은 무차별적으로 폭력을 행사했다. '나 여기 있어요'라는 외침을 가슴에 묻어둔 채 온몸으로 자신의 존재를 알렸다.

우리는 아침에 눈을 뜨는 순간부터 꽉 막힌 벽을 마주 본다. 내가 밤사이 포근하게 잤던 방도 사실은 밤 동안 나를 세상으로부터 격리시켜준 공간이다. 내가 세상으로 나오려면 문을 열고 밖으로 나와야 한다. 나를 가두었던 그 공간은 사방이 벽으로 막혀 있기에 문이 없거나 열리지 않는다면 나는 외톨이가 될 수밖에 없다.

외톨이가 된다는 것, 그것은 나의 존재 자체가 거부당했다는 것을 의미한다. 그 어느 누구에게도 내가 필요한 존재가 아니라는 사실은 우리를 한없이 슬프게 한다. 내가 이 세상으로부터 거부당한다는 느낌은 절망과 분노를 불러일으킨다. 나의 내면은 슬픔과 절망 그리고 분노로 인하여 끓어오른 화로 가득 차서 서서히 파멸의 늪으로 빠져든다.

'너' 없는 '나'가 있을 수 없듯이 '나' 없는 '너' 또한 있을 수 없다. 이 말은 '나와 너'가 구별되어 따로 존재해서는 안 된다는 뜻이다. '나'와 '너'가 구분되는 순간 '너'는 '내'가 알 수 없는 세상에 속한 이방인이 되기 때문에 우리들의 내면은 상처투성이가 된다. 콜은 아버지, 어머니, 선생님, 이웃, 친구들 중 그 어느 누구에게도 자기의 내면을 보인 적이 없다. 가비를 만나기 전, 콜이 누군가의 관심을 받은 때는 "약물 상담소와 분노 치료기관 같은 곳을 거쳐 짐짝처럼 잠깐씩 위탁되는 순간이었다."(12쪽)

그렇게 상처뿐인 콜에게 세상과 소통할 수 있는 유일한 방법이 폭력이었기 때문에 콜은 피터를 폭행한 사실에도 죄의식 같은 건 가지지 않았다. 단지 불타오르는 오두막을 보면서 미친 듯이 울다가 웃다가 하며 까닭 모를 서러움에 몸서리를 쳤다. 불길은 콜의 가슴으로 옮겨와 콜을 먹어치울 듯이 활활 타올랐다.

작은 섬에서 오두막도 없이 모닥불로 추위를 쫓고 있던 날 밤에 콜은 하얀 곰을 만났다. 분을 삭이지 못해 혼자 씩씩거리고 있는 콜을 커다란 곰이 물끄러미 바라보고 있었다. 콜이 돌멩이를 던지며 적의를 보이자 하얀 곰은 으르렁거렸다. 콜은 칼을 들고 곰의 가슴을 향해 돌진했다. 그리고 둘은 한데 뒤엉켜 싸웠다.

콜을 홀로 섬에 남겨두고 떠나기 전, 에드윈은 스피릿 베어라는 유독 크고 하얀 곰에 대해 말해주었다. 그리고 "그 동물한테 무슨 짓을 하건, 그건 바로 너 자신한테 하는 거나 마찬가지야. 그걸 명심해"(27쪽)라는 주의를 주었다. 그러나 지금 분노와 세상에 대한 적의로 가득 찬 콜에게 그 따위 믿을 수 없는 이야기는 생각나지 않았다.

온몸이 짓이겨진 채 비에 젖은 땅 위에 누운 콜은 숨을 쉬는 것조차 고통스러웠다. 한쪽 팔과 골반과 다리는 부러져 감각이 없고 늑골은 얼마나 부러졌는지 알 수 없었다. 몸 어딘가에서는 피가 계속 흘러나오고 있었다. 비는 계속 내리고, 콜에게는 어둠 속에서 자기 가까이에 서 있는 하얀 곰만 보였다.

콜은 어둠 속에 누워서 소리가 나는 곳을 집중하여 바라보았다. 나뭇가지가 얼기설기 엮여 있는 그곳에 작은 새가 머리를 쑥 빼고 어미 새가 물어온 벌레를 받아먹고 있었다. 비바람 속에서도 새끼를 위해 온 힘을 다해 먹이를 물고 오는 새를 보면서 콜은 눈물과 이유를 알 수 없는 슬픔으로 뒤범벅이 되었다.

그리고 살고 싶은 충동을 느꼈다. 콜은 고통을 참으며 눈앞에 있는 풀을 뜯어 먹고, 지렁이를 먹었다. 비로소 가비가 말해줬던 순환이 어떤 것인지를 알 것 같았다. 내가 살기 위해서 무엇인가를 먹고, 어미 새가 새끼 새를 먹여 살리듯이 이름 모를 풀 몇 포기와 꿈틀거리는 지렁이가 자신을 살리고 있는 것, 그 자체가 순환임을 알았다. 콜은 작은 새끼 새가 걱정스러워졌다. 태어나서 누군가를 걱정한 것은 처음이었다. 콜의 눈에서는 눈물이 쉴새없이 흘러내렸다. 아무도 자기를 보살펴주지 않았다고 생각했지만, 그건 틀린 것이었다. 아버지, 어머니, 가비와 에드윈, 그들은 콜을 사랑하고 염려하고 있었다. 단지 방법이 달랐을 뿐이었다.

하얀 곰과의 사투 끝에 몸은 만신창이가 되었지만, 어두운 밤, 바람 소리, 비의 차가운 감촉, 작은 새, 풀, 파도 소리, 모기 떼, 움직일 수 없는 콜의 몸을 뜯어 먹으려던 들쥐와의 만남에서 콜은 온몸의 힘이 빠지고, 마음이 고요해짐을 느꼈다. 시간과 공간이 사라지고, 감각과 생각이 사라지는 경험 속에서 콜은 잠이 들었다. 그 잠 속에서 콜은 불태워버렸던 가비의 엣투를 덮고 있는 자기의 모습을 보았다.

분노와 적의가 사라진 콜의 옆으로 하얀 곰이 다가왔다. 죽기를 각오하고 콜은 곰을 만졌다. 곰은 콜을 가만히 내려다보았다. 콜이 움직일 수 있는 한쪽 손을 곰의 털 사이로 들이밀자 따뜻한 체온이 전해져왔다. 곰의 몸은 따뜻했다. 콜은 말할 수 없는 평안을 느끼며 숨을 내쉬었다. 이제 숨을 쉬어도 고통스럽지 않았다.

곰의 가슴에 손을 대니 심장 박동이 느껴졌다. 더불어 다른 느낌도 전해졌다. 그 느낌은 바로 믿음이었다.(122쪽)

콜의 믿음이 전해졌는지 곰은 잠시 고개를 숙였다가 몸을 돌려 바다 저쪽으로 헤엄쳐 사라졌다. 콜을 둘러싼 대기가 생명으로 가득 찼다. 콜은 "생뚱맞게도 세상이 참 아름답다는 생각이 들었다. 그렇다. 세상은 아름답다! 손 언저리의 촉촉한 이끼와 짓눌린 풀조차 아름다워 보였다."(124쪽)

이제 죽음이 다가오고 있었지만, 세상이 아름답다는 것만으로도 충분하다고 생각했다. 지금까지는 세상의 아름다움을 모르고 그것들을 파괴해왔기에, 콜은 그 순간에 집중했다. 아름다움을 간직하고 싶었기 때문이다. 이제 곰은 보이지 않았다. 아니 이제 곰은 스피릿 베어가 되어 콜의 가슴속으로 들어와 콜의 마음을 따뜻하게 데우고 있었다.

가비와 에드윈에 의해 치료소로 옮겨진 콜은 가비에게 꿈속에서 엣투를 덮고 잠을 잤다고 말했다. 에드윈은 스피릿 베어의 이야기를 믿지 않았다. 그 곰은 몇백 킬로미터나 떨어진 곳에 살고 있기 때문이다. 그러나 콜은 이제 사실만 말하므로 에드윈이 믿어주지 않아도 괜찮았다. 콜은 이제껏 해본 적이 없는 "괜찮아요", "고마워요", "다 내 잘못이에요"라는 말로 자기의 마음을 표현했다.

우리는 콜과 같은 아이들을 언론을 통해서 수없이 만난다. 어떤 경우에는 내 아이에게서 콜의 그림자가 보일 때도 있다. 그러나 지금의 그 아이를 만든 시간의 흔적은 잘 보지 않는다. 그 아이들은 지금도 어느 구석, 후미진 골목길에서 내가 손을 잡아주기를 기다리는 건 아닐까. 콜은 가비와 에드윈의 보호 아래에서, 대자연의 품속에서 서서히 마음의 문을 열고 세상

속으로 들어왔다. 그리고 피터를 섬으로 데려와 함께 서로의
고통을 치유해나갔다.

콜은 스피릿 베어를 다시 만나기 위해 "마음을 말끔히 비우
고 자신을 송두리째 버리는 방법을 스스로 터득해나간다."(243
쪽) 이제 콜은 분노와 고통을 버리고, 순환하며 우리 곁에 있는
자연처럼, 가비와 에드윈이 그랬던 것처럼 그 누군가의 손을
잡아 세상 속으로 이끌어줄 것이다. 누군가의 마음을 이해하
고 소통한다는 것은 먼저 내가 나의 마음을 열어야 가능하다.

나는 내 아이에게 『스피릿 베어』를 만날 수 있는 기회를 주
었는가? 사랑받고 싶어하지만, 그 표현이 미숙한 아이에게 나
는 맛없는 재료들을 적절하게 배합하고 숙성시켜 맛있는 케이
크를 만들 수 있는 시간을 주었는가? 스스로 세상과 소통하고
타인을 이해할 수 있는 능력이 형성될 때까지 기다려주는 것이
사랑이다. 나 자신에게 물어본다. '나는 사랑의 엄마였을까?'

난 멍청이가 아니에요

그레첸 올슨 / 「내 이름은 호프」

홍서영 11년 전 처음 담임을 맡았을 때 만난 현진이는 남자 아인데도 눈물을 담뿍 담은 큰 눈을 가졌었다. 눈이 너무 고와서 초짜 교사 마음에 그 아이가 참 예뻤다. 그런데 그 아이는 수업 시간에 자꾸 교과서를 접고 있거나 책상을 탁탁 치는 행동을 했다. 수업이 끝난 후 불러 반성문을 쓰게 했다. 현진이의 반성문은 특정 자음과 모음을 겹쳐 쓰는 등 불안정한 아이의 마음을 고스란히 담고 있었다.

현진이는 엄마가 없었다. 현진이 엄마는 현진이가 초등학교 3학년 때 피자를 사준 다음 날 사라져버렸다. 나중에 아빠한테 들으니 이혼을 하고 현진이가 상처받을까 봐 현진이가 자는 동안 떠난 거였다. 엄마와 작별 인사조차 하지 못한 현진이는 엄마가 자신을 버렸다고 여기고 있었고, 자신은 엄마조차도

버린 쓸모없는 아이라는 극단적인 생각까지 하고 있었다. 현진이를 상담한 선생님은 아빠, 엄마가 헤어질 수밖에 없는 이유를 아이에게 설명했어야 한다고 말했다. 부모 입장에서야 어른들의 복잡한 사정을 말하기도 구차하고, 아이가 이해할 수 없을 거라고 생각해서 아이에게 최선이라고 생각되는 선택을 했을 것이다. 하지만 부모의 배려가 현진이에게는 오히려 보이지 않는 상처가 되었다.

'이혼 가정 애들이 문제야……'라는 편견을 갖는 사람이 생길까 봐 다른 사례를 덧붙여본다. 초등학교 교사를 하는 친구에게서 들은 이야기인데, 그 친구 반의 한 아이는 아빠는 회사 일로 늘 바쁘고 엄마는 우울증을 앓고 있다. 엄마는 어린 딸을 들들 볶지 못해 안달이다. 딸에게 화장실 청소를 시킨 후 변기를 솔이 아닌 휴지로 닦았다고 아이를 샤워기로 때리고, 아이가 말대답을 했다며 학교까지 찾아와 난동을 부린다. 담임인 친구가 아빠에게 신경을 좀 써 달라고 부탁해보았지만, 아이의 아빠는 침묵으로 일관했다. 초등학교 6학년인 아이가 부모의 감정적 부재에서 한 선택은 가출이었다.

두 사례에서처럼 혹시 우리도 부모라는 이름 아래 알게 모르게 정신적 폭력을 저지르고 있는 건 아닐까? 과연 아이의 영혼을 배려하고 있는가?

엄마나 아빠가 되는 것을 연습할 수는 없다. 아이는 레고가 아니다. 모양을 만들다가 마음에 안 들면 무너뜨려버릴 수 없다. 쌓아올리다가 흥미를 잃으면 버려버릴 수도 없다. 그런데 많은 부모들이 아이를 레고처럼 생각한다. 『내 이름은 호프』의 주인공인 호프의 엄마가 그렇다. 호프의 엄마는 '희망'이라는 아름다운 이름을 가진 아이를 때때로 호프리스(hopeless)라고 부른다. 어느 땐 멍청이라고 부르기도 한다. 그리고 입버릇처럼 네가 없었으면 좋겠다고 말한다. 호프는 자기가 태어나고 아빠가 떠났기 때문에 엄마가 자신을 사랑하지 않는다고 생각하고, 엄마에게 멍청이라는 말을 들을 때마다 배가 뒤틀리는 것 같다. 폭력은 신체만이 아니라 영혼까지 괴롭힌다. 그런데 아이들이 경험하는 언어 폭력의 시작은 놀랍게도 부모다.

나 또한 아이에게 "넌 이것도 못 하니", "내가 너 때문에 못 살겠다"고 하거나, 무리하게 문제를 풀게 해놓고 아이가 실수를 하면 문제집을 방바닥에 팽개쳐버린 적도 있다. 이 책을 읽으며 말이나 행동으로 아이에게 저지른 직·간접적인 실수들이 떠올랐다. 눈물이 흘렀다. 엄마에게 상처받는 호프를 보면서 호프의 모습 위에 내 아이가 겹쳐졌고, 현진이가 겹쳐졌다. 아마 많은 엄마, 아빠들도 이 책을 읽는다면 어린 시절의 자기 자신이, 그리고 자신의 아이가 눈앞에 떠오를 것이다.

하지만 희망은 있다. 이 책의 표지에 적혀 있는 "나는 희망을 끝까지 포기하지 않을 거야"라는 문구처럼 호프는 자신을 포기하지 않았다. 허드슨 선생님의 수업 시간에 책 『안네의 일기』와 영화 〈인생은 아름다워〉 이야기를 들으며 희망을 놓지 않는다면 고통 속에서도 새로운 삶을 꿈꿀 수 있다는 것을 배웠기 때문이다. 그후 호프는 '페니'라는 이름의 공책을 만들어 엄마의 언어 폭력을 잘 견딜 때마다 자신에게 별점을 준다. 그리고 상담 선생님을 통해 자신이 느끼는 고통의 원인이 자신이 아닌 엄마에게 있음을 깨닫고, 참는 것보다는 표현할 때 변화가 가능하다는 것을 알게 된다. 내가 변하면 주위가 변한다. 호프는 엄마의 언어 폭력에 의해 움츠러들었던 자신을 일으켜 주변과 소통하고, "엄마가 멍청이라고 말하면 마음이 아파요"라고 엄마에게 적극적으로 표현한다. 그러자 자신이 변하고 엄마가 변하는 기적이 일어나기 시작한다.

나는 이 책을 우리 학교 2학년 학생들의 필독서로 지정해 읽히고 있다. 그리고 이 책을 소개할 때면 '나'가 변할 때 세상이 변한다는 말을 꼭 덧붙인다. 이 책을 읽는 부모님께도 같은 말을 하고 싶다. 부모님이 변할 때 아이가 변하고 아이의 세상이 변한다. 내 자식이 내 것이라는 생각에 말로 상처 입히지 말자. 영혼의 멍은 평생의 트라우마가 된다는 사실을 꼭 기억했으면 좋겠다.

저마다 다른 꿈을 지닌 아이들

언줘 / 「1학년 1반 34번」

홍서영 올해 처음 하는 동아리 날이었다. 국어 교사의 의무인
것처럼 독서반이나 논술반만 하다가 작년에 미술 선
생님을 통해 배운 도자기의 매력에 빠져 도자기반을 맡게 되
었다. 작년에 가르쳤던 3학년 남학생들 10여 명과 1학년 아이
들 몇 명이 미술실에 옹기종기 모여 있었다. 도자기 선생님이
흙을 나눠주자 아이들이 흙을 만지고 물레를 돌리기 시작했
다. 사람은 흙을 만지고 흙을 밟고 살아야 한다고 했던가…….
국어 수업 시간에는 몸을 이리 비틀고 저리 비틀던 아이들이,
어떻게 하면 수업 안 하고 이 시간을 끝낼 수 있을까 궁리하던
아이들이 도자기를 빚는 데 집중했다. 90분 동안 누구 하나 일
어서는 법도, 언제 끝나냐고 물어보는 아이들도 없었다. 분명
같은 아이들인데 왜 이렇게 다를까?

"이제부터 넌 34번이야"라고 시작하는 이 책이 그 질문의 답인 것 같다. 이 책의 '나'는 자연에서 뛰어노는 것을 좋아하고, 그림 그리기를 사랑하는 밝은 아이였다. 그런데 학교에 들어가 부모님이 부르던 이름 대신 34번이 되면서 '나'는 그림을 잘 그려도 대회에 나가지 않는 이상한 아이, 선생님들에게 야단만 맞는 나쁜 아이가 되었다.

세상에는 남들이 말하는 표본이 있단다. 그런 표본을 모범생이라고 하고 어른들은 자기 아이가 표본은 안 되도 평균은 되길 바란다. 아이들도 그런 어른들의 기대에 부응하려고 노력한다. 그림을 그리면 상을 타야 한대고, 소리를 지르면 안 되고, 숲으로 놀러가도 안 되며, 올챙이를 키워도 안 된다. 이런 규칙들을 지키지 못하는 '나'는 어쩔 수 없이 나쁜 아이가 될 수밖에 없다. '나'가 올챙이 샤오메이를 학교로 데려온 날, 그것을 고자질한 친구 때문에 혼이 나면서 자문하는 질문은 모든 아이들이 한 번쯤 생각해본 것들일 것이다. '왜 학교에 올챙이를 가져오면 안 될까? 친구는 그 일을 왜 선생님에게 일렀을까? 왜 아무도 날 도와주려 하지 않는 걸까?'

몇 년 전까지 성적 우수상에 이런 문구가 있었다. "이 학생은 성적이 우수하여 타의 모범이 되므로……" 성적이 우수하다고 타의 모범이 되는 것은 아니므로 문제가 있다고 해서 이 문구는 없어졌다. 정말 없어졌을까? 글자로는 사라졌을지 모르지만 우리의 머릿속에는 여전히 각인되어 있다. 교사들도 무의식 중에 "그 아이는 예의도 바르고 행동도 모범적인데 왜 성적이 안 좋을까?"라는 말을 한다. 그리고 성적이 좋은 아이들에게 "너같이 공부 잘하는 애들이 다른 아이들을 이끌어줘야 우리 반이 잘 되는 거야"라고 한다. 부모는 "공부를 잘해야 훌륭한 사람이 될 수 있어"라고 말한다. 그래서 1학년 1반 34번에 맞게, 어른들이 생각하는 규칙에 맞게 생각하지 못하는 '나'는 문제아가 되는 것이다.

『열네 살의 인턴십』의 루이도 '나'와 같은 아이다. 의사를 아버지로 둔 루이는 프랑스 사회에서 이른바 부르주아 계층이다. 아버지는 루이가 명문 고등학교에 진학해서 명문대를 나와 부르주아 계급을 유지하기를 바란다. 하지만 루이에게 학교 공부는 너무 추상적이고 이해할 수 없는 별세계의 것이다. 그런 루이에게 일주일간의 인턴십 과정이 주어진다. 프랑스에서는 만 14세, 고등학교에 들어가기 전(前) 학년이 되면 일주일간의 직업 연수를 거쳐야 하기 때문이다. 같은 계층의 다른 아이들처럼 라디오 방송국에서 이름뿐인 인턴십을 할 수도 있었지만 루이는 미용실을 택한다. 학교 공부에는 흥미도 재능도 없었던 루이가 미용사 피피의 가위질을 보기만 하고도 따라 하고, 일주일 만에 남자아이의 머리카락을 컷트 하는 등 재능을 보인다. 자신에게 실망한 아버지의 폭행, 미용실의 화재 등 여러 시련이 잇따르지만 루이는 굴하지 않는다. 루이에게는 꿈이 있고 도와주는 사람들이 있기 때문이다. 어머니와 외할머니는 학교를 무단으로 빠진 루이를 이해하고 교장 선생님께 이해를 구하는 편지를 써준다. 교장 선생님은 고등학교 입시에 실패한 루이가 미용학교에 갈 수 있도록 아버지를 설득해 준다. 루이와 같은 열네 살 때 『1학년 1반 34번』의 '나'처럼 누구에게도 이해받지 못했던 미용사 피피는 루이의 처지에 공감하며, 조언과 기술을 전한다. 이런 도움들을 발판으로 열네 살 루이의 머릿속에만 있던 꿈은 구체적인 형상을 갖춰간다. 10년 후 루이는 인턴십을 했던 미용실을 인수하고, 피피와 동업해 450여 개가 넘는 지점을 여는 미용계의 거물로 성장하게 된다. 교장 선생님은 이제 루이의 미용실에서 평생 무료로 머리를 다듬을 수 있다.

『1학년 1반 34번』의 '나'에게도 루이처럼 믿어주고 조력하는 사람들이 주위에 있었다면 얼마나 좋았을까? 평균을 바라는 부모의 기대에 숨이 막히고, '나'의 자유로움을 반항으로 치부하는 교사들의 편견에 겉돌던 '나'의 삶이 변하진 않았을까? "어른이 되면 알게 될 거야"라는 공수표를 들으며 어른이 되길 바라면서도, 자신이 경험한 어른들의 냉대와 몰이해로 인한 상처 때문에 어른이 되길 바라지 않는 분열적인 상황에 고통받지 않을 수 있었을 것이다.

'나'와 '루이'를 보니 미술실에서 흙을 만지던 아이들의 손이 떠오른다. 자기 이름보다 자기 번호가 더 친숙한 그 아이들이, 자연의 푸르름보다 좁은 복도의 먼지가 더 익숙해진 그 마음들이 손에 잡힐 것 같다. 사춘기의 아이들은 루이로 살아갈 것인지, '나'로 살아갈 것인지의 갈림길 앞에 서 있다. 그들을 위해 우리가 부모로서, 어른으로서 할 수 있는 일은 무엇일까를 생각하자. 우리가 그들 나이 때 어땠는지 되돌아본다면 그 선택은 어쩌면 너무 쉬울 수 있지 않을까?

미운 오리 새끼의
백조 되기 프로젝트

장신강 / 「열혈 수탉 분투기」

홍서영 책으로 세상을 따뜻하게 여는 교사들의 모임(책따세)
은 마포FM에서 독서 방송을 한다. 한 달에 한 권의
책을 다섯 명의 교사가 매주 2분씩 코너와 코너 사이에 소개한
다. 그 코너에서 『악어에게 물린 날』이라는 학생 시집에 실린
「투명인간」이라는 시를 소개한 적이 있다. 그 시를 쓴 학생은
졸업 앨범을 찍는 날의 두려움을 말하고 있었다. 공부를 잘하
지도, 그렇다고 잘 놀지도 못 해서, 학년이 바뀌고 나면 모두
의 기억 속에서 잊혀지지 않을까, 평범하기 그지없는 자신을
카메라도 잡지 못하면 어쩌나 걱정하고 있었다. 그래서 "여기
요, 여기"라고 카메라를 애타게 불러보는 내용의 시였다.

그 시의 화자가 딱 고등학교 때 내 모습이었다. 나는 나 자
신을 'TAP'이라고 불렀다. 학교 도서실에서 나는 반장과 부반

장 사이에 앉았더랬다. 선생님들은 지나가면서 반장 어깨를 다독다독, 나는 'TAP', 부반장 어깨를 토닥토닥……

책을 읽는 재미 가운데 하나는 자기 경험을 작품에 투영할 수 있다는 것이다. 작가는 책에 의도된 많은 장치들을 숨겨놓는다. 하지만 그 장치들을 이해하고 자기화하는 것은 오롯이 독자의 몫이다. 독서 시간에 학생들과 『마당을 나온 암탉』을 읽고 토론을 해본 적이 있다. 똑같은 책을 두고 학생들은 "내가 잎싹이라면 그렇게 죽지 않았을 거예요"라든지, "우리 엄마는 나한테 잎싹 같아요" 하면서 자신의 입장에서 다양한 생각들을 펼쳐낸다. 우리 아이들처럼 나에게 『열혈 수탉 분투기』는 나를 많이 투영하게 되는 책이었다.

『열혈 수탉 분투기』의 수탉 '나'는 알을 깨고 세상 밖으로 나오는 순간 자유로울 것이라고 생각했다. 그런데 자신과 동족 이외에 '주인'이라는 존재가 버티고 있었다. 결국 모두가 주인의 소유물이었던 것이다. 게다가 주인은 알을 낳는 암탉이 중요할 뿐 수탉은 필요하지 않았다. 다행히 '나'는 작고 비쩍 마른 덕분에 주인이 암평아리로 착각해서 살아남게 된다. 미운 오리 새끼처럼 암평아리도 수평아리도 아닌 '나'는 같은 병아리들 사이에서 왕따가 된다. 하지만 이웃집의 힘센 수탉과 싸워서 이긴 아버지처럼 되고 싶다는 소망을 품고 있던 '나'는 마침내 아버지 대신 이웃집 수탉과 싸워서 승리하고 수

닭들의 우두머리가 된다. '나'는 양계장의 도입으로 입지가 좁아진 토종닭의 자존심을 지키기 위해 무리들을 이끌고 큰 숲으로 향한다.

누군가는 이 책이 차 위에 똥을 쌌다는 이유로 닭을 향해 총을 쏘아대는 도시 사람을 통해 도시민의 비정함을 그렸다고도 하고, 또 어떤 이는 자신의 이익에만 관심 있는 주인 부부를 통해 이기적인 인간의 모습을 보여준다고도 한다. 거창하게 지배·피지배 관계를 얘기하는 사람도 있다.

하지만 나는 이 책의 '나'를 통해 나를 볼 수 있었다. 나의 어린 시절은 수평아리도 아니고 암평아리도 아닌 중간적 존재인 '나'와 비슷했다. 나는 공부를 잘하지도 못했고, 운동을 잘하지도 못했고, 노래를 잘하지도 못했다. 그렇다고 말썽을 부리는 아이도 아니었다. 하루 종일 하는 말이 "안녕하세요, 안녕히 계세요, 네, 아니오" 정도에 불과한, 구석에 앉아 조용히 책을 읽는 정말 눈에 띄지 않는 아이였다. 우등생도 문제아도 아닌 중간적 존재였던 것이다.

투명인간도 마음까지 투명하지는 않듯이 『열혈 수탉 분투기』의 '나'는 중간적 존재에 만족하지 않았다. 그에게는 '마음'이 있었다. 아버지 수탉을 닮고 싶은 꿈, 멋진 수탉이 되고 싶은 마음 말이다. 그래서 '나'는 아버지 수탉의 걸음걸이를 흉내내고, 목청을 키우기 위해 매일매일 연습했다. 나도 마찬가지였다.

선생님들 사이에서 'TAP'이 되어버리기에는, 사람들이 졸업 앨범을 보다가 "얘가 누구였더라"라고 중얼거리는 '투명인 간'이 되기에는 나에게 '마음'이라는 것이 있었다. 누구보다 인정받고 싶은 욕구가 있었고, 아이들이 나처럼 'TAP'이 되지 않도록 멋진 교사가 되고 싶은 마음, 즉 꿈이 있었다. 꿈은 노력을 이끌어낸다. 마틴 루터 킹 목사의 "나에게는 꿈이 있습니다"라는 한 마디 말이 흑인들의 인권 운동에 불을 지폈듯이, 나에게 교사란 꿈은 교사가 되기 위한 노력을 이끌어냈다.

지금 나는 더 이상 'TAP'이 아니다. 나는 연희중학교를 다녔는데 그때도 나는 별로 존재감이 있는 학생이 아니었다. 그런데 운명의 이끌림처럼 20여 년의 세월을 지나 학생이었던 내가 그 학교의 교사가 되었다. 나를 가르쳐주셨던 선생님들과 같이 근무를 하고, 내가 앉았던 책상에 내 학생들이 앉아 있는 걸 바라본다. 나는 미운 오리 새끼에서 백조가 되었다. 중간적 존재인 '나'가 멋진 수탉이 되었듯이 말이다.

교사 심성 수련에서 있었던 일이다. 자신의 손바닥을 그린 후 손가락 하나하나에 자신이 사랑하는 사람이나 자신을 사랑하는 사람 등 자기 삶에 남겨진 이름들을 적는 활동을 했다. 마지막 새끼 손가락의 주제는 '내가 태어나서 지금까지 제일 잘 한 일 한 가지'였다. 나는 주저없이 '교사'라고 적었다. 『열혈 수탉 분투기』의 '나'는 멋진 수탉이 된 것으로 삶에 안주하지 않았다. 눈을 감는 그 순간까지 '나'보다는 내 주위 사람들의 삶을 생각했고, 개척했고, 실천했다. 나도 '나'와 같은 삶을 살고 싶다. 고등학교 3학년 때 담임 선생님이 해주신 말씀이 떠오른다. 담임 선생님의 어머니 또한 교사셨는데, 정년이 되기 전에 학교를 그만두셨단다. 왜냐고 물었더니 교문 앞에 서서 등교하는 아이들을 바라보는데 더 이상 예쁘지 않았다고 한다. 아이들에 대한 사랑이 없는 교사는 진정한 교사가 아니기 때문에 그만둘 수밖에 없었단다. 아마 '나'가 주인집을 박차고 나올 때의 심정이 그렇지 않았을까?

교탁에 서서 아이들을 바라본다. 한 아이, 한 아이 소중하지 않은 아이가 없다. 물론 열 손가락 깨물어 안 아픈 손가락은 없지만 더 아픈 손가락이 있는 것처럼 유독 눈이 가는 아이들이 있다. 중학교 때의 내 모습과 닮은 아이들이다. 나는 별명 짓기를 좋아한다. 별명을 지으면서 그 아이에게 영혼의 이름을 지어준다고 나름 생각한다. 특히 아이들 사이에, 선생님 사이에 'TAP'이 되고 있는 아이들에게 별명을 지어준다. 심혈을 기울여서, 놀림거리가 되지 않으면서 화제가 될 수 있게, 그래서 투명인간에서 벗어나 그 아이 자체가 보일 수 있도록 말이다. '나'가 왕따 수평아리에서 멋진 수탉으로, 그리고 그 자리를 어린 수탉에게 물려주는 것처럼 말이다. 미래의 언젠가 그 아이가 나처럼 백조가 된다면 나는 성공한 열혈 수탉이 아닌가?(물론 난 암탉이지만…….) 책을 쓰면서, 책따세 활동을 하면서, 두 아이의 엄마로 살면서 나는 '나'를 잊지 않을 것이다. 사람이 책을 만들지만 책이 사람을 만든다는 문구처럼 사람이 만든 책이 나를 나답게 만드는 것 같다.

감히 수줍게 상상을 해본다. 이 책을 읽고 있는 지금, 혹시 이 책이 여러분의 '나'를 깨우는 기회가 되고 있지 않을까?

팥쥐의 또 다른 이름, 콩쥐

이향안 / 『팥쥐 일기』

2011년 국내 이혼 건수는 12만여 건이고, 이혼 당시 미성년 자녀가 있는 경우는 60퍼센트에 달한다. 그리고 그 60퍼센트 중 84퍼센트 정도가 편모 가정이 된다. 이런 세태 때문인지 엄마들이 즐겨 보는 드라마에는 편모 슬하의 여주인공이 자주 등장한다. 그런데 홀어머니는 꼭 딸이 한 명 있는 남자와 재혼을 한다. 자동으로 여주인공은 착하고 예쁘고 인내심이 많은 콩쥐의 화신이 되고, 팥쥐는 콩쥐를 돋보이게 하는 필수 조건이다. 예전에 방영되었던 드라마 〈위대한 유산〉에서도 새엄마와 딸은 팥쥐 엄마와 팥쥐처럼 묘사되었다. 콩쥐 역할인 여자 주인공은 자폐아인 동생을 새어머니가 버렸어도 용서하고, 꿋꿋하고 밝게 자기 앞길을 개척해가며 살아간다. 하지만 새엄마와 그 딸의 악행은 계속되고 착한 콩쥐를 끊임없이 괴롭히기만 한다. 콩쥐 팥쥐의 프랑스 버전인 『신데렐라』에서도 새어머니와 두 딸은 신데렐라를 괴롭히고 힘들게 하는 존재로만 표현될 뿐이다.

하지만 아빠 없는 팥쥐나 엄마 없는 콩쥐가 같은 처지라는 걸 생각하는 사람이 얼마나 될까? 팥쥐와 콩쥐 모두 한쪽 부모를 잃은 아픔을 갖고 있고, 그래서 외로우며, 또다시 버림받게 될까 봐 두려워한다는 공통점을 갖고 있다는 사실에 주목하는 사람들이 몇이나 될까? 왜 사람들은 콩쥐는 착하고, 팥쥐는 못되고 심술궂다고 생각하는 걸까? 『팥쥐 일기』는 작가의 이런 의문에서 출발한 책이다. 작가가 초등학교 시절, 콩쥐 팥쥐 연극을 했는데 여자아이들이 다들 콩쥐만 하겠다고 우는 것을 보고 문득 그런 의문이 들었다고 한다.

『팥쥐 일기』는 엄마하고만 살던 아주의 일기다. 아주의 엄마는 송화라는 딸이 있는 남자와 재혼을 한다. 그러면서 일어난 변화는 아주에게는 당혹스럽기만 하다. 명아주라는 예쁜 이름 대신 아주는 이제 채아주가 되었고, 환경 조사서에는 원래의 아빠 이름이 아닌 송화 아빠를 아버지라고 써야 한다. 왠지 선생님한테 거짓말을 하는 것 같아 아주는 기분이 별로다. 게다가 재혼하는 순간 엄마 없이 아빠랑 살던 송화는 콩쥐가 돼서 착하고 불쌍한 아이가 되었고, 자신은 못된 팥쥐가 된 것이다. 그렇다면 엄마는 팥쥐 엄마여야 하는데, 동화 속 팥쥐 엄마와는 달리 송화와 사이가 너무 좋다. 내 엄마였는데 갑자기 송화 엄마가 된 것 같다. 사람들은 송화더러 엄마 닮았다고 말하고, 아주는 진짜 아빠가 아닌 송화 아빠와 닮았다고 한다. 차라리 콩쥐 팥쥐 얘기라면 엄마는 내 편만 들어야 하는데 엄마가 콩쥐인 송화 편이니 나는 팥쥐보다도 못한 처지가 된 것이다.

재혼 가정은 요즘 들어 도덕 교과서에도 대안 가족의 형태로 등장할 정도로 보편화되어 있다. 실제로 내가 가르치는 아이들만 봐도, 10여 년 전에는 열 명에 한 명 정도가 이혼 가정의 자녀였는데 지금은 다섯 명에 한 명 꼴로 늘었다. 하지만 유교가 아직도 사회의 근간으로 작용하고 있는 우리나라에서는 '재혼 가정'은 수군거림의 대상이다. 1930년대에 출간된 주요섭의 『사랑방 손님과 어머니』에서 옥희 엄마는 새로운 사랑 앞에서 주저하고 고민한다. 자신이 재혼하면 딸 옥희가 '화냥년'의 딸이라고 놀림과 무시를 당할까 봐 두려워서다. 그래서 "요즘 세상에 내외합니까?"라는 외삼촌의 말에도 선뜻 마음을 정하지 못하고 주저하다가 결국 사랑방 손님의 고백을 거절하게 된다. 재혼 여성에 대한 사회의 이런 부정적인 시선은 1930년대만이 아니라 2000년대인 지금까지도 이어지고 있다. 그래서 아빠랑 살던 송화와 엄마랑 살던 아주가 모두 한쪽 부모가 없는 슬픔과 결핍을 가지고 있음에도 사회는 엄마랑 살던 아주에게 더 냉정한 것인지 모른다.

하지만 작가는 이러한 사회적인 편견을 깨준다. 새아빠와 엄마가 함께 교통사고가 나는 사건을 통해 송화와 아주가 한쪽 부모를 잃은 경험이 있음을 알려주는 동시에, 이미 한 가족임을 보여준 것이다. "송화와 나는 같은 슬픔을 안고 산다"는 아주의 말에서 콩쥐와 팥쥐로 나눠 콩쥐는 착한 아이, 팥쥐는 나쁜 아이라고 이름표를 붙이는 게 엄청난 낙인이고, 어른들의 실수임을 보여주고 있다.

내가 가르치는 이혼 가정이나 재혼 가정의 아이들 중에서도 방어적이거나 폭력적인 모습을 보이는 아이들이 있다. 임용 첫해에 담임을 했던 명석이는 옷을 항상 세 겹씩 입고 다녔다. 왜냐하면 놀이터 정자에서 자려면 밤에 춥고, 낮에 덥다고 벗어놓으면 누군가 가져가버리기 때문이다. 누가 열다섯 살 아이를 바깥으로 내몰았을까? 명석이는 엄마가 재혼을 해서 새아빠 집에서 살게 되었다. 그후 여동생이 태어났다. 그때부터 자기 집이 아닌 것 같았다고 한다. 창틀에 누군가 놓아둔 가위를 교실에 던져 여학생 눈에 상처를 입혔고, 그것 때문에 새아빠한테 매를 맞자 가출을 했고, 생활비를 만들기 위해 친구 집이나 가게를 닥치는 대로 털었다. 결국 계속된 절도로 명석이는 다음해에 소년원에 갔다.

몇 년 전 내가 담임을 맡았던 민주는 초등학교 2학년 때 부모가 이혼을 했다. 그후 민주는 엄마하고 살았는데 엄마가 재혼을 했다. 낯선 새아빠는 자기 애만 예뻐했고, 엄마는 중간에서 어쩔 줄 몰라했다. 그래서 초등학교 5학년 때 아빠한테 갔다. 하지만 아빠 또한 이미 재혼을 해서 새엄마 아들을 자기 아들처럼 대하고 있었다. 민주는 집에 들어가지 못하고 친구들과 어울려 밤 거리를 활보하기 시작했고, 결국 불량 서클의 리더이자 싸움 여자짱이 되었다. 민주는 친구를 왕따 시키는 것도 싫고 선생님들한테 매일 혼나는 것도 싫지만, 같이 어울리는 친구들을 놓칠 수가 없다. 그 친구들이 없으면 또다시 외톨이가 되어야 하기 때문이다.

명석이와 민주는 이혼 가정이나 재혼 가정의 아이들이 집안에서 그리고 사회에서 어떤 상처를 받고 있는지를 보여주는 아주 작은 예다. 내 아이의 친구가 아빠 없는 아이이거나 엄마 없는 아이일 경우 그 아이랑 놀지 말라고 말하고 있지는 않은가? 재혼 가정의 아이라고 하면 부모의 이혼, 재혼으로 정신적인 문제가 있을 거라고 지레짐작하고 있지는 않은가? 물이 가득 찬 잔에는 물이 한 방울만 떨어져도 넘쳐버린다. 우리의 차가운 시선이, 무심코 하는 냉정한 한 마디가 슬픔으로 가득한 그 아이의 내면을 깨뜨리는 흉기가 될 수 있다.

그 아이들은 평생 모를 수도 있었을 슬픔을 가슴에 품고 있다. 인디언 속담에 "친구란 내 슬픔을 등에 지고 가는 자"라고 했다. 내 아이를 그 아이들의 진정한 친구가 되도록 하면 어떨까? '보시'라는 말이 있다. 자비의 마음으로 다른 이에게 조건 없이 베풀었을 때 느끼는 극한의 이타 정신을 의미한다. 누구나 내 아이가 세상에 소금이 되길 바라고, 아름다운 삶을 살기를 바라지 않는가? 마음속에 가득한 상처와 외부의 편견으로 괴로워하는 그 아이들의 슬픔에 보시를 하게 해보면 어떨까? 내 아이를 마음이 아픈 아이들의 슬픔을 등에 지고 가는 따뜻한 사람으로 키울 수 있는 아름다운 방법이 될 것이다.

PART
5

사람과
사람 사이의 섬,
그곳에
닿고 싶다

소통의 미학

서정주 / 『서정주 시집』

김성리 요즘 들어 자주 소통이라는 단어를 접한다. 이는 역으로 현대 사회가 소통이 어려운 시대라는 것을 말해준다. 삶의 가치가 물질의 양으로 재단되고, 가진 자와 그렇지 못한 자의 격차가 커지는 데에서 오는 현상일 수도 있다. 이런 사회에서 소통은 오로지 물질에 의해 이루어지므로 비슷한 수준의 지적·물적 조건을 갖춘 사람끼리 어울릴 수밖에 없다. 자연적으로 나와 다른 세계에서 사는 사람과는 담을 쌓게 된다.

반면, 세상 사람들이 어떤 말을 하건 오로지 자신의 판단에 따라 생을 사는 사람들에게서도 간혹 소통불능의 갑갑함을 느낀다. 흔히 예술가들에게서 이런 유의 갑갑함을 느끼지만, 그 갑갑함은 세상을 보는 또 다른 방법을 제시하기도 한다. 이 땅의 민주화를 부르짖다가 숨져간 젊은 넋을 위해 서슬 퍼런 군부 정권 시절에 춤판을 벌이던 춤꾼 이애주의 신들린 몸짓을 보면서 알 수 없는 희열이 내 온몸을 휘감아돌던 기억을 잊지 못한다. 그 몸짓에는 춤판 이후의 정치적·사회적 불이익에 대한 생각이나 정해진 규칙 따위는 없었다. 오로지 이애주의 감정에 따라 그녀의 온몸은 꺾어졌다 휘어졌다를 반복했다.

나의 본분인 시를 읽기 위해, 강의 준비를 위해 고군분투할 때 접한 것이 샤머니즘이었다. 시를 서구의 방식이 아닌 우리 고유의 방식으로 해석하기 위해 공부를 하던 중 샤머니즘까지 갔다. 샤먼들이 그들의 신을 맞이하기 위해 부르던 노래에는 내용 없는 리듬만 있었는데, 그런 리듬들이 우리의 시에도 있었다. 다름 아닌 후렴구 또는 조흥구로 학교에서 배웠던 것이 그 중의 하나다.

그 노랫말들은 마치 무슨 비밀 언어처럼 들리기도 한다. 다음 노랫말을 한번 소리 내어 읊어보자. "얄리얄리얄라셩얄라리얄라"(청산별곡), "서린석사리"(이상곡), "다롱디리우셔마득사리마득넌즈세너우지"(이상곡), "아으 동동다리"(동동). 어떤가? 이 노랫말들의 원형은 현대어처럼 띄어쓰기가 되어 있지 않다. 그래서 서구의 리듬처럼 정해져 있는 것이 아니라 읽는 사람에 따라 리듬이 달라질 수 있다. 일부 연구자들은 이 노랫말이 무녀가 무신을 부르는 청신가의 성격을 띠고 있기 때문에 현대어로는 해석이 거의 불가능하다고도 한다.

우리는 이러한 해석의 난해함에 의한 소통불능을 1990년대 초반에 데뷔한 '서태지와 아이들'의 노래에서 경험한 바 있다. 빠른 리듬 속에 울려퍼지는 그들의 노래는 기성세대로서는 도저히 따라 들을 수 없는 속도였다. 하지만 반복되는 현란한 몸짓은 10대들의 혼을 사로잡았다. 그들의 노래 가사는 기성세대에 대한 반발로 가득 차 있어서 기성세대들은 이해하고 받아들이기 어려웠지만 10대들에게는 문제가 되지 않았다. 그야말로 새로운 '악신(樂神)'의 등극이었다.

춤과 고대가요와 현대의 노래는 장르가 서로 다르기 때문에 고대가요에 나타나는 비밀언어와 같은 조흥구가 현대의 가요와 춤에 그대로 나타났다고 할 수 없다. 그러나 공통점이 있다. 그 노래를 부르는 사람과 듣는 사람은 서로 소통했다는 점이다. 알 수 없는 몸짓을 하는 사람과 그 몸짓을 빙 둘러서서 보던 사람들 또한 서로 소통했다. 소통의 통로는 마음과 마음이었고 몸과 몸이었다.

먼 옛날, 신라인들과 고려인들은 그 소통의 노래를 들었고 불렀다. 더 오래 전부터 인류는 그렇게 자연을 닮은 몸짓으로 자연과 하나가 되고자 했다. 고대 원시시대에는 몸짓이 노래요, 노래가 그들의 언어였던 셈이다. 1990년대 초반의 이 땅의 10대들은 '서태지와 아이들'의 노래를 따라 부르고 그들의 춤을 그대로 따라 추었다. 서로 닿는 지점이 있었기에 원시적인 춤과 고대가요도 오랜 시간의 강을 건너 지금까지 흐르고 있고, '서태지와 아이들'의 노래도 함께 부르고 들었던 사람들의 기억 속에서 흐르고 있다.

시를 공부하다 보면 자신만의 방법으로 비밀스런 세상과 소통하는 시를 만난다. 모든 시에는 시인 개인의 고유한 체험이 담겨 있기 때문에 이런 소통의 방법이 어떤 시인만의 시에 나타나는 것은 아니다. 하지만 시인의 생애에서 많은 시간을 보내면서 신비로운 소통을 시도했고, 그것이 시세계의 한 축을 형성한다면, 그것 또한 소통의 방법으로 인정해야 한다.

그런 시인 중에 한 사람으로 서정주가 있다. 시 「국화 옆에서」로 잘 알려져 있는 서정주는 신라의 설화에 천착하여 주술적이며 원시적인 샤머니즘을 자신의 시에서 나타내고자 했다. 박혁거세의 어머니인 사소가 처녀의 몸으로 혁거세를 낳은 후 산으로 산신수행을 가기 전의 심경을 "벼락과 해일만이 길일지라도/문 열어라 꽃아, 문 열어라 꽃아"(「꽃밭의 독백-사소 단장」)로 표현하여 여성 신화의 한 등장을 묘사했다.

선덕여왕과 지귀설화에 나타나는 사랑을 인간적인 너무나 인간적인 선덕여왕의 독백으로 묘사하여 설화를 현실의 본능적인 사랑과 연관시킨다. 서정주는 선덕여왕이 되어 "짐의 무덤은 푸른 영 위의 욕계 제 이천(二天),/피 예 있으니, 피 예 있으니, 어쩔 수 없이"(「선덕여왕의 말씀」) 여섯 개의 하늘 중 두 번째 하늘인 욕계 제 二天에 있다고 고백한다. 선덕여왕이 하늘로 승천하지 못하는 것은 '살(욕정 또는 육체적인 사랑)의 일'로 미쳐 스스로 불타버린 지귀 곁을 영원히 떠날 수 없기 때문이다.

더 나아가 서정주는 시 「동천」에서 마음속에 간직하고 있는 님의 눈썹을 씻어서 추운 섣달 하늘에 갖다놓았다고 노래한다. 동지 섣달 초승달을 님으로 보는 것이다. 이 표현은 가까이하고 싶으나 그렇게 할 수 없는 님에 대한 애타는 그리움을 노래한다고 볼 수 있다. 시의 표현 방법으로 보면, 님의 눈썹은 님의 얼굴, 즉 님이 된다.

서정주는 그가 쌓아올린 시의 비밀스런 세계와는 반대로 세속에서는 친일시인, 군부정권을 찬양한 시인으로 불리운다. 이 부분에 대해서 서정주는 생전에 부인하지 않았다. 다만, 그때는 그것이 최선이라고 생각했다는 말을 남겼다. 이 대목에서 서정주가 시를 통하여 어떤 초월적이고 신비로운 대상과 소통하려 했지만, 현실에서의 판단력은 문제가 있었음을 짐작할 수 있다.

시인의 현실인식의 문제에도 불구하고 그의 시가 국민들로부터 사랑받고 그가 한국을 대표하는 시인 중의 한 명으로 불리는 데는 서정주의 시가 지닌 토속적이며 샤머니즘적인 요소가 크게 작용했다. 무녀, 이애주, 서태지와 아이들, 그리고 서정주는 시대를 불문하고 그들만의 방법으로 그들의 세계를 구축하고 그 세계에서는 소통이 원활하게 이루어졌다. 그 소통의 방법이 마음으로, 온몸으로 소통하는 샤머니즘과 닿아 있음을 쉽게 알 수 있으리라.

일반적으로 샤머니즘은 신비로운 존재, 또는 초월적인 존재와 관계를 맺는 방식이다. 이애주에게는 춤이, 서정주에게는 시가, 서태지와 아이들에게는 춤과 음악이, 그리고 먼 옛날의 무녀들에게는 춤과 음악과 시가 그들만의 소통 방식이었던 셈이다. 이 말은 그들이 일반적인 '길들이기'에 반항했다는 의미를 지닌다. 그냥 일반적으로 말하고 듣는 것으로는 그들이 원하는 관계를 맺기 힘들었다는 뜻이다.

길들인다는 것은 내 방식대로 상대를 움직인다는 말이기도 하다. 그래서 어떤 측면에서는 공감이 없는 소통의 방식이 될 수 있다. 공감은 내가 너를 알고 너는 나를 알아서 우리가 되는 감정 상태이므로 공감하면 소통은 자연스럽게 이루어진다. 공감이 없으므로 소통이 힘들고 자연적으로 상대를 나의 의도대로 움직이기 위해 길들이는 것이다. 이 길들이기에서 우리는 소통불능의 늪에 빠진다.

그런데 공감하고 소통하기에는 시간이 걸린다. 이 시간이 문제다. 무엇이든지 빠르게 진행되는 현대 사회에서 언제 춤과 노래로 신을 부르고 신이 올 때까지 기다릴 수 있을까. 컴

퓨터나 스마트폰으로 많은 것들이 즉시 전송되는 이 시대에 굳이 님의 눈썹을 닮은 달을 보면서 님을 그리워할 필요가 있을까. 그래서 우리는 공감 없는 소통을 하며 살고 있다.

나는 아파트에 살고 있다. 우리 집 옆동에는 목청이 좋은 꼬마와 엄마가 살고 있어서 아침마다 두 모자의 대화를 2년째 듣고 있다. 집에 있는 엄마는 바깥 1층에서 차를 기다리는 아들에게 말한다. "차가 오는지 잘 봐. 위험해. 거기 가만히 있어." "엄마, 여기 고양이가 있어. 고양이." "가만히 있으라니까." "엄마, 고양이가 또 있어." "차 왔잖아, 뛰어가!" 아이는 고양이에게서 눈을 떼지 않은 채 천천히 걸어가서 차를 탄다.

그야말로 공감 없는 불소통의 대화다. 이 대화는 내용만 달리할 뿐 2년 동안 이어지고 있다. 아마도 아이가 자랄수록 공감의 거리는 점점 멀어지리라. 내 이웃의 꼬마 아이도 자라서 10대가 되면 또 다른 서태지와 아이들의 춤과 노래에 몰입할 것이다. 그리고 부모들은 그런 자식을 도저히 이해할 수 없어 혀를 찰 것이다.

우리는 관계를 맺을 때 은연중에 나만의 방식을 고집하는 경향이 있다. 나의 옆집 꼬마는 엄마에게 고양이가 있다는 경이로운 사실을 알리고 싶었고, 엄마는 아이가 유치원 차를 기다리지 않고 여기저기 다니는 게 불안했을 뿐이다. 엄마에게 아이의 안전이 중요한 것처럼 아이에게는 아직 오지 않은 유치원 차보다도 자기의 눈앞에서 움직이고 있는 고양이가 더 중요하다는 사실을 엄마가 알아준다면 그들의 대화는 좀더 풍요로워지지 않겠는가.

그러기 위해서는 엄마가 아이의 손을 잡고 1층까지 가서 함께 고양이를 보는 시간을 투자해야 한다. 고양이로부터 자기들과는 다른 몸짓을 배우고 고양이와 대화도 시도해본 아이라면, 자라서 10대 청소년이 되었을 때 엄마의 마음을 헤아려보려고 노력하지 않을까. 어린 시절에 엄마가 그들을 위해서 배려했던 시간의 몇 배를 그 아이들은 엄마에게 되돌려줄 것이라 믿는다.

사람은 누구나 자신만의 소통 방식이 필요하다. 그것이 샤머니즘적인 것이든, 비트 음악이든 내가 위안을 받을 수 있다면 괜찮지 않을까. 서정주 시인이 신라의 설화에서 그만의 시 세계를 구축하고 노래했듯이 고대의 신화에 빠져보는 것도 나쁘지는 않다. 다만, 나만의 방식이 있듯이 타인의 방식도 인정해주어야 한다. 컴퓨터를 잠시 끄고, 스마트폰을 잠시 내려놓자. 내가 먼저 아이의 얼굴을 만져보고 이야기해보자. 시간은 우리를 기다려주지 않는다.

알 수 없는 세상 속으로

김춘수 / 『처용』

김서리 만화의 한 장면이다.

몇 년 동안 대화조차 나누지 않는 부모 사이에서 숨이 막힌 소녀는 불량학생들과 어울린다. 소녀의 이야기를 들은 선생님은 그 집을 가정방문하여 벽에 커다란 구멍을 뚫어놓고 유유히 사라진다. 놀란 소녀 앞에는 더 놀라운 현상이 나타난다. 뚫린 벽을 고치기 위해 부모가 서로 대화를 나누기 시작한 것이다.

만화 속의 이야기지만, 정말 똑같은 이야기가 우리 주변에 많이 있다. 소통 부재. 나는 너의 세계를 알지 못하고 너는 나의 세계를 알지 못하는 현상이라고 할까. 특히 결혼 후 겪게 되는 알 수 없는 일들은 정말 설명이 불가능할 때가 많다. 수십 년 넘게 다른 시공간에서 살아온 사람들이 모여서 한 가족이 된다는 것 자체가 어쩌면 비현실적인 이야기일지 모른다.

외국과 달리 한국의 여성들은 결혼해도 성씨를 바꾸지 않는다. 더러는 "그게 어딘데"라고 말하기도 한다. 결혼이 동화처럼 느껴지던 10대 소녀 시절에는 이런 반응이 마치 한국의 여성들은 매우 주체적인 삶을 사는 증거처럼 보였다. 그러나 실제로 동화 속의 주인공이 되었을 때, 눈에 보이지 않는 무엇인가가 있음을 알았다. 그것은 너무 견고해서 절대로 뚫리지 않았다. 나는 떠다니는 섬처럼 표류하며 그 주변을 맴돌 뿐이었다. 내가 알 수 없는 세계가 분명히 있었다.

내가 알 수 없는 세계, 그러나 분명 존재하는 세계에 가려면 어떻게 해야 할까? 보이지 않는 세계에 가는 방법 중의 하나가 환상이다. 환상은 현실과 허구의 틈, 즉 보이지 않고 알 수 없다는 사실과 분명히 존재할 것이라는 허구 사이에서 상상력에 의해 만들어진다. 나에게 시는 환상처럼 다가와 또 다른 세계를 보여주었다.

나를 둘러싼 세상이 나의 의지와 무관하게 돌아간다는 생각이 들면, 나는 세상으로 통하는 문을 닫고, 나만의 성을 쌓게 된다. 실존주의 철학자 하이데거는 '왜?'라는 의문을 스스로 던지고 그 의문에 대한 답을 찾는 과정에서 '나'와 '우리' 사이에 놓여 있는 자신을 보게 된다고 했다. 내가 시로 만난 많은 시인들은 그 의문에 대한 답을 찾아서 그들만의 성에서 나오는 방법을 시를 쓰면서 찾고자 했다.

시를 읽어보면, 많은 시들에서 실재와는 차이가 있는 환상적인 요소들을 만날 수 있다. 작가들은 글로써 그들이 원하는 세상을 만들기도 하고 파괴하기도 한다. 그러면서 자기만의 세계에서 벗어나 현실의 세계로 다가온다. 내가 만난 김춘수 시인도 그러했다. 그는 시「샤갈의 마을에 내리는 눈」에서 "눈은 수천 수만의 날개를 달고" 내려오고, 눈이 덮인 마을에서는 아낙들이 "그 해의 제일 아름다운 불을" 지피는 환상적인 정경을 펼치고 있다.

그러나 김춘수의 자전적인 시에 나타나는 유년기의 집은 이와 다르다. 그는 시「집 1」에서 "무엇으로도 다스릴 수 없는 아버지"와 그런 아버지의 "그 절대한 그늘 밑에서" 곤충의 날개처럼 가슴이 엷어져가는 어머니가 있는 집에서 우물에 비친 하늘을 보며 그리움을 배우는 소년으로 자기를 묘사하고 있다. 그 자신 또한 '나는 누구인가?'라는 질문을 스스로에게 던지고 있었던 것이다.

김춘수는 시를 통하여 자신의 존재 자체를 증명하고자 했다. 그것이 김춘수에게는 세상으로 통하는 길이었다. 그 과정에서 김춘수는 순수함을 지향하는 예술가의 표상으로 이중섭을 만났다. 이중섭의 그림에서 이중섭의 삶을 들여다보고, 그 삶에서 김춘수 자신의 고통을 보았다. 세상의 관념에 의해 고통받는 자, 오로지 예술 작품을 통해서만 자기가 누구인지를 말할 수 있는 자, 실재하는 현실과 자신이 느끼는 현실이 달라 슬픈 자, 그는 이중섭이었고 김춘수 자신의 모습이었다.

그래서일까. 타인의 고통을 이해하고자 하던 한 시인이 그 과정에서 자신의 고통을 알게 되듯이 나는 김춘수의 시에서 나의 고통의 실체를 보았다. 그것은 그가 연작시 「이중섭 3」에서 그린 "바람과 갈대밭과 강아지풀만 있"는 황량함 그 자체였다. 꼭 있어야 할 것이 없는 상태, 그런 결핍의 상황이 외로움과 고통으로 범벅이 된 나의 현실이었다.

타인의 고통을 통해서 나의 고통의 실체를 아는 것은 누군가의 '얼굴'에서 나의 '얼굴'을 보는 것과 같다고 레비나스는 말했다. 타인이 나의 거울인 셈이다. 환상은 현실을 도저히 견딜 수 없을 때 도피하는 곳이기도 하지만, 나에게 환상처럼 다가온 김춘수의 시는 현실을 거꾸로 비추는 거울과 같은 것이었다.

가수는 노래로 자신을 나타내고, 화가는 그림으로 자신의 생을 말하듯 김춘수는 시로 자신의 삶을 말했다. 무엇인가를 말한다는 것은 그가 살아있다는 증거이며, 세상을 향한 손짓이기도 하다. 그럼에도 그가 경험한 세계는 여전히 알 수 없는 대상이었다. 그는 마음을 어지럽히는 갈등을 없애고 세상과 소통하기 위해 유년의 기억을 떠올렸고, 시를 썼다.

김춘수의 시에서 나는 유년의 시간을 여행하는 방법을 배웠다. 김춘수는 시에서 환상 속의 집을 지었고, 나는 나를 홀로 떨어져 있게 하는 그 무엇에 등을 기대고 앉아 오래된 기억 속으로 들어갔다. 그곳에는 지금 나에게 없는 것들이 다 있었다. 장독대에 피어 있는 붉은 맨드라미꽃, 마당을 빙 둘러 피어 있는 채송화, 나를 부르는 어머니의 따뜻한 음성까지 그대로 다 있었다.

내가 유년기를 보냈던 집 우물은 여러 가지 일을 하는 곳이었다. 동이 채 트기 전에는 어머니가 쌀을 씻는 소리로 가득했고, 마당에 햇살이 비치면 아버지가 시장에서 사 오신 싱싱한 생선들이 도마 위에서 펄쩍펄쩍 춤을 추는 곳이기도 했다. 더운 여름에는 망에 싸인 참외와 수박이 떠 있기도 했다.

그러나 현실 속의 세상은 여전히 견고했다. 현실의 벽이 나를 에워싸 출구를 완전히 막기 전에 세상으로 나오는 길을 찾아야 했다. 그 길은 김춘수의 시 속에 있었다. 김춘수는 시를 쓰면서 자기만의 세계에서 벗어나 세상 속으로 들어왔다. 그는 소통의 과정을 시 「처용단장 1부 13」에서 "탱자나무 가시에 찔린 서녘 하늘"이 "옆구리에 아프디아픈 새 발톱의 피를 흘리"는 것처럼 아픈 것이라고 말했다.

고통을 두려워하지 않을 때 환상은 사라지고, 실재하는 세계는 그 모습을 드러낸다. 안 된다는 관념 따위는 없다. 현상을 있는 그대로 보는 것이 삶의 본질을 찾는 것이고, 나의 존재 의미를 찾는 것이다. 그래서 눈에 보이는 현상을 어떤 편견도 없이 보는 것이 진리라면, 나의 모습 그 자체가 진리이며 내 존재를 스스로 인정하는 것이 진리를 찾는 순간이다. 그때 나는 비로소 진정한 자유를 얻게 되고, 세상 속으로 나아갈 수 있다.

어쩌면 세상은 나를 기다리고 있었는지도 모른다. 나의 의지와 관계 없이 세상은 미리 주어져 있으며, 그 세상 속에서 많은 사람들이 살아가기 때문이다. 내가 세상 밖으로 나와서 다시 들어갈 수 있는 길을 찾지 못할 뿐이다. 내가 세상 밖으로 나온 이유가 무엇일까? 왜 나는 다시 그 속으로 들어갈 수 없는 것인가?

붓다는 올바른 회의는 끊임없이 의심하는 것이기 때문에 우리가 판단할 수 있는 것은 없다고 했다. 그렇다면 내가 지닌 문제도 내가 판단할 수 없는 게 아닌가? 작고한 소설가 박경리는 "이제 버릴 것만 남아 홀가분하다"고 말했다. 놓는다는 것, 버린다는 것, 그것은 상실의 다른 얼굴이다. 내가 놓아야 할 것을 놓지 못하고 버려야 할 것을 버리지 못할 때 결국 그 모든 것을 상실하기 때문이다.

내가 현실의 벽에 갇혀 소통이라는 길을 찾지 못한 것은 상실에 대한 두려움 때문이었을 수도 있다. 그 벽의 이름은 '자기애'가 아니었을까. 너무나 소중하기 때문에 손에서 놓을 수 없듯이 나 자신을 향한 사랑이 오히려 나를 가두는 벽이 되었던 것은 아닐까. 그 어느 것도 놓치고 싶지 않은 마음이, 모든 것을 다 가지고 싶은 마음이 벽을 만들었던 게다.

지금도 세상의 벽은 존재한다. 아마 영원히 존재할 것이다. 그러나 그 세상은 이제 나에게 두려움의 대상도, 내가 가야 할 곳도 아니다. 유년의 기억은 삶에 온기를 불어넣어주지만, 문제를 해결하지는 못한다. 결국 문제는 나의 몫으로 남는다. 두려워하지 말자. 새는 알을 깨고 나와야 날개를 펴고 날 수 있다. 알 수 없는 세상 속으로 한 발 한 발 딛을 때 그 세상은 나의 세상이 된다.

사랑을 표현하는 방식

최영애 / 「불량한 엄마」

홍서영 "사람과 사람 사이에 섬이 있다. 그 섬에 가고 싶다."
정현종 시인의 「섬」이란 시다. 사람은 혼자 왔다가 혼
자 가는 존재라고 했던가……. 하지만 생명이 시작되는 순간
부터 사람은 타인들과 부대끼며 살기를 바란다. 죽는 순간에
도 혼자 죽기를 바라지 않는다. 그래서 외로우면 외로울수록
누군가와 연결되기를 바란다. 정현종 시인은 이 시에서 사람
이 외로운 존재로 태어나고 죽지만 끊임없이 관계를 갈망한다
고 보고 있다. 그 관계가 만들어지는 순간 함께할 수 있는 공
간인 섬을 인식하게 된다. 섬은 사랑이고, 희망이다.

이 책에도 섬에 가고 싶은 모자가 있다. 끊임없이 엄마의 애
정을 갈구하며 외로움에 몸서리치는 아들 영락이가 있고, 자
신의 지나친 사랑 때문에 남편이 떠난 것처럼 아들도 떠날까

봐 사랑을 드러내지 않는 엄마가 있다. 영락이는 엄마를 갈구한다. 아버지가 어느 날 갑자기 사라진 후로 엄마마저 사라질까 봐 두려워한다. 아빠가 떠나기 전 엄마는 따뜻한 사람이었는데, 아빠가 떠난 후 엄마에게 영락이는 '덤'이다. 교복을 빨아주지도 않고, 밥도 안 해준다. 영락이는 밥을 통해, 교복을 통해 엄마에게 끊임없이 요구한다. '나를 봐주세요'라고 속으로 외치면서…….

나는 믿어야 한다. 엄마가 제정신으로 돌아오는 날을. 내 몸 어딘가에 엄마의 일부분이 들어 있다. 유년의 그림이 보일 때마다 엄마는 내 마음에서 애틋하게 살아난다. 그러면 나는 달리기를 시작한다. 한 바퀴는 천천히, 다음부터 빠르게 계속 달린다. 이마에 땀이 맺히고 숨이 가빠지면 달리는 것을 멈추고 싶어진다. 엄마가 내 가슴을 뜯고 있다는 느낌에 휩싸인다. 여기서 멈추면 엄마에게 버림받을 것 같다. 엄마는 내 가슴에서 꺼지지 않는 불꽃이다.(10~11쪽)

그러던 중 엄마는 영락이에게 혼자 고시원에서 살라고 요구하고, 영락이는 마음속에서 엄마를 버리기로 결심한다. 하지만 고시원에서 홀로 지내게 된 영락이에게는 여전히 영락이의 곁을 지켜주는 사람들이 있었다. 고시원의 총무, 담임 선생님,

상담 선생님, 같은 반 친구 태연이……. 영락이의 주변 사람들은 지독한 외로움 속에서 자신을 객체화해서 무감각해지는 영락이에게 몸을 부벼준다. 그리고 그들이 나눠주는 작은 온기가 쌓이고 쌓여 영락이는 외로움에서 서서히 빠져나온다. 그들은 영락이의 가족도 아닌데 왜 사랑을 주는 것일까? 아마 모든 인간에게 존재한다는 인간성, 휴머니즘이 있기 때문일 것이다. 휴머니즘은 인간을 인간이게끔 하는 존재의 이유이자 사랑의 표현이다.

하지만 영락이의 근원적 외로움은 엄마로부터 기인하는 것이다. 엄마의 옆자리를 차지해버린 낯선 남자, 그리고 엄마라는 이름을 버리고 인간 '김선희'만 남은 것 같은 엄마가 문제의 원인인 것이다. 주변 사람들은 영락이의 상처에 약을 발라줄 수는 있지만 흉터를 없애주진 못한다. 흉터까지 사라지게 만들 수 있는 사람은 엄마지만, 엄마에게도 상처가 너무 많다. 그녀는 영락이가 두 살 때, 영락이의 아버지를 너무나 사랑해서 결혼식도 치르지 않고 함께 살기 시작했다. 그러나 그녀의 사랑을 부담스러워하던 영락이의 아버지는 갑자기 집을 나가버렸고, 그녀는 자신의 애정이 잘못됐다고 생각했다. 자신이 너무 사랑해서, 너무 관심을 많이 보여서 영락이의 아버지가 그 사랑에 숨이 막혀 떠났다고 생각한 것이다. 그래서 아들에게 무관심하고 불량한 엄마가 돼서 아들이 매달리도록 만들었다. 그것으로 사랑을 확인하려고 했다. 자신이 낳지 않은 아들이었기에 그 불안감은 더 컸으리라. 하지만 아들의 상담 선생님을 통해 자신의 사랑이 잘못되었다는 것을 깨닫는다. 그리고 자신의 비뚤어진 애정 표현이 아들을 얼마나 외롭게 만들고 있는지도 알게 된다.

그래서 영락이에게 자신이 친엄마가 아니라는 사실과 자신에게 영락이는 '가슴으로 낳은 아들'임을 고백한다. 영락이를 멀리했던 이유가 불안감 때문이었다는 말과 함께. 이 고백에 영락이는 드디어 외로움의 얼음덩어리에서 깨어날 수 있었다. 근원적 불안감이 사라지게 된 것이다. 엄마가 자신을 몸으로 낳지는 않았지만 가슴으로 낳았다는 사실이 더 가슴을 울린다. 친엄마는 병으로 자신을 떠났고, 아버지는 스스로만 사랑해서 자신을 버렸지만, 엄마는 자신을 버리지 않았고, 앞으로도 버리지 않을 거라는 확신을 얻는다. 서로의 상처를 드러냄으로써 두 사람 사이에 있는 섬을 발견한 것이다.

마음으로 낳았든 몸으로 낳았든 자식은 엄마에게 '덤'이 아닌 '또 하나의 세계'다. 낳은 정도 정이겠지만 기른 정도 그에 못지않다. 여자의 본성에는 모성이 있기 때문일 것이다. 매년 5월 11일은 입양의 날이다. 많은 이들이 가슴으로 아이들을 낳아서 기른다. 그들의 모습을 보면 감히 기른 정이 낳은 정보다 못하다는 말을 하기 어렵다. 이 책에서의 엄마도 두 돌 때 아들을 봤지만 보는 순간 사랑하게 되었다고 했다. 그래서 불량한 엄마가 돼서라도 아들을 지키고 싶어한다. 모든 엄마들이 각자의 방식으로 자식을 사랑하고 있는 것이다.

책이라서 그럴듯하게 포장한 거라고 할 수도 있겠다. 하지만 몇 년 전 실제로 내가 만났던 엄마도 이 책의 엄마 같았다. 우리 반에는 ADHD(주의력결핍 과잉행동장애) 학생이 있었다. 요즘이야 조금만 분주해 보여도 ADHD라고 한다지만, 질병으로 판정이 난 ADHD는 치료가 힘들어 많은 관심과 노력이 필요하다. 그런데 그 아이의 엄마는 아이가 초등학교 2학년 때 맞은 새엄마였다. 선입견이라는 게 무서워서 난 그 아이의 엄마가 새엄마라는 사실이 아이의 치료에 걸림돌로 작용할 거라고 생각했다. 게다가 그녀는 고치기 힘든 질병을 가진 아이의 엄마치고는 지나치게 무심해 보였다. 비가 와도 우산을 가지고 학교에 오는 법이 없었고, 아이가 학교에서 친구와 싸워 전화를 걸면 "알아서 할게요"라고 대답할 뿐이었다. 난 '역시 새엄마라서 그렇구나' 했다. 하지만 그건 그녀가 아이의 사회성을 길러주기 위해 선택한 방법이었다. 아이와 얘기를 해보니 음악 치료와 미술 치료는 물론, 꾸준히 정신과 진료와 상담을 받고 있다고 했다. 그리고 그 모든 곳에 새엄마는 아이와 함께였다.

사랑을 표현하는 방식은 여러 가지다. 자식을 사랑하지 않는 엄마가 어디 있겠는가? 몸으로 낳았든 가슴으로 낳았든 가족이라는 끈으로 묶인 순간 사랑은 시작된다. 엄마와 아들 또는 엄마와 딸이라는 이름을 가슴에 단 순간 그들의 관계는 사라지지 않는다. 다만 사랑을 표현하는 방식이 각자의 기준과 선택에 따라 다를 뿐이다. 이 책의 엄마처럼 아들에게 사랑을 갈구하게 함으로써 자신의 사랑을 확인하는 경우도 있고, 사자가 언덕에서 새끼를 밀듯이 현실에 적응하게 함으로써 자신의 사랑을 드러내는 경우도 있다. 물론 전통적인 엄마의 모습으로 무한한 사랑을 표현하는 엄마도 있겠다. 그 모든 것이 '사랑'이다.

난 학생들에게 종종 말한다. "너희들이 엄마를 사랑한다는 사실을 알려 드려야 돼. 엄마들은 생각해야 할 게 너무 많아서 사랑한다는 걸 잊기가 쉽거든. 바쁘더라도 아침에 학교 오기 전에 엄마 손 한 번 꼭 잡아 드리고 와. 너희들이 한 사랑의 표현 덕분에 엄마 사랑도 충전된단다."

이 책을 읽는 엄마들은 이 사실을 기억했으면 좋겠다. 사람들은 모두 자기 입장에서 사랑한다는 것을. 이 책의 엄마와 아들이 그 사실을 놓치고 난 후 많은 고통과 불안의 길을 돌아서 사랑을 확인한 사실을 잊지 말았으면 한다. 그리고 이 책을 내려놓고 아이의 손을 한번 잡아보기를 바란다. 물론 "사랑해"라는 한 마디가 더해지면 금상첨화일 것이다.

당신 가족의 밀도는 얼마입니까?

이병준 / 「가족의 재탄생」

요즘 익숙해진 단어 중의 하나가 '가족의 해체'다. '가족'과 '해체'라는 서로 다른 단어가 결합하여 사회·문화적 현상의 한 단면을 나타내는 의미를 지닌다는 것 자체가 현 사회의 가족 구성이 예전과 다르다는 것을 나타낸다. 예전의 가족은 삼대가 한 지붕 아래에 기거하는 것이 보편적인 양상이었다. 삼대가 함께 지내므로 소년·소녀 가장, 조손 가정, 결손 가정, 한 부모 가정 등과 같은 단어가 없었다. 부모가 없는 경우에도 조부모나 숙부 또는 백부의 보호 아래 성장할 수 있었기 때문이다.

지금은 거의 부모와 자녀의 이대만으로 가족이 구성된다. 어쩌다 삼대가 한 공간에서 지내게 되는 경우에는 어김없이 고부갈등이 나타난다. 고부갈등은 서로 자신의 삶의 방식이

옳다고 여기는 결과다. 그 중 가장 표면적으로 드러나는 것이 아이의 교육이다. 시어머니는 손주를 며느리의 자식이라기보다는 아들의 자식으로 여기고 싶어한다. 아들은 나의 자식이므로 아들의 자식 또한 나의 자식이 되는 것이다. 그러나 아이를 280여 일 동안 몸속에 품고 있다가 엄청난 고통 끝에 엄마가 된 며느리 입장에서 본다면, 그 아이는 완전한 며느리의 아이다. 여기에서 고부간의 소통은 단절되고 갈등만 깊어진다.

이제 친구들을 만나면 예외 없이 예비 시어머니의 견해를 토로한다. 우리들 세대와는 너무 다른 20대 여성들에 대한 이야기를 나누다 보면, 고부갈등이 겉모양만 변했을 뿐 내용은 전혀 변하지 않았음을 느낀다. 더 재미있는 것은 딸을 둔 친구와 아들만 둔 친구가 벌이는 설전이다. 그러나 이야기의 끝은 현대 사회의 가족이 안고 있는 그림자는 고부갈등이 아니라 부모와 아이들의 갈등이 더 문제라는 쪽으로 기운다. 아이가 어떤 생각을 하는지, 아이가 왜 화를 내는지 도무지 알 수 없다는 것이다. 이야기를 할수록 불량가족의 탄생을 보는 것만 같다.

이병준은 『가족의 재탄생』에서 불량가족은 징그럽게 밀착된 가족이라고 말한다. 가족의 구성원들 사이에 거리가 없이 밀착되어 있다 보니 서로를 구속하려 하고, 그 결과 어떤 모습이든지 불량가족이 된다는 것이다. 우리들의 오랜 생활 방식인 농경사회가 지닌 특성으로 인한 현대판 부작용이라는 지적이다. 농경사회가 지니고 있던 '네 일이 내 일이고 내 일도 네 일이다'라는 장점들이 현대의 가족이 불량가족이 되는 원인으로 변한 것이다.

농경사회에서는 많은 일손이 필요하므로 가족끼리 뭉칠 수밖에 없었다. 그러니 자연히 울 안에 들어와 있는 사람은 '우리(울이 : 울 안에 있는 사람)'가 된다. 우리끼리 불량가족이 되는 경우는 별로 없었다. 문제는 우리가 남이 될 때다. 그렇게 되면 불량가족이 탄생한다. 예전의 가옥은 우리가 한 지붕 아래에 함께 살아도 구성원에 따라 공간이 독립되는 특성을 지니고 있었다. 양반가에서는 아예 삼대가 거주하는 공간, 남성과 여성이 거주하는 공간이 각각 분리되어 있었고, 평민들도 마당은 공유하더라도 방문을 닫고 들어가면 각각의 공간으로 분리되었다.

현대의 거주 공간은 분리된 듯이 보이지만 그렇지 않다. 삼대가 아파트에서 거주하게 되는 경우, 예전의 마당과 달리 거실이 공간의 경계를 없애는 기능을 한다. 집의 중심지인 거실에 앉아 있으면, 각자의 방에서 나오더라도 부딪히게 된다. 내가 방에 있더라도 거실에 누군가가 있으면 괜히 신경이 쓰인다. 가옥 구조가 가족 구성원간의 경계를 없애고, 공간적인 경계가 없으니 사이의 경계도 사라진다. 가족간에 지켜야 할 예의나 규범들이 내가 지키기에는 귀찮은 허식으로 여겨지고, 다른 구성원이 지키지 않는 것은 경우 없는 것으로 여겨져 불쾌감을 일으킨다.

이러한 소통 부재가 다양한 문제 가족을 탄생시키는데, 저자가 말하는 것 중 눈에 띄는 것이 '수동적 공격성'이다. 수동적 공격성이란 적대감을 품고 있는 상대에게 자신의 감정을 직접 나타내지 않고, 의사표현을 즉각 하지 않는 등의 수동적인 방법으로 상대를 통제하려 드는 것을 말한다. 저자는 '수동적 공격성'을 "숨어 있는 저격수"(29쪽)라고 표현한다. 타인에게는 언제나 웃는 얼굴로 예의바르며 착하고 순한 사람으로 인식되어 있지만, 가정의 평화를 깨는 무서운 성격이기 때문이다.

이러한 공격성은 부모의 사랑이 결핍되었거나 성공과 완벽을 요구하는 가정에서 자란 사람에게 흔히 나타난다고 한다. 개인으로서의 '나'의 가치가 가장 가까운 부모에 의해 무시되었다고 느끼거나, 자신의 분신과 같은 자식으로부터 서운함을 느낄 때 형성되는 것이다. 저자가 말하는 가정의 평화를 깨고 가족을 해체시키는 저격수는 또 있다. 각자가 맡은 소임을 다하지 못하는 경우에 형성되는 성격들이다. 배우자나 자녀에 대한 폭력, 고부 사이에서 웃거나 모른 척하는 삐에로 남편, 부모 또는 자식으로부터 독립하지 못하는 심리적인 미숙아 등 모두 우리 주변에서 흔히 접하는 성격들이다.

이들의 공통점은 서로 소통하지 못한다는 데 있다. 쉬운 것 같지만 어려운 게 소통이다. 소통이 이루어지려면 먼저 상대의 말을 들어주어야 하는데, 이게 쉽지 않다. 나와 다른 생각을 하는 사람의 말을 끝까지 듣고 그의 생각에 어느 정도의 공감을 가져야 하는데, 그 말을 끝까지 듣는 것 자체가 많은 인내를 필요로 하기 때문이다. 상대가 가족일 때에는 더욱더 어려워진다. 그냥 듣는 것으로 마무리되는 게 아니라 함께 문제를 해결해야 하고 결과에 대한 책임을 공동으로 져야 한다는 부담감이 인내심을 쉽게 바닥나게 하는 요인이기 때문이다.

특히 엄마와 아이 사이의 소통 부재로 인한 갈등은 서로 사랑하기에 더 심각해진다. 엄마는 내 아이의 삶이 그 누구보다 행복하고 안락하기를 바란다. 그런 삶을 살기 위해서는 지금 다른 아이들보다 더 많이 공부해야 하고 더 많이 알아야 하고 남보다 앞서나가야 한다고 생각한다. 어린 시절 부모로 인해 형성되는 경쟁 심리는 학교에 가면서부터 표면화되기 시작한다. 끝이 보이지 않는 경쟁에 몰입하며 아이는 서서히 남을 배려하고 남을 이해하는 마음 대신 누군가를 이겨야 한다는 강박관념에 시달리고, 마음의 여유를 잃어버린다.

타인에 대한 여유가 없는 마음은 자신의 말과 행동이 타인에게 어떤 상처를 주는지 알지 못하고, 내가 받는 상처만 생각한다. 그 아이가 자라서 어른이 되어 부모가 되는 가정은 어떤 모습일까? 그렇게 멀리 갈 필요가 없을지도 모른다. 어느 사이엔가 아이는 '수동적 공격성'을 지니고, 엄마가 하는 말을 반대로만 한다. 심지어 엄마가 자신의 성적표 때문에 웃는 것조차 싫어서 공부를 하지 않는다는 말을 아무렇지도 않게 한다. 어느 사이엔가 아이에게 엄마는 꼭 필요한 존재가 아니라 창을 겨누어야 하는 적이 되어 있는 것이다.

많은 아이들을 가르친 적이 있다. 그 중에서도 유난히 기억에 남는 아이가 둘 있다. 한 아이는 지능이 매우 높았다. 한 번 들은 것은 정확하게 기억했고, 하는 말마다 정의롭고 예의바른 아이였다. 그러나 오래 지나지 않아 그 아이를 다른 아이들이 매우 두려워한다는 사실을 알게 되었다. 그 아이가 결석하던 날, 수업을 미루고 다른 아이들의 이야기를 들었다. "내 돈을 뺏어가요." "이르면 그어버린다고 그랬어요. 걔 주머니에는 칼도 있어요." "우리 학교 짱이에요." 그랬다. 그 애는 학교 짱이었고 매우 폭력적이었으며 공부도 최상위권이었다.

어렵게 그 아이와 대화를 이어갔다. "엄마요? 죽어버렸으면 좋겠어요. 아빠요? 빙~~신~~." 그 아이의 엄마는 문제가 생기면 언제나 다른 아이들이 자신의 아이를 괴롭힌다고 믿고 학교에 거의 매일 찾아와서 아이를 부끄럽게 했다. "나는요. 부끄러워서 애들이 놀리면 때렸는데, 때리니까 안 놀렸어요." 아빠는 아이가 100점을 받을 때마다 원하는 것을 하나씩 사줬다. 엄마는 점수가 높을지라도 아이가 1등에서 밀려나면 다음 시험을 칠 때까지 학교 마치는 시간부터 밤 열두 시까지 학원과 과외를 시켰다. 아이는 그것을 '뺑뺑이'라고 표현했다.

다른 한 아이는 계단을 오르는 것조차 힘겨워했다. 그 아이는 육교가 너무 무서워 먼 거리를 돌아 횡단보도를 건넌다고 했다. 교실이 3층인데 현기증이 나서 창밖을 보지 않는다고도 했다. 아이가 하소연하면 엄마는 웃으며 "네가 어린애냐?"라는 핀잔만 준다고 했다. 아이는 네 살쯤으로 기억했다. 위험하니 조심하라는 게 뭔지 몰라서 물었더니, "엄마가 산에 데리고 갔어요. 바위 끝에서 나를 확 밀었어요." 아이가 소리를 지르자 아이의 등을 잡고 있던 엄마는 "이게 위험한 거야"라고 알려주었다. 두 엄마의 사랑은 '우리 아이'라는 개념이 어떤 것인지를 말해준다.

두 엄마 모두 아이를 매우 사랑하는 사람이었다. 정말 끔찍하게 아이를 아끼고 모든 것을 희생하고 있었다. 그러나 아이는 엄마가 보이지 않는 곳에서 알지 못하는 사이에 문제아가 되어가고 있었다. 아빠가 돈으로 포상하고, 엄마가 아이를 위해 자신의 삶을 포기할 때 아이는 소리 없는 저격수가 되어 있었다. 두 아이를 다시 생각하며 가족끼리의 소통이란 어떤 것일까 되뇌어본다. 무조건 아이가 원하는 사랑을 주면 소통이 잘 될 것이라고 말할 수 있다. 정말 간단하게 아이의 눈을 들여다보라고 말할 수도 있다. 그러면 아이가 원하는 부모의 사랑은 어떤 것일까? 아이는 엄마의 눈을 마주 들여다볼까?

현대 사회의 가족이 불량가족이 되는 가장 큰 원인이 여기에 있는 게 아닐까. 서로가 원하지 않는 형태의 밀착, 상대의 의사를 고려하지 않는 포옹, 내가 중심이 되는 맹목적인 사랑, 이런 게 불량가족으로 가는 지름길이지 싶다. 시간이 조금 더 걸리더라도, 조바심이 나더라도 서로의 이야기를 들어주고, 나의 이야기를 하고, 그리고 공통의 관심을 가진다면 행복이라는 열차를 함께 탈 수 있을 것이다.

부부로 산다는 것

존 가트맨·낸 실버 / 『행복한 부부 이혼하는 부부』

홍선영 "나는 참는 게 남편을 위하는 거라고 생각했어. 딸한테도 그게 좋다고 생각했고……. 그런데 우리 딸이 엄마처럼 살고 싶지 않대." 차를 마시면서 친한 과학 선생님이 서두를 꺼낸다. 여자들끼리 모이면 '시월드'(김남주가 출연한 드라마에서 '시집'의 '시'에 'world'를 붙여 시댁 식구들을 이르는 단어인데 기가 막히게 적절한 표현이다)에 대한 난상토론이 일어나기 마련이다. 시어머니 흉부터 시작한 이야기는 남편 흉으로 이어진다. 과학 선생님은 같은 대학 선후배 관계였던 남편과 3년간의 연애 후에 결혼해서 딸 하나를 낳았다. 그런데 남편은 자주 선생님을 무시하고 폭언을 일삼았고, 툭하면 이혼하자고 한다. 그럴 때마다 선생님은 가족의 화목을 위해 무조건 잘못했다고 빌었단다. 그러면 남편은 하해와 같은 은혜

208

를 베푼다는 식으로 계속 살자고 하고……. 15년을 그렇게 살았단다. 그런데 사춘기가 온 딸이 엄마한테 그랬단다. "아빠가 말도 안 되는 트집 잡는데 왜 엄마가 잘못했다고 빌어? 엄마는 자존심도 없어? 난 엄마처럼 안 살 거야."

한편 케이블 텔레비전의 한 프로그램에서는 이혼 위기에 있는 부부에게 부부 전문 상담사가 상담을 해주고, 서로 싫어하는 말을 그 어조와 감정 그대로 상대방에게 말해보게 한다. 그리고는 오는 정이 고와야 가는 정도 고우니 말을 곱게 하려고 하면 상대방의 태도도 달라진다고 조언해준다. 40여 분간의 연습 장면 후에는 부부가 환하게 웃으며 서로를 이해하게 되었다고 손을 마주 잡는다. 그들의 문제는 해결되었을까? 카메라가 떠나고 나서도 그들의 웃음은 유지될 수 있을까?

부부 문제를 다룬 대부분의 책들은 '서로가 다른 종족이라는 걸 이해하자. 서로의 입장을 이해하자. 남자와 여자는 뇌구조 자체가 다르다'는 식의 이성간 차이를 강조한다. 『화성에서 온 남자 금성에서 온 여자』를 쓴 존 그레이는 최근 저서인 『불 같은 여자 얼음 같은 남자』에서 여자에게는 옥시토신이라는 배려, 양육의 호르몬이 많고, 남자는 테스토스테론이라는 문제 해결 호르몬이 많아서라고 의학적 근거까지 제시한다. 그러므로 부부 갈등의 해결책은 서로간의 입장과 차이를 이해하는 것이라고 말한다.

그러나 이 책 『행복한 부부 이혼하는 부부』를 쓴 존 가트맨은 전혀 다른 답을 내놓고 있다. 그는 부부관계 연구의 세계적인 권위자이자, 부인인 줄리 슈와츠 가트맨 박사와 함께 시애틀 애정 연구소를 설립해 운영하고 있다.

이 책은 그가 16년 동안 1,000여 쌍의 부부를 인터뷰 하고 그 중 650쌍의 부부를 14년간 추적 조사한 결과로 씌어졌다. 그는 단순히 상담하고 그들의 얘기를 들어주는 게 아니라 그들의 대화 장면을 세 대의 비디오 카메라와 마이크로폰, 심장 박동수 모니터 장치를 통해 기록했다. 이 실험의 목적은 모든 부부의 근본적인 의문인 '결혼이란 무엇인가'에 대한 해답을 찾는 것이었다. 왜 어떤 부부는 결혼 생활이 고통이 되어 시한 폭탄과도 같은 부부 생활을 하고, 어떤 부부는 소위 '검은 머리 파뿌리 되도록' 행복한 결혼 생활을 영위하는 것인가에 대한 해답을 찾기 위함이었다. 그래서 갓 결혼한 신혼부부부터 40년 넘게 산 부부들까지 다양한 유형의 부부들의 대화 장면을 녹화했다. 결혼한 지 40년이 넘은 미국 부부 중 67퍼센트가 이혼을 한다. 우리나라의 경우도 매년 35~36만 쌍이 결혼하는 반면, 12~13만 쌍이 이혼하며, 50대 이상 황혼 이혼이 전체 이혼에서 남자의 30퍼센트, 여자의 17퍼센트를 차지할 정도로 많다. 이혼은 이혼 당사자인 부부에게만 영향을 끼치는 것이 아니다. 이 책에 따르면 부부간 갈등이 심한 가정에서 자란 63명의 취학 전 아이들을 상담한 결과 스트레스 호르몬 수치가 비정상적으로 높았으며 15세까지 추적한 결과 거의 모든 아이들에게서 무단결석, 우울증, 왕따, 등교 거부 등의 문제가 나타났다고 한다. 그렇다면 이혼하는 게 차라리 나을까? 아니다. 이혼을 한다 하더라도 현재의 불행에서 어서 빨리 벗어나고자 '준비되지 않은' 이혼을 하는 사람들은 더 큰 스트레스와 어려움을 겪게 되는 경우가 많다.

이 책의 강점은 지금부터다. 이 책은 부부가 갖기 쉬운 결혼 생활에 대한 환상(이 책에서는 신화라고 표현하고 있다)과 부부관계를 위험에 빠뜨리는 위험 요인들을 제시해주고 있다. 그리고 '애정 지도 그리기'라는 실습 방법을 제시해 갈등 해소를 위한 단계별 해결책을 제시해주고 있다.

저자는 결혼에 대한 신화를 정면에서 반박하고 있다. 그 중 가장 충격적인 것은 공통된 취미가 부부 사이를 원만하게 해준다는 신화를 반박하는 부분이다. 중요한 것은 공통된 취미가 아니라 취미를 사이에 둔 서로의 의사소통이라고 그는 말한다. 내 예를 들어보자면, 우리 부부가 텐트를 산 적이 있다. 우리는 '이걸 어떻게 쳐야 하지?'에 대한 이야기를 나누고, 인터넷 동영상을 통해 텐트를 치는 방법을 익혔다. 작년에 인천에 놀러 갔을 때 우리 옆에서 텐트를 치던 부부도 텐트 초보자였다. 처음에 서로 헤매면서도 "우리는 초짜니까"라고 같이 웃

었던 우리 부부와 달리, 그 집 남편은 아내에게 화를 냈다. 이
것도 제대로 못 잡는다, 이것도 못 편다 하면서 말이다. 결국
아내는 울고 남편은 텐트 치는 걸 포기하고 집으로 돌아가버
렸다. 야영이라는 공통된 취미를 가진 두 부부의 상반된 예다.
공통된 취미가 중요한 게 아니라는 증거가 아닐까? 여러분도
이 책에 나오는 다양한 결혼에 대한 신화들을 보면 자기를 옭
아매던 말들(오는 정도 고와야 가는 정도 곱다든지 남자와 여자는
다른 별에서 왔다든지)과 민간신앙처럼 믿어왔던 많은 유언비어
들(남자는 생물학적으로 결혼에 적합하지 않다는 등)에서 자유로
워질 수 있다.

이 책의 저자가 제시하는 해결책은 막연하게 이해하라거나
대화하라는 등의 추상적인 조언이 아니다. 그는 행복한 결혼
생활을 위한 일곱 가지 원칙을 제시한다. 그 원칙들은 다음과
같다.

1. 애정 지도는 상세하게 그릴 것.
2. 상대방을 배려하고 존중하는 마음을 기를 것.
3. 상대방에게서 달아나지 말고 진심으로 대할 것.
4. 상대방의 의견을 존중할 것.
5. 해결 가능한 문제는 두 사람이 해결할 것.
6. 둘이서 막다른 골목에 부닥친 상황을 극복할 것.

7. 함께 공유할 인생의 의미를 발견할 것.

그가 제시하는 애정 지도 그리기 매뉴얼을 따라가다 보면 '나를 알고, 적을 알면 백전백승'이란 원리처럼 나와 남편을 더 깊이 현실적으로 이해하고, 문제를 해결할 수 있을 것 같다. 애정 지도 그리기는 크게 어려운 것이 아니다. 아이의 지능검사를 해본 적이 있는가? 아이와 두 시간 만난 상담사가 10년 동안 봐온 나보다 내 아이의 실제 모습에 대해 줄줄 얘기할 때 이해 안 되던 아이의 모습이 이해가 되고, 불만이던 아이의 성격에 대한 해결 방법이 찾아지는 신기한 경험을 한다. 오죽하면 큰아이 지능검사를 하고 친구에게 "점쟁이가 점괘 알려주는 기분이었다"고 얘기했을까? 애정 지도 그리기도 그와 비슷하다. 막연하게 알고 있고 생각하고 있던 것의 방향을 잡아주고, 돌아보게 한다. 그리고 '부드러운 말로 시작한다. 회복 시도를 주고받는다. 서로 흥분하지 않는다' 등 쉬우면서도 실천하지 못했던 행동들을 단계별로 알려준다. 그 이유에 대한 근거를 극히 현실적으로 들어서 말이다.

'마법의 다섯 시간'이 있다. 부부 사이에 문제가 발생했을 때 존 가트맨이 주장하는 매뉴얼을 실천하려는 노력에 걸리는 시간을 말한다. 100세를 바라보는 인생에서 30세에 결혼해도 70년을 살아야 하는 부부 사이다. 그 70년은 1990년대 유행했던

'이휘재의 인생 극장'과도 같다. A와 B의 인생길 중 하나를 선택함으로써 행복한 70년이 될 수도 있고, 불행한 70년(끝마치지 못할 수도 있지만)이 될 수도 있다. 그렇게 본다면 다섯 시간의 노력으로 행복한 70년을 만들어갈 수 있다면 남는 장사가 아닌가? 남편이, 또는 아내가 마음에 안 드는가? 숨 한 번 들이쉬고 존 가트맨의 매뉴얼의 첫 단계를 시작해보자. 부드러운 말로. 나와 상대방을 행복하게 하는 마법이 시작될 것이다.

PART
6

엄마의
배움에는
끝이 없다

배우고 익혀 나누어주자

오주석 / 『오주석의 한국의 美 특강』

김성리 '아는 만큼 보인다'는 말이 있다. 여기에는 보는 만큼 안다는 뜻이 담겨 있다. 지혜롭게도 우리 선조들은 '낫 놓고 기역자도 모른다'라는 속담으로 인간의 시야가 얼마나 좁은지에 대해 압축한다. 조금만 생각해보면 아니란 게 분명한데도 고민 없이 틀린 것을 그대로 행하는 일이 다반사인게 우리네 일상이다. 틀린 게 뻔한 일이 아무렇지도 않게 되풀이되는 걸 당연하게 여기는 게 어쩔 때는 정상인 것처럼 보이기도 한다.

지금까지 말하지 못하고 묻어두었던 그 첫 번째 뻔한 일은 태극기와 관련한 것이다. 초등학교, 아니 내가 다니던 학교는 국민학교였다. 저학년 때, 담임 선생님께서 미술 시간에 태극기에 담긴 뜻을 가르쳐주셨다. 그분 말씀에 의하면, "우리나라

북쪽에는 북한이 있제. 거기는 빨갱이 나라라서 태극기 위쪽이 빨간색이고, 우리 나라는 남한이라서 아래쪽은 파란색이대이." 어른이 된 후에도 한참 지나 우연히 주역 관련 책을 읽으면서, 가운데 태극이 우주의 조화를, 4괘가 하늘, 땅, 물, 불을 나타내고 있음을 알았다. 음과 양의 조화와 우주 만물에 꼭 필요한 4원소가 서로 어울려 인간을 이롭게 하는 태극기의 구성 원리가 난데없이 국가의 반공 이데올로기와 그 맥을 같이한 것이다. 상생을 추구하는 태극기의 의미가 분열과 갈등의 매개체로 둔갑을 한 채 거의 20여 년 동안 나의 이념을 지배하고 있었다.

두 번째 뻔한 일은 북한에 사는 사람들은 모두 얼굴이 빨갛고 이마에 뿔이 달려 있다는 것이다. 국민학생이었을 때, 나와 내 주위의 친구들 그림에서 북한 땅은 언제나 붉은색이고, 그곳에 사는 사람들의 얼굴은 빨갛게 칠해진 채 이마에는 뿔이 두 개씩 달려 있었다. 다른 건 기억이 안 나지만, 북한과 관련해서는 반 아이들 모두가 개개인의 특성이 전혀 보이지 않는 글을 쓰고 그림을 그렸다.

간혹 간첩이 잡혔을 때 사진이나 텔레비전에 나오는 그들의 이마에는 뿔이 없었다. 가르쳐주는 대로 배우고 익히던 나는 틀림없이 우리가 무서워할까 봐 미리 뿔을 잘랐을 거라고 상상했다. 얼굴이 빨간색인지 살색인지는 별로 중요하지 않았다. 그때는 신문도 텔레비전 화면도 모두 흑백이었기 때문에 색상에 대해서는 궁금한 게 없었다. 나는 배운 만큼 알았고 아는 만큼 생각했다.

살면서 배우고 익히는 장소가 학교뿐이겠는가. 어쩌면 책을 통해 배운 것을 익히는 공간은 가정일지도 모른다. 나는 어머니와 떨어져 할머니와 함께 국민학교 저학년 시절을 보냈다. 할머니는 학교에서 가르쳐주는 게 하늘의 진리라고 알고 계셨기 때문에 집에 와서 의문을 제기한다는 것은 상상도 할 수 없었다. 할머니에게는 배운 것의 진위 여부는 관심 밖이었고, 배움 그 자체가 중요했다.

흔히, 상식에 어긋나거나 교양 없는 행동을 하면 "본 데가 없다"거나 "가정교육을 어떻게 받았기에"라며 혀를 찬다. 가정에서의 교육이 학교 교육만큼이나 중요하다는 의미다. 학교에서 배운 지식을 익히는 곳이 가정이라면, 잘 익히고 삭여서 지식을 지혜로 만드는 게 어머니의 역할이라고 할 수 있다. 또 학교에서 잘못 배운 것들을 바로잡아서 정확하게 알게 하는 곳도 가정이므로 어머니의 역할은 중요하다.

우리 집 거실 벽 전면에는 커다란 산수화가 걸려 있다. 검은색 수묵화가 뿜어내는 은은함과 고요함은 경험하지 않으면 잘 알 수 없는 아름다움 중의 하나다. 나 또한 우리 집 거실에 걸린 지 10년이 더 된 그 그림을 제대로 본 적이 없었다. 10년이라는 시간 동안 산수화 특유의 아름다움에 대한 관심 같은 것은 아예 없었고, 단지 전시용으로 또는 과시용으로 소파 위에 걸어두었다.

2005년도였던 것으로 기억한다. '오주석'이라는 분의 부음과 함께 그분의 삶을 소개하는 짧은 프로그램을 보면서, 잠시 거실에 걸려 있는 산수화에 관심이 갔지만 곧 잊혀졌다. 2년 후, 서점에 갔다가 우연히 호랑이 얼굴이 표지 전체를 차지한 책이 눈에 띄었다. 도무지 무섭지도 않고 한마디로 단언하기 어려운 호랑이의 얼굴을 한참 들여다보다가 그만 책을 사고 말았다. 어찌 보면 고양이 같기도 한 호랑이의 얼굴을 표지로 한 책은 『오주석의 한국의 美 특강』이었다.

호랑이 그림은 〈송하맹호도〉였다. 저자는 집에서 쓰는 바늘 중 가장 가는 바늘보다 더 가는 획을 수천 번씩 반복해서 그린 것이라고 그림 속의 호랑이를 설명하고 있었다. 이런 묘사력은 "그림 그리기 이전에 정신 수양의 문제 같은 것이 전제되어 있어야 가능"(118쪽)하다고 했다. 호랑이는 "온 세상을 진정 아름답게 변화시킬 큰 덕을 펼칠 사람을 상징하는 그림인 까닭에 이토록 정중하고 치밀하게 그린 것"(122쪽)이라는 설명과 함께 말이다.

다시 찬찬히 들여다본 호랑이의 얼굴은 무엇인가 말을 하는 듯이 보였다. 두 개의 큰 눈에서는 그 어떤 사념도 보이지 않았지만, 그 눈에서 시선을 뗄 수가 없었다. 한참을 그렇게 보고 있으려니 놀랍게도 그림 속의 호랑이가 나를 향해 한 발 한 발 다가오고 있었다. 호랑이의 털이 미세하게 움직이면서 온몸의 근육이 바람에 일렁이듯이 율동을 하고 있었다.

또 하나, 옛 그림은 "오른쪽 위에서 왼쪽 아래로 쓰다듬듯이 바라보아야 한다"(27쪽)는 사실이다. "우리 옛 그림은 대각선만큼 떨어지거나 그 1.5배만큼 정도 떨어진 거리에서, 오른쪽 위에서 왼쪽 아래로 쓰다듬듯이"(31쪽) 보아야 한다고 강조했다. 즉시, 거실에 걸려 있는 그림 앞에 섰다.

책에서 말하는 대로 오른쪽 위에서 왼쪽 아래로 마치 손으로 쓰다듬듯이 그림을 보았다. 그 그림 속에는 지금까지와는 다른 풍경이 있었다. 정면에서 휙 보고 지나칠 때나 코를 들이대고 볼 때는 그냥 산 속의 풍경이었다. 그런데 다시 본 그림 속에는 넓은 강이 나타나고 강가에 있는 작은 오두막에서 연기가 피어오르고 그 위로 여태껏 보이지 않던 하늘이 있었다. 그림 속에는 하늘과 강과 나무와 사람이 조화를 이루며 살고 있었다.

10년 동안 그 그림이 산수화라는 것은 알았지만, 아는 만큼만 보았기에 좋아하지 못했고, 즐기지 못했다. 놀라울 일은 자꾸 생겼다. 그림 속의 풍경이 아침에 다르게 보이고, 저녁에는 또 다르게 보이기 시작하는 것이다. 틈만 나면 그림 앞에 쪼그리고 앉아서, 걸어가며 곁눈으로, 오른쪽 왼쪽 위치를 바꾸어 가며 보았다. 그러다가 어떤 때는 온몸을 휘감는 떨림에 아뜩하기도 했다.

내가 아는 것과 모르는 것의 차이는 경험한 자만이 안다. 하나를 알면 둘을 알고 싶고, 둘을 알면 셋을 안다. 그리고 어느 사이엔가 하나를 알면 열을 알게 된다. 앎이란 이런 것이다. 모를 때에는 관심이 없지만 알게 되면 흥미가 생기고 온몸으로 즐기게 된다. 아는 것은 좋아하게 되고 곧 즐기게 된다. 앎이 놀이요 즐거움이라는 옛 사람들의 말은 그들의 실제 경험에서 나온 것이리라.

그렇다면, 우리도 경험으로부터 앎의 즐거움을 터득하면 되지 않을까. 스스로 즐거움을 알기 위해서는 일단 많은 것을 보고 듣고 느껴야 한다. 그 과정에서 '물'을 글자로 가르칠 게 아니라 손을 담가보고 알도록 해야 하지 않을까. 뜨거운 물에서는 뜨거움을, 차가운 물에서는 차가움을 느껴야 물이 주는 다양한 느낌과 그 차이를 알 수 있지 않을까.

우리는 정보의 홍수 속에서 살고 있는데, 그 정보의 대부분은 외국의 학문이나 이론에 의존하고 있다. 외국에서는 'K-POP'에 열광하는데, 우리는 '미드'에 '일드'에 파묻히고, 외국 화가의 그림 전시회에는 줄을 서지만, 동양화 전시는 어디서 하는지 관심조차 없는 것이 당연시되는 사회에서 살고 있다. 우리 것이니까 무조건 열광해야 되고, 아껴야 된다는 논리는 아니다. 다만, 내 것을 알고 남의 것을 알 때 완전한 앎에 좀 더 가까이 갈 수 있지 않을까.

남이 좋은 것이라고 한다 하여 무조건 받아들이기보다는 의문을 가지고 생각하는 습관을 들이는 게 좋지 않을까 싶다. 균형 잡힌 사고가 조화로운 인간을 만든다. 그러기 위해서는 나도 알고 너도 알아야 한다. 서구의 아름다움을 알고 우리 전통의 아름다움을 안다면 일석이조가 아닌가. 외국의 문화를 알면서 우리 것을 잃지 않을 때 진정한 아름다움은 살아난다.

아이들에게 엄마는 또 다른 교과서다. 아이들은 은연중에 엄마의 말과 행동, 그리고 사유방식을 따라 한다. 그림 앞에서 설명서만 보지 말고 그림을 보는 방법을 가르쳐주고, 함께 감상하고자 할 때, 이 책은 좋은 길잡이가 되어줄 것이다. 알고 보면, 그림 속의 호랑이가 나를 향해 한 발 한 발 다가오고, 이른 저녁나절의 한가로움이 온몸으로 느껴지는 떨림을 경험할 수 있다.

재테크, 공식을 알아야 문제를 푼다

신인철 / 「마법의 지갑」

홍선영 중학교 친구 표현에 따르면 난 바늘로 찔러도 피 한 방울 안 흘리게 생겼다. 그래서 학부모님이나 학생들도 처음에는 인상이 차가워 보여 별로였다는 말을 많이 한다. 하지만 나를 알게 되면 모두들 하는 말이 있다.

"홍 선생님은 항상 2프로가 부족해요."

그렇다. 난 샤프를 손에 들고 샤프를 찾을 정도로 건망증이 심하다. 조회 시간에 교실에 들어가서도 이것 안 갖고 와서 교무실 갔다 오고, 저것 안 갖고 와서 다시 교무실 다녀오느라 25분이 휙 지나가버린다. 소심한 A형답게 이것저것 확인하면서 일을 마쳐도 꼭 나중에 보면 뭔가 구멍이 있다. 날짜가 틀렸다든지, 사람 이름이 다르다든지 하는 초보적인 실수도 포함해서…….

그래서 나는 안 버린다. 쿨하게 버렸다가 낭패를 본 적이 한두 번이 아니어서 그냥 갖고 있는다. 이 중 가장 골머리를 앓게 하는 것은 영수증과 청구서다. 버리지 않다 보니 지갑에는 영수증과 카드전표, 이런저런 카드들이 뒤섞여 있다. 가방에도 영수증이 한가득이다. 사실 난 돈을 잘 쓰지 않는다. "선영이 지갑으로 들어간 돈은 세상 빛 보기 힘들다"는 말까지 들을 정도다. 중학교 때는 한 달에 5천 원 용돈을 받아 1년에 10만 원을 모은 나다. 지금도 은행 통장이 최고라고 생각해서 통장에 들어온 돈은 웬만해서는 쓰지 않는다. 게다가 내 남편은 은행원이다. 이쯤되면 사람들은 우스갯소리로 말한다. 짠순이 교사에 은행원 부부니 준재벌이겠다고……

하지만 이상하다. 분명히 난 안 쓰고 열심히 모으는데 월급날이 되면 불안해진다. 카드대금, 아이들 학원비, 병원비, 공과금들이 내 통장에 마이너스를 내지 않고 빠져줄지 말이다. 여섯 식구 생활비에 대출 이자까지 둘이 벌어 마이너스만 안 나도 다행이다. 오죽하면 학생들한테 "학교 다닐 때가 좋다고 하는 어른들 말이 어릴 때는 나도 이해가 안 됐어. 그런데 선생님이 어른이 돼보니까 하루하루 책임질 일과 살림살이가 만만치 않더라. 그런데도 너희들 낳아 이렇게 예쁘게 교복 입혀 학교 보내시는 부모님들은 대단하신 거야. 그러니까 부모님께 잘해"라는 말까지 할까……. 그러다가 생각했다. '우리 엄마는 아빠의 불안정한 벌이로 어떻게 시동생 시누이 시집 장가 다 보내고, 우리 남매 대학까지 보낼 수 있었을까?' 이 책을 읽는 여러분도 궁금하지 않은가? GDP도 늘었고 과거 세대보다 더 잘 벌고 윤택하다고 하는데, 왜 우리 부모가 살던 때보다 경제적으로 더 힘든 것일까?

큰맘 먹고 '그래, 나도 재테크의 여왕이 돼보련다' 결심하고 서점에 나가 재테크며 경제 관련 책 코너에 선다. 그리고 5분도 안 지나서 무식한 나를 보며 치를 떨고 있다. 통장을 어떻게 관리하고, 어떻게 투자해서 돈을 벌고 하는 책들을 읽어보면 딴 나라 소리 같은 경우가 많다. 제목도 잘 이해되지 않을 때가 허다하다. 내용도 일단 주부들 입장에서는 이해하기 어렵고, 대다수 주부들은 생활비를 가지고 그런 투자나 돈 관리를 하기 힘들다.

예를 하나 들어보자. 친한 선생님 한 분은 통장을 여러 개 관리해서 많은 돈을 모은 은행원의 책을 읽고 자기도 똑같이 따라 해봤다고 한다. 하지만 그 은행원처럼 통장 네 개를 목적별로 나눠서 관리하는 것은 굉장히 어려운 일이었다. 일단 시어머니, 친정 어머니, 애 봐주는 아줌마한테 다달이 주는 돈에, 생활비, 갑작스레 이래저래 나가는 돈, 애들 학원비, 레슨비, 남편이 쓰는 돈 등……. 너무 복잡해서 통장 관리하다 순직하겠더란다. 수학 선생님이 그 정도니 두 자리 넘어가는 숫

자만 나와도 머리가 아프기 시작하는 나는 덤벼보지도 못하고 바로 포기했다.

하지만 이 책 『마법의 지갑』은 누구나 쉽게 이해하고, 따라 할 수 있다. 우화 형식으로 이루어져 있는데다 돈을 쉽게 쓰는 사람과 돈을 모으기만 하는 사람(공통적으로 둘 다 돈은 모으지 못하는 유형이다)을 나눠 이해하기 쉽게 풀어썼기 때문이다. 그리고 굉장히 현실적이다. 한 가지 아쉬운 점은 우리나라 사람이 썼음에도 외국을 배경으로 이탈리아 가죽 공예가들이 주인공이란 점이다. 그리고 내용이 다소 작위적인 느낌이 난다. 하지만 '지갑', 특히 가죽 지갑을 중심 제재로 뒀을 때 가장 어울리는 선택이란 생각이 든다. 가죽 지갑을 주문할 정도의 인물들은 부자인 경우가 많고, 부자들의 경우에는 그들 나름의 법칙이 존재하기 때문이다.

가죽 지갑의 장인 뽀뽀는 두 젊은이 로베르토와 파울로와 함께 일한다. 로베르토는 돈을 버는 즉시 써서 즐기는 타입이고 파울로는 반대로 꽁꽁 싸짊어지고 있는 타입이다. 하지만 가난하기는 둘 다 마찬가지다. 반대되는 태도를 갖고 있는 두 사람은 서로를 이해하지 못해 갈등이 점점 커진다. 뽀뽀는 자신의 공방 '뽀뽀'를 물려주고 싶은 두 젊은이들을 화해시키고, 그들에게 돈 버는 방법을 가르쳐주기 위해 고객에서 친구가 된 다섯 명의 부자들과 인연을 만들어준다.

그들이 배운 법칙은 간단하다.

첫 번째, 좋은 지갑을 써라.
두 번째, 지갑에 자기만의 기준을 만들어라.
세 번째, 지갑이 열릴 때를 선택하라.
네 번째, 얼마보다는 어디로 나가는지가 중요하다.
다섯 번째, 당신의 지갑을 순환구조의 중심에 두어라.

수학에서도 공식을 알아야 문제를 풀 수 있다. 주식 투자가
어쩌고, 통장 관리가 어쩌고 하는 얘기보다도 근본적으로 돈
을 모으기 위한 공식, 즉 근본적인 법칙을 깨닫는 것이 중요하
다. 특히 좋은 지갑을 쓰라는 말이 나에게는 굉장히 인상 깊었
다. 더불어 지갑에 자기만의 기준을 만들라는 가르침도 굉장
히 도움이 된다. 지갑에 있던 영수증들을 책의 가르침에 따라
정리해봤다. 난 아껴 쓴다고 아껴 썼는데 몇천 원짜리 충동적
인 구매의 흔적들이 지갑에 가득 차 있었다. 나는 겉으로만 짠
순이었지 실은 사치와 충동구매를 일삼고 있었던 것이다.

이 세상의 모든 부자들은 모두 자신만의 규칙이 있었어요.
돈을 쓸 때나 벌 때나……. 그렇기 때문에 그들은 다른 사람들
과 달리 더 돈을 벌 수 있었고, 더 돈을 오래 자기 수중에 갖고

있을 수 있었죠. 부자들은 돈을 지키는 사람들이 아니라, 자신만의 법을 지키는 사람들이에요.(62쪽)

부자들이 각기 갖고 있는 '지갑의 법칙'을 알려주는 이 책은 재테크에도 일관된 철학과 방법론이 있어야 함을 강조한다. 단순히 돈을 벌고 굴리는 방법이 아니라, 지갑과 마음이 모두 두둑한 진정한 부자로 거듭나려면 어떻게 해야 하는지를 일러주고 있는 것이다.

통장 관리하고, 재테크 해서 돈 벌었다는 다른 사람들의 이야기에 미혹되지 말자. 하버드 간 아들을 키워낸 어머니의 수기를 읽는다고 내 아들이 그 아들 되지는 않는다. 마찬가지로 통장 네 개 관리해서 10억 모았다고 그 통장이 내 통장 되지는 않는다. 열 개를 가르쳐준다고 열 개를 다 해야 할 필요는 없다. 책의 좋은 점은 내 맘대로 써먹을 수 있다는 것 아닌가? 『마법의 지갑』을 읽으면서 가장 기본적인 경제 관념을 키워보자. 이론이 있어야 실천이 가능하다. 주부의 기본인 살림에 일단 충실하자. 거창하게 통장까지는 아니어도 지갑에 쌓여가는 영수증만 한 달에 한 번씩 분류해도 과소비는 막을 수 있고, 이러한 노력이 쌓이면 10억은 아니어도 1억은 모을 수 있지 않을까?

경제 발전의 빛과 그림자

C. 더글러스 러미스 / 『경제성장이 안되면 우리는 풍요롭지 못할 것인가』

구정 재생지로 된 작고 얇은 책이 내용은 크고 넓다. 이 책
운정 은 미국 출신 사회운동가 겸 저술가 더글러스 러미스
가 일본 사회를 돌아보며 일본 사람들에게 이러저러하게 살아
보자, 하고 제안하는 형식으로 구성되어 있다. 러미스는 일본
내의 식민지 격인 남쪽 오키나와에 살면서 평화운동과 생태운
동을 하는 사람으로, 2011년 3·11 '동일본 대지진'과 후쿠시
마 핵발전소 사고 뒤 일본의 핵발전 우선정책을 목소리 높여
비판하면서 국내에도 많이 소개됐다.

저자는 이 책에서 민주주의, 국가와 폭력, 평화, 지속 가능
한 문명 등에 대해 다루며, 우리가 지금까지 당연시해왔던 경
제 발전 이데올로기에 의문을 제기한다. '경제 성장이 안 되면
우리는 풍요롭지 못할 것인가?'의 대답은 'NO'라며, 경제 발

전을 통해 사회의 모든 구성원이 풍요로운 삶을 살 수 있으리라는 믿음은 환상일 뿐이라고 말한다. 아무리 경제 성장이 돼도 '빈부'의 개념은 정치적인 것이기에, 빈곤은 사라지지 않고 오히려 빈부 차가 계속 커질 수밖에 없다는 것이다.

책은 일본어 문체로 돼 있어서 거기에 익숙하지 않은 독자에겐 다소 낯설게 들릴 수 있을 것 같다. 지적하는 내용과 제안도 일본적이지만, 우리 또한 새겨들어야만 하는 내용임에는 틀림없다. 아니, 솔직히 말하면 "개같이 벌으렸다, 돈만 벌어라"(김민기의 노래 〈돈만 벌어라〉의 가사 중) 하는 식의 사고방식은 일본보다 우리가 훨씬 심하다. 자본주의 성장지상주의에 빠져 일로매진한다는 측면에서 보면 한국이 일본은 물론 미국도 제치고 1등 할 것 같다. 그러니까 '20대 80' 중 잘나가는 20 말고 못난이 80이라도 그럭저럭 먹고살 여지가 있는 일본보다는 오히려 우리가 더 귀담아 들어야 할 내용이다. 지금도 우리 주변에서는 경제 성장, 1인당 GDP 2만 달러 시대, 경제 규모 세계 몇 위 따위의 헛배만 불리는 소리들이 귀에 더께가 끼도록 들려오고 있지 않은가.

"그것은 좋은 이상일지는 모르지만 이러니저러니 해도 돈을 벌어야 한다"라든가, "싫어도 직업이기 때문에 별 도리가 없다" 등등, 우리가 흔히 듣는 이와 같은 상투적인 말들은 "소득으로 이어지는 것만이 현실성이 있다"라는, 경제발전론의 발상이다.

나는 이러한 발상에 대하여 의문을 던지기 위해서 이 제목을 선택하였다. 경제발전론=소득배증론(所得倍增論)이 사회의 상식이 되어있는 한, 이 책에서 다루고 있는 그 밖의 다른 테마에 관해서 깊이있게 생각한다는 것은 불가능하다. 의학용어를 빌려 말하면, 경제발전론은 현대사회 속의 사고장해(思考障害)라고 부를 수 있을 만큼 사람의 사고력을 억압하는 힘을 갖고 있다.(5쪽)

러미스는 '경제의 파이를 키우자'라는 성장 일변도의 생각을 끊어내고 사람들의 경계와 각성을 끌어내고자 애쓴다. 파이를 키우자, 그러니까 파이가 커질 때까지는 파업도 말고 인권·환경·여성·인권·노동·복지·문화 이런 거 떠들지 말고, 배 채울 때까지 일단 기다려라, 그런 논리 말이다. 성장이 되면 저절로 인권·환경·여성·인권·노동·복지·문화 우선국가가 될까? 성장이 되기 전까지는 그런 '배부른 자들이나 하는 소리'에는 신경 쓰면 안 되는 걸까? 어쩌면 우리는 다종다양한 목소리와 가치관을 '배부른 자들의 소리'로 치부해온 탓에 지금까지 성장과 발전을 거듭하면서 언제나 배가 고프고 옆구리가 결리고 머리가 아프고 가슴이 답답했던 것이 아닐까.

원론적으로 말하면 어떤 사람들은 "그게 다 배부른 소리야"라는 말로 맞받아쳐서 문제 제기를 하는 사람들을 순환논법에 빠지게 만들고, 어떤 사람들은 "말은 맞지만 어떻게 할 수 있나" 하고 체념한다. 러미스는 그런 식의 논리 구조에 '타이타닉 현실주의'라는 이름을 붙였다. 많은 사람들은 현실을 타이타닉 호처럼 "전진하지 않으면 가라앉는 체제"로 보고 있다고, 오늘날의 현실주의는 "멈추거나 늦추면 가라앉고야 만다는 논리에 입각한 타이타닉 현실주의"라고.

그럼 대안은 무엇인가. 저자의 주장은 생각을 바꾸자는 것, 그리고 체제를 바꾸자는 것이다. '발전'(development)은 어원으로 따져보면 가려진 것, 감춰진 것을 풀어 꺼낸다는 것이다. 그런데 지금 우리에게 필요한 것은 남쪽을 까뒤집어 속도전으로 뛰어들게 하는 것이 아니라 북쪽(개발된 세계)을 다시 좀 오므리고 늦춰서 가치관을 바로잡게 만드는 것이다. 그리고 지금껏 사람들이 일 중독과 소비 중독이라는 두 가지 중독에 빠져 있는데 인간을 다시 보통 인간으로 돌아오게 해서 값이 매겨져 있지 않은 즐거움, 사고파는 일과 관계 없는 즐거움을 되찾게 만드는 일이 필요하다는 것이다.

저자는 그것을 '대항발전'이라 이름붙였다. 좀 추상적이고 몽상적으로 들릴 수도 있겠지만 생각하는 것만으로도 기분이 조금은 좋아진다. 이런 이야기를 듣고 '맞아 맞아' 하는 사람들이 늘어나야 세상이 숨통이 트이고, 사고파는 일과 관계 없는 즐거움이 많아지지 않을까.

헌법 공부 좀 하세요!

차병직·윤재왕·윤지영 / 「안녕 헌법」

윤지영 사실 이 책을 서평 대상으로 삼을지 말지 고민이 많았다. 자기가 쓴 책을 자기가 평한다는 것 자체도 이상하고, 의도하지 않게 광고의 취지로도 읽힐 수 있기 때문이다. 일부러라도 좋은 말을 아끼게 될 터이니 객관적이라고 보기도 어려울 것이다. 그럼에도 불구하고 이 책을 손에 든 데에는 나름의 핑계가 있기 때문이다. 형식적으로 이 책은 차병직 변호사님, 윤재왕 교수님 그리고 내가 함께 집필한 것이지만 사실 공저라는 말이 무색하게도 내가 쓴 분량은 극히 적다. 그러니 비교적 객관적인 입장에서 이 책을 평할 수 있다고 자부한다. 하지만 이보다 더 중요한 이유는 학생인권조례를 둘러싼 찬반 논쟁 때문이다. 2011년 12월, 서울시 학생인권조례가 난항을 거듭한 끝에 통과되었다. 그러나 학생인권조례를 반대하거나 우려하는 목소리는 그후 더 커졌다. 반대하는 주된 논거는 학생인권조례가 교권을 침해하고 동성애나 임신을 조장하며 미성숙한 학생들에게 너무나 많은 자유와 권리를 준다는 것이다. 예컨대 학생들에게 집회의 자유가 웬말이냐는 것이다. 교권 침해나 동성애, 임신 조장에 대한 우려는 보수 언론을 중심으로 학생인권조례를 왜곡한 데에서 비롯된 것이니 그렇다 치더라도 자유와 권리를 제한해야 한다는 논리에 대해서는 이런 말을 해주고 싶다.

헌법 공부 좀 하세요!

하긴 헌법 공부하기가 쉽지는 않다. 법대에 진학하거나 법조인이 될 것을 꿈꾸지 않는 이상 평생 헌법 조문 하나 읽어보지도 않고 생을 마감하는 것이 우리네 삶이다. 헌법에 관심이 생겨 큰맘 먹고 서점에 들르더라도 베개 삼아도 좋을 만큼 두꺼운 수험서들에 압도되는 게 현실이다. 일반 시민을 대상으로 한 헌법 해설서가 있을 법도 한데 그 동안 없었다는 게 신기할 정도다. 그래서 이 책이 만들어졌다. 평범한 사람들이 대한민국 헌법을 쉽고 재미있게 이해할 수 있도록 하기 위해서 말이다. 책 제목부터 친근하다. '안녕 헌법'.

'안녕 헌법'은 중의적인 의미를 가지고 있다. 처음 대면했을 때 나누는 인사, '헌법아, 안녕!'이 첫 번째 의미다. '과연 대한민국 헌법은 안녕한가!'라는 염려와 고찰이 두 번째 의미다.

헌법에 첫인사를 건네듯 손을 내밀어보자. 마음을 가다듬고 헌법을 읽는 순간 깜짝 놀랄지 모른다. 첫 번째 조문에서 바로 나 자신을 확인하게 될 테니까. 제1조는 대한민국의 주인이 나라고 말하고 있다. 모든 국가기관도 내가 만들었다고 한다. 정말 흥미롭지 않은가? 나를 비로소 인간답게 만들어 주는구나, 라는 생각이 절로 들지 모르겠다. 나는 인간으로서 존엄과 가치를 가지고 있다는 선언에 이르면 어떤가? 지난 한 주 동안 세파에 시달렸던 나는 나의 본질이 아닌 것처럼 느껴지지 않겠는가. 고달픈 일상은 피상적 현실의 한 장면에 불과할 뿐, 인간의 숭고함은 그런 사소함을 벗어난 곳에 깃들어 있다고 외치고 싶을 것이다.(12쪽)

이 책은 헌법 조문을 하나하나 조곤조곤 설명하는 형식으로 이루어졌다. 조문별로 그 문언적 의미를 살펴보고 관련된 사건이나 이슈들, 그리고 헌법재판소나 대법원의 판결도 함께 다루었다. 대한민국 헌법의 위치를 파악하기 위해서 필요한 경우에는 외국 입법례도 실었다. 대한민국 헌법은 최상위 법이면서 동시에 모든 법의 근원인 만큼 각 조문에 근거하여 탄생한 법령들도 소개했다. 무엇보다 시대와 괴리되거나 시대를 왜곡하는 내용의 헌법 조문에 대해서는 개정 방향까지도 담았다. 그러면서도 고담준론의 법 이론은 과감하게 배제함으로써 내용이 중구난방으로 흩어지는 것을 막았다.

예를 들어보자.

직업의 자유는 어떤 직업이든 귀천이 없으므로 자기 능력과 사정에 맞는 직종과 직장을 자유롭게 선택하라는 그럴듯한 희망을 담고 있다. (중략) 그렇지만 평범한 시민들에게 직업 선택의 자유란, 굶어죽지 않기 위해서는 어떤 일이라도 찾아서 하라는 냉혹한 명령으로 들릴 것이다. 실제로는 그 배경에 자유경쟁이란 무대를 깔고 있다는 사실을 깨달을 뿐이다. "직업에 귀천은 없다. 아무리 그렇게 생각해도 죽음 그 자체를 터부시하는 현실이 있는 한, 장의사나 화장장 사람들은 비참하다." 일본에서 소설가로 데뷔하였다가 장례회사에서 시신을 염습하는 일에 종사했던 아오키 신몬이 그의 대표작 『납관부 일기』에서 한 말이다. 현실의 세계에서 직업 선택의 자유는 거의 존재하지 않는다.(제15조 직업 선택의 자유, 120쪽)

노동의 권리를 실효적으로 보장하기 위하여 국가는 사회적·경제적 방법으로 고용의 증진에 노력하여야 한다. 일자리를 만들고 실업률을 줄이는 것은 국가의 의무이며, 국가는 제공된 일자리로부터 노동자가 함부로 해고당하지 않도록 보호하여야 한다. (중략) 이러한 점에서 2007년에 제정된 '기간제

및 단시간근로자 보호 등에 관한 법률'은 문제가 많다. 이 법은 2년 이하 근무한 노동자에 대해서는 제한 없이 해고할 수 있는 가능성을 열어주었기 때문이다.(제32조 근로의 권리, 190쪽)

사적 자치가 보장되는 자본주의 사회에서 국가가 국민에게 노동을 강요할 수는 없다. 이는 헌법 제14조 제1항 강제노역의 금지에 비추어보았을 때에도 그러하다. 일할 능력이 있음에도 불구하고 일하지 아니하는 자를 윤리적, 도덕적으로 비난할 수 있다는 의미로 근로의 의무를 해석하는 이상 헌법에서 근로의 의무에 관한 규정은 없애는 것이 바람직하다. 같은 맥락에서 '근로'라는 용어는 '노동'으로 바꿔야 한다. 근로는 말 그대로 부지런히 일한다는 뜻인데, 모든 노동이 가치 있는 것이지 부지런히 일한 경우에만 보호받아야 하는 것은 아니기 때문이다.(제32조 제2항 근로의 의무, 192쪽)

언론 역시 각 매체의 정치적 성향에 따라 구체적인 재판 과정까지 문제 삼으며 법관의 독립을 휴지조각으로 만들어버리곤 한다. 법관의 독립이 비판으로부터의 독립을 의미하지는 않기 때문에 민주적 헌법국가에서 언론을 통한 비판은 사법부라고 해서 예외로 남겨 두어야 할 필요가 없다. 문제는 특정한 재판 결과에 대한 비판이 아니라 진행 중인 재판의 담당판사 개인에 대해 이런저런 얘기를 늘어놓는 것은 분명 법관의 독립에 대한 침해에 속한다.(제103조 법관의 독립, 361쪽)

헌법을 전문으로 하는 사람이 쓴 책은 아니라서 학문적인 깊이가 뛰어난 것은 아니다. 그러나 일반 시민을 대상으로 한 이상 학문적인 깊이가 이 책의 무게를 가늠할 기준은 되지 못한다. 오히려 이론적 도그마에 빠지지 않고 법과 현실의 경계선을 아슬아슬하게 잘 걸어갔다. 이 책을 계기로 일반인을 대상으로 한 더 많은 헌법 해설서가 나오기를 고대해본다.

신문 사회면을 보는 새로운 눈

페르디난트 폰 쉬라크 / 『어떻게 살인자를 변호할 수 있을까?』

영화 속 법정 안 풍경에는 몇 가지 공통점이 있다. 첫째, 판사는 의자에 엉덩이를 붙이고 부동자세로 앉아 있는데 검사나 변호인은 자유롭게 법정 안을 거닌다. 둘째, 자유롭게 법정 안을 거닐던 변호인은 밑줄 그어가며 기억하고 싶을 만한 철학적인 이야기만 골라서 말 한 번 더듬거리지 않고 술술 풀어낸다. 셋째, 위증을 하던 증인 앞에 갑자기 변호인이 사건의 실마리를 풀 증거를 들이댄다. 가끔 즉석에서 새로운 증인을 신청하기도 하는데 그러면 방청석 어딘가에 앉아 있던 증인이 조용히 일어나서 증인석으로 걸어나온다. 넷째, 새로운 증거와 증언으로 상황은 급반전되면서 억울한 누명을 쓴 피고인은 무죄를 선고받는다. 다섯째, 무죄를 선고받기까지의 피고인의 인생 역정, 정확하게는 무죄를 선고받기 위한 변호인의 고군분투 과정이 법정에, 아니 영화에 그대로 연출된다.

그렇다면 현실은?

한 번이라도 형사 법정에 가본 사람이라면 기대 또는 상상과는 전혀 다른 풍경에 어리둥절해 할 것이다. 은행 창구 앞에서 번호표를 들고 자신의 순번을 기다리듯 사람들은 썰렁한 방청석에 앉아 자신의 사건 번호가 호명되기만을 기다린다. 기다린 시간보다 재판을 받는 시간이 더 짧기 마련이어서 생소한 법률 용어들의 뜻을 이해하려고 정신을 가다듬을 찰나 "자리로 돌아가라"는 판사 또는 법정 경위의 불호령에 피고인은 당황해 하며 방청석으로 돌아온다.

검사는 너무 많이 읽어서 그대로 외워버린 듯한 상투적인 문장을 기계적으로 읊으며 생각했던 것보다 많은 형량을 법원에 구한다. 변호인은 이야기할 때만 앉았다 섰다를 반복하다가 피고인보다 더 상반신을 굽실거리며 판사에게 선처를 해줄 것을 호소한다. 판사가 피고인에게 끝으로 하고 싶은 말을 하라고 할 때 평범한 소시민이라면 절대 '억울하다'는 이야기를 해서는 안 된다. 대신 "죄송합니다. 다시는 그러지 않겠습니다. 한 번만 봐주십시오"라고 말해야 한다.

판사도, 검사도, 변호인도 늘 그래왔듯이 딱딱하고 기계적으로 능수능란하게 소송을 진행한다. 오로지 이런 소송을 처음 해보는 피고인만이 '이게 아닌데' 하면서 고개를 갸우뚱할 뿐이다. 꽉 짜인 형사 재판의 틀 안에서 피고인이 자신의 인생 역정이나 사정을 마음껏 이야기할 기회는 없다.

마찬가지로 피해자가 자신의 분노나 억울한 심정을 형사 법정에 표출할 방법도 적당하지 않다. 신속성 또는 공정성을 이유로 판사는 귀와 눈을 막는다. 다양한 인간 군상들의 기가 막히고 적나라한 총천연색 인생 극장이 형사 법정 안에서는 그저 사건 제○호에 불과할 뿐이다. 모든 게 건조하다.

그렇다면 진실은?

누구나 다 아는 이야기지만, 살인을 저질렀다고 해서 다 똑같은 살인자가 아니다. 돈을 훔쳤다고 해서 다 똑같은 도둑놈도 아니다. 범죄를 즐기는 사이코패스가 있는가 하면 (적당한 표현일지는 모르겠지만) 어쩔 수 없이 범죄를 저지른 사람도 있다. 그게 범죄인지조차 모르는 사람들도 있다.

어떤 경우에는 그걸 범죄로 간주하는 법 규정에 더 문제가 있을 때도 있다. 범죄라고 볼 수 있는지 애매모호할 때도 있다. 예컨대 돈을 빌리고 갚지 않은 건 똑같은데도 어떤 경우에는 단순한 채무불이행으로 그칠 뿐이고 어떤 경우에는 사기로 처벌을 받기도 한다. 저마다 동기와 이유가 다르고 방법도 다르고 피해자와의 관계도 다르고 시간과 때도 다르다. 범죄를 저지른 사람의 실체도 다르다. 단언하건대 백 개의 살인이 있다면 그 백 개의 살인은 모두 다르다.

물론 이러한 단정은 살인을 저질렀다는 것을 전제로 한다. 살인을 저질렀는지 여부조차 불분명하다면 상황은 더욱 복잡해진다. 비록 법정 안에서는 초라한 대우를 받을지라도 형사 사건 제○호는 그 자체로 하나의 완벽한 드라마다. 『어떻게 살인자를 변호할 수 있을까?』는 저자가 직접 경험한 그 완벽한 드라마 열한 개를 엮은 것이다.

저자 페르디난트 폰 쉬라크는 1964년 뮌헨에서 태어나, 1994년부터 베를린에서 형사 전문 변호사로 활동하고 있다. 이 책은 2009년 8월에 출간되고 나서 무려 50주 이상 베스트셀러 목록에 올라 있었다고 하는데 충분히 그럴 만한 이유가 있다. 건조한 형사 사건 제○호를 완벽한 드라마로 재구성하기 위해서는 무엇보다 관심과 열정이 필요하다. 변호인이라고 하더라도 관심과 열정을 갖기는 쉬운 일이 아니다. 그런 점에서 이 책의 저자는 사건과 의뢰인에 대한 관심과 열정이 대단한 사람이다. 하나의 사건을 풀기 위해 의뢰인의 인생을 탐구하고 의뢰인 주변의 이야기에 관심을 갖는다. 그리고 철저하게 사건에 집중한다.

저자는 의뢰인이 범죄를 저지를 수밖에 없었던 이유를 찾기 위해 23년을 거슬러 올라간다. 그리고 결국 사건을 풀어내고 만다. 사건 주변을 찍은 사진 한 장을 골몰히 지켜본 끝에 상황을 반전시키는 대목에서는 감탄이 절로 나온다. 의도하지 않았을 테지만 저자는 이 책을 읽는 변호사들에게 자신을 돌아보게끔 만든다. 변호사에게 필요한 제1덕목은 관심과 열정이라는 것을 상기하지 않을 수 없다.

건조한 형사 사건 제○호를 완벽한 드라마로 재구성하기 위해서는 지식과 경험도 빼놓을 수 없다. 같은 이야기라고 하더라도 받아들이는 입장에서는 허구와 실제가 다를 수밖에 없다. 같은 이야기에 대한 해석도 저자의 지식과 경험에 따라 달라지기 마련이다. 그런 의미에서 저자의 직업이 변호사라는 것은 이 책이 존재하기 위한 필수 조건이다. 책 제목만 봐도 알 수 있다.

『어떻게 살인자를 변호할 수 있을까?』 책 제목에 저자가 하고 싶은 이야기가 다 들어 있다. 두 가지로 해석이 가능하다. '어떻게 감히 살인자를 변호할 수 있는가'와 '어떤 방식으로 살인자를 변호하는가'. 첫 번째 질문에 대한 답은 간단하다. "예, 변호할 수 있습니다."

변호인이라면 자기가 변호하는 사람이 극악무도한 자라고 하더라도 변호를 해야 할 의무가 있다. 그가 살인을 저지르지 않았다면 당연히 무죄를 주장해야 한다. 살인을 저질렀다고 하더라도 살인을 저지르지 않았다고 주장할 수 있어야 한다. 어쩔 수 없이 사실이 밝혀질 수밖에 없는 상황이라면 형량을 낮추기 위해 필요한 모든 이유를 제시해야 한다.

자본주의 사회의 변호사는 고객의 편을 들 수밖에 없다. 물론 최선은 진실을 아는 것이다. 사건이 일어난 정확한 정황만 알고 있어도 혹 억울한 판결을 당할 수 있는 의뢰인을 보호하는 데 적잖은 도움이 된다. 의뢰인이 정말 무죄일까 하는 의문은 중요한 게 아니다. 변호사의 1차적인 임무는 의뢰인의 변호이기 때문이다. 그 이상도 그 이하도 아니다.(161쪽)

두 번째 질문에 대한 답도 비교적 간단하다. "법이 정하고 있는 절차를 잘 활용해서 최선을 다하면 됩니다."

무죄추정의 원칙이 확립되어 있는 형사 절차 안에서 어쨌든 피고인은 형이 확정될 때까지 무죄를 추정 받는다. 증거가 없으면 피고인이 자백을 하더라도 유죄를 선고할 수 없고 그럴싸한 증거들이 아무리 많아도 결정적인 단서가 없으면 역시 유죄를 선고할 수 없는 게 원칙이다. 물론 현실은 다르다. 기소만 되어도 피고인은 범죄인으로 취급되기 십상이다.

피고의 말을 믿고 안 믿고 하는 게 중요한 것은 아니다. 법정에서 필요한 것은 증거일 따름이다. 그런 점에서 보자면 피고가 훨씬 유리하다. 그는 아무것도 증명할 필요가 없다. 자신의 무죄를 입증하지 않아도 좋으며 정확한 진술을 했다는 증거를 낱낱이 열거하지 않아도 된다. 그러나 검사와 판사에게는 다른 규칙이 적용된다. 이들은 증명할 수 없는 그 어떤 것도 주장해서는 안 된다. 말은 간단하게 들리지만 현실은 훨씬 복잡하다. 추정과 증거를 항상 정확히 구별할 수 있을 정도로 객관적인 사람은 아무도 없다. 짐작에 지나지 않음에도 우리는 확실히 알았다고 믿고 앞만 보며 성급히 달려 나가기 일쑤다. 그리고 앞질러간 모든 것을 다시 주워 담기란 생각처럼 그리 쉬운 일이 아니다.(306쪽)

하마터면 가십거리로 치부될 뻔한 이야기들이 음미하고 곱씹어볼 이야기로 재탄생한 것은 직업에 대한 고뇌와 양심을 가진 변호사가 썼기 때문에 가능한 일인 것이다.

50주 이상 베스트셀러 목록에 올라 있다는 말이 꼭 좋은 것만은 아니다. 진중한 책은 베스트셀러에 오르기가 쉽지 않다. 책 뒷날개에는 "약자의 편에 서서 활약한 경험을 묶은 것이 이 책이다"라고 씌어 있지만 그보다는 '누구나 호기심을 가질 만한 이야기들을 묶은 것이 이 책이다'라는 표현이 더 정확하겠다.

독일의 언론 《슈피겔》이 "대단한 이야기꾼의 탄생"이라고 평가한 것이 찬사의 의미만은 아닐 테다. 아마 이 책을 읽고 인생의 전환점을 맞이하는 일은 없을 것이다. 그러나 이 책은 우리가 살아가는 세상이 얼마나 복잡하고 다양한 것인지, 그리고 우리가 가벼이 여기는 사건에 얼마나 많은 이야기와 의미가 들어 있는지 깨닫게 해준다. 이 책을 읽고 나면 신문의 사회면에 실린 오늘의 사건, 사고가 예사롭게 보이지 않을 것이다.

세상을 바꾸는 과학자의 윤리

알베르트 아인슈타인 / 「아인슈타인의 나의 세계관」

구정은 이 사람의 글이 너무나 좋다.

과학과는 전혀 상관 없는 전공을 했지만 나는 과학에 대해 모종의 '로망'을 안고 있다. 교양과학서나 그보다 좀더 깊이 있는 과학책들을 아주 좋아한다. 과학과 어떤 형태로든 관련된 책은 대부분 '즐겁게' 읽는 편이다. 애초에는 과학에 관한 기사를 쓰기 위해 책을 찾아 읽게 되었는데, 어느새 재미가 들린 모양이다. 그래도 나름 '취향'이라는 게 있어서, 괴짜 과학자의 기행 이야기 따위라든가 물렁물렁 과학 같은 종류의 책들은 별로 내켜하지 않는 편이다. 과학과 다른 분야의 만남을 다룬 책들, 요즘 말로 하면 '통섭'에 가까운 책들이 나 같은 '문과 출신'들에게는 생각의 지평을 넓히는 데에 도움이 되는 것 같다.

아인슈타인, 스스로를 '외로운 여행자'라 불렀던 20세기 최고의 지성. 사람들은 보통 그를 '뇌가 쪼글쪼글한 천재' 정도로만 생각하지만, 그는 노벨상을 받은 뛰어난 과학자였을 뿐 아니라 사상가이자 철학자였다.

알베르트 아인슈타인은 죽기 전까지 핵 문제와 교육, 인권, 과학과 인류애의 문제를 고민한 인도주의자였다. 이 책 『아인슈타인의 나의 세계관』은 아인슈타인의 기고문과 연설문, 편지, 성명서 등을 모은 책이다. 젊은 시절부터 1955년 사망하기 직전에 쓴 것까지 망라돼 있다. 오만한 인류의 손에서 양날의 칼이 되고 있는 과학의 이슈들을 아인슈타인은 어떻게 보았는지, 핵무기 개발에 대한 그의 솔직한 생각은 어땠는지, 왜 그를 '위대한 철학자'라 불러야 하는지를 알 수 있게 해주는 글모음이다.

1931년에 아인슈타인이 《포럼과 세기》라는 잡지에 기고했던 「내가 보는 세상」이라는 글의 일부분을 인용해본다.

우리 인간의 운명이란 얼마나 기묘한가! 우리 모두는 저마다이 세상에 잠시 머물다 갈 뿐이다. 사람들은 때때로 (인생의) 목적을 감지한다고 생각하지만 사실 무슨 목적 때문에 왔다 가는지 모르고 있다. 그렇지만 깊이 생각해보지 않더라도 사람들은일상생활을 통해 자신이 다른 사람을 위해 존재한다는 사실을 안다. 무엇보다도 그들의 미소와 안녕에 우리 자신의 행복이 온통 걸려 있는 사람들을 위해, 그리고 우리가 모르는 사람들이지만 공감이란 유대로 그들의 운명과 엮이어 있는 많은 사람들을 위해 산다는 점을 알고 있다.

나는 매일 골백번씩 내 자신의 내면의 삶과 외형적 생활이 살아있거나 이미 숨진 다른 사람들의 노력과 수고에 의지한다는 점과, 따라서 내가 받았거나 현재 받고 있는 것만큼 돌려주기 위해 노력해야 한다는 점을 스스로 되새기고 있다. 나는 검소한 생활에 크게 마음이 끌리고 또 내가 다른 사람들의 노고를 지나치게 많이 독점하고 있다는 점을 때로는 강박감을 느끼면서 인식하고 있다.

나는 계급의 구별이 부당하다고 생각하며 그것은 결국 폭력을 기반으로 하고 있다고 생각한다. 나는 또 소박하고 분수를 지키는 삶이 심신 양면에서 모든 사람에게 도움이 된다고 믿는다. (중략)

나의 정치적 이상은 민주주의다. 모든 사람은 개체로서 존중받고 그 누구도 우상의 대상이 되어서는 안 된다. 나는 천재적인 독재자들의 뒤를 악당들이 계승한다는 걸 불변의 법칙으로 믿고 있다. 이런 이유로 나는 오늘날 이탈리아와 러시아에서 볼 수 있는 형태의 체제에 항상 열성적으로 반대해왔다.

이런 이야기를 하다 보니 집단생활의 가장 좋지 않은 형태로서 내가 혐오하는 군대 문제로 화제가 넘어가지 않을 수 없다. 어떤 사람이 밴드의 선율에 맞춰 4열종대로 행진하는 것에서 즐거움을 맛볼 수 있다면 나는 그것만으로도 그를 여지없이 경멸할 것이다. 이런 사람이 큼직한 두뇌를 갖게 되었다면 이는 오로지 실수 때문이다. 그에겐 보호막이 없는 척수만 있어도 될 것이다.

문명의 재앙을 상징하는 이런 행위는 가능한 한 빠른 시간 안에 없어져야 한다. 명령에 따라 발휘되는 용맹성과 무분별한 폭력, 애국심이란 이름으로 자행되는 온갖 메스껍고 어리석은 행위야말로 내가 몸서리치게 혐오하는 것이다. 나에게 전쟁이란 얼마나 혐오스럽고 비열하게 비치는가! 나는 그런 가증스러운 일에 끼어드느니 차라리 난도질을 당하겠다.(19~23쪽)

군대를 혐오하는 과학자. 멋지지 않은가? 4열종대로 행진하면서 즐거움을 맛보는 사람은 '뇌 없는 뼈다귀'란 얘기다.

자주 언급되지는 않지만 앞으로 대단히 중시될 것으로 보이는 한 가지 다른 인권이 있습니다. 옳지 않거나 파괴적으로 판단되는 활동에 협력하지 않을 개인의 권리 또는 의무가 그것입니다. 이와 관련해 첫째로 군 복무를 거부해야 합니다.(49쪽)

1954년에 아인슈타인이 쓴 글이다.

개구쟁이처럼 혀를 내민 사진의 주인공, 요즘 한국의 아이들은 DHA가 많이 들어 있다는 우유 상표의 이름으로나 알고 있을 이 아저씨는 적극적으로 불의를 거부할 자유, 거부할 권리, 거부할 책무를 지켜야 한다고 말한다. 아저씨가 전해주는 말들은 지금 들어도 딱 맞는 것들이다. 세상이 변하지 않은 것일까? 아인슈타인이 일찍이 1921년에 지적한 군비 축소 문제, 기술 향상에 따른 실업 문제, 과잉생산 운운하면서 분배의 불균형을 가리려 하는 자본가와 정책 입안자들의 양태 말이다. 이 책을 '현대의 고전' 반열에 올려놓아 마땅하다.

아인슈타인은 종교적 덕성과 도덕심, 시대정신의 형성에 기여하고자 하는 젊은이들의 책임감과 교육에 대해서도 여러 가지 이야기를 한다. 대단히 특별한 아이디어가 있는 것도 아니고 문장이 화려한 것도 아닌데, 가슴에 쏙쏙 파고든다.

오늘날 인류의 운명이 그 어느 때보다도 인류 자신의 도덕적 힘에 크게 의존하고 있다고 한 것도 바로 이 때문이다. 포기하고 자제하는 마음만 있다면 유쾌하고 행복한 삶을 누릴 방법은 도처에 있다. 그런 과정으로 나아갈 수 있는 힘은 어디에서 나오는가? 어릴 때부터 의지를 다지고 학업을·통해 시야를 넓힐 기회를 가졌던 사람들에게서만 그런 힘이 나온다.(123쪽, 1930

아인슈타인의 이야기를 들으면서 '이 사람은 정말로 박애주의자로구나, 이 사람은 현실을 고민하면서 더 좋은 세상을 절실하게 꿈꾸었던 이로구나' 하는 생각을 여러 번 했다.

아인슈타인은 유대인이며, 유럽에서 벌어진 유대인 학살을 목도했다. 그래서 그는 초창기 시오니즘(고대 유대인들의 고국인 팔레스타인으로 귀환하고자 하는 유대 민족주의 운동)에 깊이 동조했다. 시오니스트들에게 돈을 모아주자는 연설도 많이 하고 유대인 사회에 청원도 많이 했는데 재미있게도 정작 스스로는 '민족주의는 사라져야 한다'는 가치관을 갖고 있었다. 훗날 이스라엘의 주류가 된 군사적 강경파 시오니스트들과는 확연히 다른 부분이다. 팔레스타인 땅에서 이스라엘 건국자들이 저지른 온갖 만행들은 아인슈타인의 가치관과는 완전히 배치되는 것들이었다. 이 간극을 그는 어떻게 생각했을까. 이 책으로만 유추하면, 그는 시오니즘을 지지하고 '유대인 국가'를 열망하면서도 아랍인들과의 관계에서는 지역에 기반을 둔 평화주의를 촉구했던 듯하다.

아인슈타인은 2차대전을 겪은 뒤 국제 평화의 메커니즘으로서 '세계정부'를 만들어야 한다는 주장을 펼친 바 있다. 책에는 러시아 아카데미 회원들과 아인슈타인이 나눈 서신들도 나온다. 아인슈타인은 '소련이 동의해주지 않는다면 소련을 빼놓고서라도 세계정부를 만들어야 한다. 그래서 소련에 압박을 가해 세계정부에 들어오게 만들어야 한다. 전쟁을 막기 위해서라면 민족주의 국가의 주권을 제한하는 것도 필요하다'고 주장한다. 반면 소련 쪽 사람들은 '민족주의는 제3세계 국가들이 식민 국가들의 압제에 맞서 쟁취해낸 것'이라며 '아인슈타인은 순진하게도 세계정부를 주장하지만 그 뒤에서 움직이는 것은 더 이상 민족주의의 국경 안에서 이윤을 보장받을 수 없게 된 초국적 자본들이다'라고 반박한다.

아인슈타인의 세계정부 구상은 현실에서는 이뤄지지 않았다. 소련이 내세웠던 초국적 자본에 맞선 항거도 구현되지 않았으며 오히려 소련은 스스로 경직되어 부서져버렸다. 하지만 수십 년의 세월이 지나 다시 듣는 아인슈타인의 목소리에서 나는 꿈을 읽는다. 참으로 순진하고 낭만적이라고 비판할 수도 있겠지만, 인류가 함께 가져야 하는 것은 누가 뭐라든 아인슈타인이 꾸었던 이런 꿈이 아니겠는가.

PART
7

건강과 환경,
엄마가 지킨다

혹시 건강염려증은 아니신지?

레이 모이니헌·앨런 커셀스 / 「질병 판매학」

집으로 돌아온 남편이 회사에서 부장과 갈등이 있어 신경질이 많이 났다고 하기에 사회불안장애를 줄여 주기 위해 글락소스미스클라인(GSK)에서 나온 항우울증·불안 장애 치료제 '팍실'을 갖다 줬다. 하필이면 나도 생리 전이라 기분이 좋지 않다. 그나마 2주 전에 미리 미국 엘리릴리에서 나온 월경전불쾌장애 치료제인 '사라펨'을 먹었더니 이번 달 엔 예전보다 우울증이 좀 덜한 것 같기도 하다. 딸아이는 또 숙제를 안 해 간 모양이다. 텔레비전 시사 프로그램을 보니 요즘 주의력결핍장애가 많다던데 병원에 가서 검사를 해보고 약도 받아 와야겠다. 내일은 여동생이 친정 엄마 모시고 병원에 가서 골밀도 검사를 하고 에스트로겐(여성호르몬제)도 받아 온다고 하니, 같이 가볼까.

물론 내가 이렇게 살지는 않는다. 그냥 상상일 뿐이다. 나는 약이나 병원이라면 좀 극단적으로 싫어해서 진짜 웬만해서는 병원에 가지 않는다. 작년, 재작년 장염 때문에 병원에 몇 번 갔는데, 해열제와 진통제를 많이 맞았더니 금세 몸에 내성이 생긴 모양이다. 마지막에 병원에 갔을 땐 너무 몸살이 심해서 응급실로 갔는데 해열제 주사를 맞아도 열이 내리지를 않았다. 문득 경각심을 느끼고 '다음엔 아프면 그냥 집에서 앓아야지' 하는 고운 마음을 먹었다.

앞서의 우스꽝스러운 스토리는 이 책에 나와 있는 내용들을 가지고 내가 장난을 해본 것인데, 사실 요새 약 광고, 약 의존증, 약 중독이 심각한 수준으로 퍼져 있는 것 같다. 얼굴에 뾰루지만 나도 소염제와 항생제를 사다 먹고, 열이 1도만 올라가면 병원으로 달려가며, 배탈 나면 화장실 가서 고생 좀 하면 되는데 배탈약 먹고, 심지어 배탈이 나지 않았는데도 좀 많이 먹었다 싶으면 소화제를 미리 먹어두는 사람들이 허다하다. 배탈 몇 번 나거나 속 좀 더부룩하면 과민성 대장증후군이네 만성 소화불량이네 하면서 약으로 위장을 도배한다.

이런 경우가 워낙 많은데 "약은 되도록 안 먹는 게 좋아요" 하면 "넌 안 아파봐서 몰라, 네가 아파봐라", "왜 약을 안 먹이고 애를 잡으려 그래"라는 식의 반응이 나온다. 실은 이렇게 말하는 나도 회사 다니면서 몸 아플 때 '푹 쉰다'는 것이 현실적으로 어려워 아프면 약에 의존하지 않고서는, 어찌 다른 방법을 찾을 도리가 없다.

그런 우리 모두의 귓가에 종을 울려주는 것이 이 책이다. 저자들은 우리 귀에 익숙한, 또는 언제부터인가 갑자기 많이 들려오는 열 가지 '병 아닌 병'들이 사회적으로 퍼져나가는 과정을 통해 다국적 제약회사들의 마케팅에 어떻게 세상이 놀아나는지를 보여준다.

예를 들어 콜레스테롤. 내 친정 엄마는 식성이 까다로우셔서 평생 돼지고기나 닭고기 종류는 입에도 안 대시는 분이다. 쇠고기도 기름기 없는 살코기만 어쩌다 한번 드실 뿐 즐기지 않으셨는데, 건강검진에서 콜레스테롤 수치가 높다는 판정을 받으셨다. "원래가 채식을 하니 식이요법 같은 것도 통하지 않고, 대체 내가 왜 콜레스테롤 수치가 높다는 건지 모르겠다"고 하신다.

이 책의 저자들의 말에 따르면 콜레스테롤이 높은 것은 병이 아니다. 다만 콜레스테롤이 높은데 운동도 안 하고 술과 담배를 즐기다 보면 심장마비나 심혈관계 질환에 걸릴 가능성이 남보다 더 높다는 것뿐이다. 그런데 의사들은 나이든 이들이 병원에 오면 으레 콜레스테롤 검사를 하고 "좀 높네요" 하면서 콜레스테롤 수치를 낮추는 약을 내준다는 것이다.

이런 과정이 약장수들 혼자 힘으로 될 리만은 없다. 미국 식품의약국(FDA)은 제약회사들 돈으로 신약 기능을 테스트 하고, 유명하다는 의사들은 제약회사들 돈으로 학회를 열고 여행을 다닌다. 의사들을 내세운 '전문가 의견'과 그걸 베껴 쓰는 언론 보도, 스타 마케팅과 '환자 옹호단체'들을 앞세운 캠페인들, FDA에 대한 집요한 공작 수준의 설득을 거쳐 제약회사들은 콜레스테롤이라는 단일 징후를 질병의 전(前) 단계로 만들어버린다. 그리고 정상 수치의 기준을 자꾸자꾸 좁혀서 특정 연령대의 거의 모든 사람들을 '잠재적 환자'로 만들어 겁주고 약을 파는 것이다.

저자들은 병이 아닌 것을 병으로 만드는 이런 과정을 '질병의 의학화(Medicalising)'라 부른다. 저자들이 지적한 제약회사들의 대표적인 '왜곡술' 열 가지는 이런 것들이다.

▲고콜레스테롤─심장마비와 돌연사의 주범으로 몰아라.

▲고혈압─정상 범위를 좁혀라.

▲골다공증─젊은 여성을 새로운 위험군에 포함시켜라.

▲과민성대장증후군─약물 치료가 필요한 정식 질환임을 강조하라.

흔히들 느끼는 심리적인 증상들도 '병 아닌 병'이 되어버린다.

▲우울증—마음이 아니라 뇌에 문제가 있음을 인식시켜라.

▲월경전불쾌장애—모든 여성을 잠재적 고객으로 만들어라.

▲폐경—정상적인 노화 과정도 질병이라고 믿게 하라.

이 정도면 사람의 한 생이 몽땅 병으로 점철되어 있다 해도 지나칠 게 없어 보인다. 이 외에도 세 가지가 더 있다.

▲사회불안장애—적극적인 마케팅으로 질병을 브랜드화하라.

▲주의력결핍장애—환자와 그 가족들을 통해 병을 홍보하라.

▲여성 성기능장애—새로운 시장을 개척하라.

이렇게 세상은 병으로 차고 넘치게 된다!

레이 모이니헌은 《ABC》(호주 공영방송) 의학전문기자다. 공저자인 앨런 커셀스는 캐나다 빅토리아 대학에서 의학정책을 전공한 후 의학 저널리스트로 활동하고 있다고 한다. 이 책을 국내에 번역한 이는 중앙일보 의학전문기자였던 홍혜걸 씨다. 역자는 옮긴이 머리말에서 자기도 신문사에 있는 동안 다국적 제약회사들 돈으로 외국에 다녔고 후원사의 제품이 돋보이게 기사를 썼었다고 고백한다. 물론 "그들의 지원을 이유로 팩트를 벗어난 기사를 쓴 것은 아니었다"는 설명이 그 뒤에 달리

긴 했지만, 이 책의 내용을 더욱 씁쓸하게 느끼게 하는 역할을 했다.

나는 제약회사한테서 사탕 한 개 얻어먹은 적 없지만, 그리고 과학이나 의학과는 전혀 상관 없는 사람이지만 어쩌다 보니 가끔씩 외국 의학연구 결과나 약 문제에 대한 기사를 쓰게 된다. 나의 무식함 때문에 약이나 수술 같은 것을 칭송한 적이 없지 않았다.

요사이 텔레비전에서 어린이 주의력결핍장애, 과잉행동장애 같은 것을 자꾸만 방송해주는데 이것 또한 '신종 질병' 같은 느낌이 들어 어딘지 좀 찝찝한 구석이 있었다. 뇌 과학 분야에 대해선 이 책의 주장에 전적으로 동감이요, 할 수는 없는 내용도 있었지만 약 의존증에 걸려버린 사람들에겐 꼭 권해주고픈 책이다.

우리의 식탁이 점령당했다

브루스터 닌 / 『누가 우리의 밥상을 지배하는가』

구정 유전자조작(GM) 농작물의 위험성에 대한 경고음이
문 곳곳에서 들려오고 있지만, 정작 GM콩을 옹호하는
대표적인 인물이 브라질의 유명한 '좌파 지도자'였던 루이스
이냐시오 룰라 다 실바 대통령이었다는 사실을 아는 사람이
우리나라에 몇이나 될까? 브라질은 세계적인 대두 생산국이
고, GM콩과 일반 콩 모두 대량재배하고 있다. 그래서 룰라는
대통령 재직 시절 국제 무대에서 선진국들을 향해 목소리를
높이면서도, 자국 내 농가들 때문에 GM 문제에 있어서는 함
구하거나 어정쩡한 입장을 취할 수밖에 없었다. 이것이 '글로
벌화'된 세계 농업의 한 단면이다.

일본 지브리스튜디오에서 제작한 다카하타 이사오 감독의
애니메이션 〈추억은 방울방울〉에는 여주인공 타이코가 소학

교 5학년 시절 우유를 먹기 싫어하는 친구 대신 급식 우유를 마셔주는 장면이 나온다. 우리 어린 시절을 돌이켜봐도 쉽게 상상할 수 있는 장면이다. 거의 강제적으로 실시됐던 우유 급식, 그리고 그보다 조금 이른 시기에 벌어졌던 '혼·분식 장려' 구호 같은 것들. 이것은 글로벌화한 세계 농업의 '역사적 단면'인 셈이다.

2차대전 뒤 미국이 일본과 한국 등에 원조식량으로 밀가루를 퍼부으면서 '미국식 입맛'이 함께 이식됐다는 것은 널리 알려진 사실이다. 하지만 내가 먹는 쌀을 생산하는 우리나라 시골의 농부 아저씨나 내 밥을 만들어주는 엄마가 아닌 '누군가'가 우리 밥상을 지배하고 있음에도 불구하고 누가, 어떻게, 얼마나, 나의 밥상을 바꾸는 데 관여를 했는지는 쉽게 눈에 보이지 않는다. 캐나다의 농업분석가라는 브루스터 닌은 수년간 발로 뛰어 모은 정보들을 총동원해 저 질문에 대한 일단의 대답을 찾는다.

이 책은 미국의 초대형 농산물 유통업체(실제 사업 분야는 굉장히 다양하지만) 카길을 파헤친다. 카길의 사업 분야, 사업 방식을 집요하게 추적하며 카길의 사업 확장 역사를 살펴본다. 그렇다면 이 회사에 대해 알아보는 것이 기업홍보 차원의 '기업사'를 읽는 것과 어떻게 다른가?

분명한 것은 카길이라는 회사가 그 엄청난 규모에도 불구하고 언제나 그늘에 가려진 존재였다는 점이다. 내가 처음 그 이름을 들었던 것은 1992년 우루과이라운드 반대 시위가 한창일 때였다. 인공위성까지 소유하고 전세계 농산물을 주무른다는 거대한 회사, '칼로즈'로 대표되던 미국 쌀의 압력 뒤에 이 회사가 있다는 얘기였다.

그리고 다시 카길이라는 이름을 듣게 된 것은 몇 년 전의 일이다. 카길과 마찬가지로 생명공학 거대기업인 몬샌토와 합작해 바이오테크놀로지 회사를 만들었다는 뉴스를 통해 카길은 다시 내 눈에 들어왔다. 이 책은 그늘에 가려져 있던 이 회사가 대체 어떤 기업인지, 얼마나 거대한 기업인지를 생생하게 보여준다. 브라질이 어떻게 GM콩의 세계적인 생산국이 됐는지, 세계 곳곳에서 '농업의 글로벌화'라는 이름으로 벌어지고 있는 일들에 대한 단편적인 스케치들을 볼 수 있다는 것도 이 책을 통해 얻은 수확 중의 하나다.

카길이라는 '보이지 않는 거인'(Invisible Giant는 책의 원제목이기도 하다)에게 지나치게 집착한 나머지, 이런 거인을 쫓는 작업이 어떤 의미를 갖고 있는지 오히려 불분명하게 느껴지게 하는 부분이 있기는 하다. 다시 말하면 무엇을 비판하고자 하는 것인지 불명확하다는 얘기다. 농업 분업 체계에서 양산되는 '피해자'들을 다루기보다 카길의 발자취를 추적하는 데에 전념하고 있기 때문일 것이다.

그러니 카길이라는 농업 자이언트의 존재가 곡물 한 알에 땀방울을 쏟는 세계 곳곳의 농민들에게 어떤 의미를 갖는지를 생각해보는 것은 독자의 몫이다. 이 괴물에 맞서야만 하는 농민들의, 그리고 어차피 밥상 위에 놓인 무언가를 먹고 살 수밖에 없는 사람들의 희망은 어디에 있을까? 저자는 이에 대한 힌트를 말미에 아주 간단하게 언급한다. 인도의 학자이자 생태운동가인 반다나 시바가 주창한 '사티아그라하(씨앗)' 운동과 같은 풀뿌리 운동이 자이언트들의 밥상 지배에 맞서는 대안이 될 수 있다는 것이다.

카길과 같은 회사의 실체를 알려주는 의미 있는 작업 이상으로, 읽는 이에게 많은 고민거리를 안겨주는 책이다.

아이스크림이 뒷마당에서 자란다고?

덕 파인 / 『굿바이, 스바루』

홍선영 대학 때 교수님 한 분의 별명이 깐조였다. '깐깐한 조
교수님'을 줄인 말이다. 그 교수님은 통조림 하나를
사도 통조림통에 적혀 있는 성분 표시를 모두 분석하셨다. 제
자가 사 가지고 간 과일 바구니에서 비싼 열대과일을 과감히
버리고 사과와 배 하나만 남겼다는 전설이 남아 있을 정도다.
버린 이유는 간단하다. 물 건너오면서 썩지 말라고 농약 샤워
를 받은 과일을 먹을 수 없기 때문이란다. 그 당시에는 사람
먹는 음식이 똑같지 왜 그렇게 유난을 떠시나 싶었다. 그런데
나이가 들고 아이를 기르면서 생각이 변하기 시작했다. 바나
나를 사면서도 '이 바나나가 더운 필리핀에서 생산돼서 내 장
바구니에 놓일 때까지 걸리는 시간이 얼만데 이렇게 싱싱할
까?'라는 생각을 하고, 호주산 쇠고기를 집어들면서 '호주에

서 도축돼서 이 팩에 담길 때까지의 시간이 얼만데 생고기일
까?'라고 두려워하게 된 것이다. 내 아이에게 먹일 거라고 생
각하니 조심, 또 조심하게 된다. 내가 깐조 교수님처럼 깐홍이
되어가는 걸까?

『굿바이, 스바루』는 내 막연한 생각들이 쓸데없는 공상이 아
님을 증명하는 책이다. 덕 파인은 나와 같은 나이 서른여섯 살
때 뉴요커의 화려하고 편안한 삶을 버리고 뉴멕시코에 펑키
뷰트 농장을 지었다. 이유는 오로지 환경이다. 토마토를 먹는
다고 치자. 우리가 지구 반대편에서 자란 토마토를 먹기 위해
서는 석유 원료를 쓰는 비행기나 배가 엄청난 양의 탄소를 배
출하며 토마토를 운반해줘야 한다. 덕이 가장 좋아하는 아이
스크림도 마찬가지다. 아이스크림을 만들기 위해 염소의 젖을
배달하고, 그것을 기계에 넣고 돌리는 과정에서 엄청난 양의
탄소가 배출된다. 기자 출신인 덕은 12년 동안 세계 곳곳을 누
비면서 환경 오염의 근본적인 문제가 탄소 배출에 있음을 깨
닫는다. 그리고 탄소를 만들어내지 않는 삶을 살기로 마음먹
는다.

그의 규칙은 간단하다. 먹고 사는 문제에서만이라도 탄소를
없애자는 것이다. 그런 그가 제일 먼저 작별한 것이 바로 스바
루다. 스바루는 일제 SUV자동차로 12년간을 그와 함께한 차
다. 도시의 평지에서는 튼튼하고 믿음직스런 자동차다. 그러

나 그의 펑키 뷰트 농장에서는 골칫거리다. 일단 강 두 개를 넘어 장을 보러 가면 스바루의 디젤 엔진에서 탄소가 뭉텅뭉텅 나온다. 그리고 사이드 브레이크를 잠그지 않으면 비탈을 내려가 집 한쪽을 뭉개놓는다. 비가 오면? 차를 버리고 살 길을 찾아야 한다. 그래서 덕은 에코 농장 프로젝트를 시작하며 12년 동안 도시에서의 삶을 책임졌던 스바루와 작별한다. 그리고 식당에서 쓰고 남은 콩기름을 연료로 하는 커다란 트럭으로 바꾼다. 콩기름은 타면서 깐풍기 냄새를 풍긴다. 하지만 탄소는 배출하지 않는다.

아이스크림을 먹고 싶다면? 덕은 염소를 기른다. 그는 염소에게 먹일 건초를 가져오려고 홍수로 범람한 강을 건너는 수고도 마다하지 않는다. 사흘 밤낮을 세우며 병에 걸린 염소를 간호하기도 한다. 음악이 듣고 싶다면? 덕은 태양열 전지판을 설치한다. 이렇게 보면 덕은 대단한 마술사다. 먹고 싶은 것, 쓰고 싶은 것을 환경 오염의 주범인 탄소를 하나도 배출하지 않고 만들어내니 말이다.

하지만 그의 고군분투기를 읽다 보면 왜 이렇게 힘들게 사나 하는 의문이 들 법하다. 그 답은 책의 말미에서 찾을 수 있다. 덕이 뉴멕시코에 막 도착했을 때 이웃에 사는 환경운동가 샌디가 덕에게 말한 적이 있다. 둘이 할 일을 어리석게 혼자 하고 있냐고. 그때 덕은 그 말의 뜻을 이해하지 못했다. 하지만 덕의 삶을 이해하고 지지하며 함께하는 미셸을 만난 후 샌디의 말을 이해하게 된다. 그리고 흰독말풀꽃에서 달빛의 향기를 맡을 수 있는 그녀를 통해 덕이 탄소 배출을 없애기 위해 노력하는 모든 행동들은 두 사람이 함께 해야 할 작업이라는 것을 알게 된다. 가족이라는 관계가 생기면서 이 세계를 잘 가꾸어 후대에게 넘겨주어야 한다는 구체적인 계기가 만들어지기 때문이다.

이 책을 읽으면서, '탄소 배출을 줄이는 게 그렇게 중요한가? 한 사람이 탄소 배출을 줄인다고 환경 오염이 해결되는가?' 하는 의문이 들었다. 하지만 환경 보호를 위한 전세계적 움직임의 물결이 점점 커지고 있다. 환경에 대한 경종이 본격적으로 울리기 시작한 것은 2006년에 만들어진 〈불편한 진실〉이라는 다큐멘터리를 통해서다. 전직 미국 부통령이었던 엘 고어가 기후 변화와 온난화에 관해 한 1,000여 회의 강연에서 사용된 슬라이드 쇼를 바탕으로 만들어진 다큐멘터리 영화다. 노벨평화상을 엘 고어에게 안긴 이 영화에서 우리는 나비 효과의 극대화를 본다. 내가 무심코 뿌린 스프레이가, 내가 먹은 토마토가, 내가 탄 차가 영향을 미치고, 그 영향이 도미노처럼 번져 환경을 파괴하는 결과를 낳게 되는 것이다. 영화가 화제가 된 이후로 신세 편한 사람들의 허영 정도로만 치부되던 환경 운동이 점차 확대되기 시작했다. 올해 중국은 탄소 배출 축소에 31조를 투입하기로 했고, 우리나라도 여수 엑스포 한국관에 탄소 배출이 없는 수소 연료 전지를 도입하였다. 싱가포르는 자동차탄소 배출 제한제도를 시행하고 있기도 하다.

환경 보호를 위한 움직임은 덕과 같은 개인의 노력이 쌓여, 국가 단위로, 전세계로 확대된다. 덕의 노력을 보라. 그의 노력은 실천 불가능한 것은 아니다. 다 먹고 살자고 하는 일 아닌가? 덕도 먹고 살자고 모든 노력을 한 것이다. 다만 나만 먹고 살자는 것이 아니라, 모두가, 그리고 내 자식이, 내 자식의 자식들이 먹고 살자고 하는 것이다. 모두가 덕처럼 살 수는 없다고 하지만, 덕도 이메일이나 아이팟, 서브 우퍼 스피커 같은 디지털 문명의 혜택까지 포기하지는 않는다. 다만 그것들을 위해 태양광 전지판을 설치할 뿐이다.

물론 태양광 전지판 설치도 쉬운 일은 아니므로, 내가 할 수 있는 것부터 시작해보면 된다. '천 리 길도 한 걸음부터'라지 않던가? 2007년, 배우 박철민 씨는 탄소상쇄기금으로 1,500만 원을 기부했다. 딸과 베트남 여행을 가는데 그 과정에서 배출될 탄소를 계산해서 기부를 한 것이다. 2008년에는 경남 창원에서 열린 람사르 협약에서 2,300여 명의 참가자들이 1,500만 원을 탄소상쇄기금으로 기부하기도 했다. 운동은 마음이 아닌 실천이다. '환경을 보호하는 것이 필요하다'는 생각보다는 가까운 거리를 차로 가는 대신 걸어가는 당장의 실천이 더 중요한 것이다.

4인 가족이 1년 동안 배출하는 탄소를 상쇄하기 위해서는 1
년에 26그루의 나무를 심어야 한단다. 우리라고 공장 기계가
탄소를 뿜어내며 만들어내는 아이스크림만 먹고 내 뒷마당에
서 기른 염소 젖으로 만든 아이스크림 먹지 말란 법이 있는가?
기왕 타는 차, 26그루의 나무를 잡아먹는 석유 자동차보다는
깐풍기 냄새 폴폴 풍기는 콩기름 트럭을 타보는 건 어떨까? 덕
의 모험담이 갖는 특징은, 그저 막연한 감동이나 재미로 끝나
지 않고 독자로 하여금 자신도 할 수 있을 것 같다는 희망과
의지를 준다는 점이다. 펑키 뷰트 농장에서 탄소 배출 0퍼센
트, 유기농 100퍼센트인 아이스크림을 만드는 자신의 모습이
머릿속에 그려지지 않는가?

인간이 지구에서 사라진다면

앨런 와이즈먼 /『인간 없는 세상』

구정론 데이비드 쾀멘의 『도도의 노래』는 이제는 멸종해버린 도도라는 큰 새를 통해 인간이 자연에 미치는 파괴력을 소설처럼 되짚어 그리고 있다. 도도새나 뉴기니의 어떤 개구리 종에 대한 글을 접할 기회는 많지만 '슬픈 멸종의 노래'를 그려보는 것은 쉽지 않은 일이다. 굳이 상상할 필요 없이 지금 지구 곳곳에서 벌어지고 있는 일인데도 말이다.

'나를 포함한 인류, 나의 종(種)이 멸종한다면'이라는 상상을 해보는 것은 더욱 어렵다. 감정이입이 되지 않는다. 맬서스식 위기론(인구는 기하급수적으로 증가하고 식량은 산술급수적으로 증가하기 때문에 과잉인구에 따른 빈곤을 피할 수 없다는 주장)이 통용될 정도로 지금 지구는 인구가 많아 터질 지경인데 인간의 멸종을 머릿속에 그려보는 것은 불가능하다. 그러니 희귀

종 개구리, 외딴 섬의 희귀 새를 생각하면서 역지사지의 심정이 되기는 쉽지 않다.

앨런 와이즈먼은 역지사지가 아닌 역(逆)발상으로 '인간 멸종 이후'의 세상을 그린다. 이 책 『인간 없는 세상』은 '세상 모든 인간이 어떤 사정으로든 지구상에서 지금 이 순간 갑자기 사라진다면 어떤 일이 일어날까'를 전망하고 있다. '어떤 사정'이 인간을 지구상에서 몰아낸 것인지는 중요하지 않다. 혜성의 충돌도 좋고, 전 인류의 동시다발 휴거가 일어났다 해도 좋다. 아무튼 지구에서 인간이 사라지면 우리가 말하는 '자연'은 인간들이 남긴 흔적들을 어떻게 지울 것인가.

저자는 한국의 비무장지대(DMZ)를 포함해 아프리카 마사이족의 땅, 또 다른 DMZ인 키프로스, 터키 카파도키아의 지하도시, 거대한 파이프들이 미로처럼 얽혀 있는 미국 텍사스의 석유화학지대, 뉴욕의 맨해튼, 용케도 살아남은 동유럽의 원시림 등을 돌며 인류가 남긴 흔적들이 지워지는 모습을 예측하고 상상해본다.

책은 인간이 남긴 흔적들을 지구에 가해진 상처로 보는 시각을 바탕에 깔고 있다. 요즘 유행하는 말로 '탄소 발자국'이 될 텐데, 인간이 남긴 것이 어디 탄소의 흔적 하나뿐이랴. 화석연료에서 뽑아낸 그 많은 석유화학제품, 지구의 순환 사이클에서 소화가 이뤄지지 못한 채 수채 구멍에 걸린 머리카락들처럼 걸려 있는 플라스틱이니 뭐니 하는 것들이 다 인류가 지구에 던져준 부담이자 짐인 것을.

우리의 죄과를 알고 있기 때문일까. 놀랍게도, 우리 종족의 절멸 이후를 상상하는 과정은 신기할 뿐 아니라 즐겁기까지 하다. 맨해튼이 사라지고 텍사스 석유 공장들이 터져나가는 장면, 우리 시대의 자랑거리들이 무너져내려 〈혹성탈출〉의 마지막 장면에서처럼 장대한 폐허로 남는 모습을 상상하는 것은 묘한 쾌감을 전해준다.

그러한 상상이 현실로 존재하는 곳들도 있다. 지중해의 섬나라 북(北)키프로스에서 그리스계와 터키계로 나뉘어 아귀다툼을 하던 사람들이 사라진 이후 폐허가 된 시가지에 풀잎이 돋고 나무가 자라는 모습, 분단의 땅 한반도의 허리에 새로운 생태계가 탄생한 모습(그 땅 밑의 지뢰들까지 사라지지는 않았지만)은 상상이 아닌 현실로 일어나고 있다. 언제 다시 '개발'이라는 이름의 상처 내기가 시작될지는 알 수 없지만 어쨌든 자연은 치유력을 갖고 있다니, 글로벌 환경 파괴의 시대에 우리 자신의 멸종을 상상하며 조금은 즐거워해도 되지 않을까.

저자가 전문가들과의 인터뷰들을 통해 유추해낸 바에 따르면 인류가 사라진 뒤 단 이틀 만에 뉴욕의 지하철역은 물바다가 되고, 일주일 뒤에는 원자로들이 고장 난다. 3년 후엔 건물들이 무너지기 시작하고 20년 뒤에는 파나마운하가 막혀 남북

아메리카가 합쳐진다. 100년 후 코끼리들이 스무 배로 늘어나고 300년 뒤엔 세계 곳곳의 댐들이 무너지기 시작한다. 하지만 납이 토양에서 씻겨 내려가려면 3만 5,000년이 걸리고, 플라스틱을 분해하는 미생물이 진화하기까지는 수십~수백만 년이 걸린다고 한다.

지구가 인간의 흔적을 모두 지우기엔 시간이 너무 많이 걸린다. 50억 년 뒤 태양이 적색거성이 되어 지구를 삼키고 난 뒤에도 인류가 남긴 방송 전파들은 우주를 떠돌아다닐 것이다. 상처를 내기는 쉬워도 치료하기는 어렵다. 비록 영원히 우주 공간을 떠돌 전파들을 내보내는 것까지 막진 못한다 하더라도(외계 생명체들에게 공해가 될지는 모르겠지만 그것까지 막을 이유는 없을 것 같다) 지구의 생채기를 조금이라도 줄이기 위해 우리가 해야 할 일은 많기만 하다.

이 책에 앞서 국내에 출간된 『가비오따쓰』를 통해 와이즈먼을 이미 접한 바 있지만, 이 책은 정말 훌륭하다. 너무 전문적이어서 어려울 수 있는 내용을 쉽게 읽히게 만드는 것은 대단한 작가적 소질이다. 역발상을 통해 인류가 저지른 파괴의 심각성을 고스란히 보여줌으로써, 어떤 책보다도 효과적으로 환경 문제에 대한 인식을 새롭게 한다. 환경 문제를 다루는 책에서 중요한 것은 역시 '구체적인 지식'일 텐데, 세상을 발로 뛰며 전해준 소식들도 생생하고 알차다. 특히 기후 변화라는 큰

테마에 밀려 상대적으로 요즘엔 관심권에서 멀어져가는 듯했던 플라스틱 문제를 다시 환기하는 부분이 인상적이다. 각질 제거제의 스크럽 알갱이들이 대부분 플라스틱이라는 놀라운 사실을 아는가? 저널리즘 교수인 저자는 '속보성'보다는 심층적인 정보와 '해석'이 점점 중요해져가는 시대에 글로벌 저널리즘이 해야 할 일이 무엇인가를 보여준다.

기후, 환경 문제의 바로미터

마크 라이너스 / 「지구의 미래로 떠난 여행」

구정은 과학, 환경, 기후 변화에 대한 책을 꽤 여러 권 읽어봤는데, 이 책이 단연 재미있다. 부제는 '투발루에서 알래스카까지 지구온난화의 최전선을 가다', 영어 원제는 'High Tide : News From A Warming World'.

책 앞날개에 실린 저자 약력을 옮겨보면 "1973년 피지에서 태어나 페루, 스페인, 영국에서 자랐다. 에든버러 대학에서 역사와 정치를 공부했으며, 졸업 후에는 2000년까지 원월드넷 (OneWorld.net)에서 활동했다. 이제 기후 변화 분야의 전문가가 된 그는 기자, 환경운동가, 방송해설가로도 활동하고 있다. 그의 홈페이지(www.marklynas.org)는 기후 변화에 관한 가장 풍부한 자료들을 모아놓은 보물창고 중 하나이다. 현재 옥스퍼드에 거주하고 있다."

그리하여 저자는 세계 곳곳을 돌며 지구온난화의 생생한 현장을 찾아가는데, 그 목격담은 정말 충격적이다. 지구온난화, 기상 이변, 기후 변화. 신문에서 늘 접할 뿐 아니라 철 바뀔 때마다 서울 복판에 앉아서도 느끼지 않을 수 없는 것들이다. 어떤 과학자들과 정부 관리들은 증거가 없다고 주장하지만 사실 우린 알고 있다. 봄가을이 사라져버린 것을, 여름은 더워지고 물난리가 자꾸 나는데다 계절의 순환이 깨지고 식생이 바뀌고 있다는 것을. 그렇게 알고 있음에도 불구하고 이 책의 저자가 전하는 이야기들은 새삼 가슴을 철렁하게 만든다.

가장 먼저 찾아간 곳은 투발루. 투발루라는 나라를 들어본 일 있는가? 태평양 작은 섬나라가 신문에 등장한 적이 내 기억으론 두어 번 있다. 지구온난화 때문에 해수면이 올라가 나라가 가라앉을 판이라며 온실가스 펑펑 내뿜는 선진국들 상대로 소송을 냈다는 것, 나라 이름 인터넷코드가 .tv라서 미디어업체들이 투발루 도메인을 탐낸다는 것, 그렇게 두 번이다.

소송을 냈다고는 들었지만 어느 나라가 투발루 사람들에게 미안해 하며 사과를 할까. 그들에게 이 투쟁은 그냥 시위성으로만 보였을 뿐이다. 하지만 투발루의 상황은 심각하다. 아직 '다 가라앉지는' 않았지만 산호초 섬에는 이미 물이 들어차 '물바다 속에서 바비큐를 구워야 하는' 정도다. 이들은 몇 년 안에 나라를 버려야 하고, 그나마 간신히 '난민'을 받아들여주기로 한 뉴질랜드로 조금씩조금씩 이사를 가야만 한다. 어떤 노인들은 "섬과 함께 가라앉겠다"고 한다는데 비장하고 슬프다. 결국 나도 그들을 가라앉히는 데 일조하고 있지 않은가.

해마다 황사가 심해지다 못해 아주 난리를 치는데 책의 4장 '중국을 붉게 물들이는 황사'는 옆나라 사람으로서 간담 서늘해지지 않을 수 없는 얘기였다. 저자가 묘사한 중국 변방 사막 지대의 어느 마을 풍경은 미야자키 하야오의 애니메이션 〈바람계곡의 나우시카〉에 나오는 유독성 곰팡이들의 썩은 바다 부해(腐海) 같기도 하고, 아베 코보의 소설 『모래의 여자』에 나오는 기괴한 사막 마을 같기도 하다.

저자는 또 빙하를 연구하는 아버지가 20년 전 찍은 사진을 들고 페루의 산악지대를 찾아가는데, 아버지의 사진과 극명하게 대비되는 20년 뒤 '사라진 빙하'의 모습은 충격적이다. 저자는 빙하가 그 짧은 시간에 그렇게 사라진 것에 충격을 받았다고 하는데 두 장의 사진을 보는 독자의 눈에도 역시나 충격적이다.

그래서 어떻게 하라고? 책의 마지막 장 제목은 '열기를 느껴보라'다. 사실 우린 이미 열기를 느끼고 있다. 뜨거운가? 겁나는가? 우린 그저 여름이 더워졌다며 에어컨을 켤 뿐이지만 투발루 사람들은?

이 책에 실린 르포들은 '지구의 미래로 떠난 여행'이 아니다. 우리에겐 미래의 일인지 모르지만 어떤 이들에겐 이미 현실이 됐고, 우리의 현실로도 계속 스며들고 있다. 다만 우리가 모른 척하고 있을 뿐, 이것은 '지구의 현실로 떠난 여행'인 것이다.

하지만 이러한 현실에 책임이 있는 선진국들은 여전히 뒷짐만 지고 있다. 호주는 에너지를 펑펑 써대면서 투발루 지역 주민의 재정착 요청은 물론 교토의정서마저 거부했다. 미국 또한 조지 W. 부시 대통령 시절 전임자가 서명했던 교토의정서를 거부했고, 호주와 일본 같은 나라들을 끌어들여 '반(反)환경-반 교토' 국가모임을 조직했다. 그들이 참여하는 '청정개발 및 기후에 관한 아·태 지역 파트너십'이라는 황당한 모임에 몇 해 전 우리나라도 동참했다. 투발루 사람들에게 그저 미안할 뿐이다.

마크 라이너스의 책과 함께 지구의 미래, 아니 현재를 여행한 뒤에는 윌리엄 K. 스티븐스의 『인간은 기후를 지배할 수 있을까?』를 읽어보는 것도 좋겠다. 이 책의 구절 중 미국의 기후 전문가 토머스 리처드 칼의 말을 인용해본다.

당신이 지금 창밖을 보고 있다면 당신이 본 날씨의 일정 부분은 당신이 만든 것이고, 앞으로 50년을 더 내다볼 수 있다면 그만큼 더 많은 책임을 져야 할 것이다.(356쪽)

'마흔 넘으면 자기 얼굴을 자기가 책임져야 한다'고들 말한다. 이제 우린 정말 '날씨에 책임을 져야 하는' 처지가 됐는데 그 생각을 못 한다. 나이 먹어 늙는 것 못 받아들이고 보톡스 맞고 리프팅 하는 것처럼, SUV 타면서 황사 탓하고 여름 길다고 에어컨 틀어댄다.

이 책 앞부분은 지구 탄생 이래 생겨난 기후 변화 사이클에 대한 설명 등으로 이뤄져 있다. 기후 변화에 대해 '통 뭔지 모르겠어' 하는 사람이라면 쉽게 쓱쓱 넘기며 읽어볼 만하다. 뒷부분 절반 이상은 '지구온난화 논쟁사(史)'에 해당된다. 저자는 《뉴욕타임스》 과학전문기자라 하는데, 마크 라이너스와 달리 기후 변화가 없다고 주장하는 '반(反) 기후변화론'에 대해서도 기계적 중립성을 지켜가며 가능한 한 담담하게 적어놓았다.

하지만 이런 절제된 주장이든 마크 라이너스처럼 세상을 떠돌며 하는 목소리 높인 고발이든, 분명한 것은 오늘날의 인간들이 '지금 여기 이 기후'에서 살아야 하는 존재라는 것, 인간과 생태계는 모두 조금의 변동에도 취약하다는 것, 특히나 '사회적 약자들'이 더더욱 취약하다는 것이다. 그러니 어쩌겠는가. 나 하나가 지구를 살리지는 못할지라도, 조금이라도 할 수 있는 것이 있다면 하는 수밖에.

PART
8

더 좋은
세상을 위하여

우리 시대의 노동 일기

홍명교 / 『유령, 세상을 향해 주먹을 뻗다』

윤지영 장마철, 물에 잠긴 은마아파트 지하에서 일을 하던 청소 아주머니가 감전을 당해 사망하는 사고가 발생했다. 사고 후 나는 감전사를 당한 청소 아주머니와 유가족을 위해 법률 자문을 하였다. 유가족으로부터 아주머니가 쓴 근로계약서와 각서, 급여 내역이 찍힌 통장 사본 등을 받아서 보았다. 매일 아침 일곱 시부터 네 시까지 일을 하면서 아주머니가 받은 월급은 85만 원이 채 안 되었다. 근무 중 불의의 사고로 인하여 사망하게 되어도 본인의 귀책사유를 불문하고 이의를 제기하지 않겠다는 내용의 각서를 읽을 때에는 눈물이 왈칵 쏟아졌다. 비슷한 일을 했던 나의 어머니가 생각났기 때문이다. 사고를 당해 사망한 아주머니처럼 우리 어머니도 쉰이 넘은 나이에 청소 일을 했다. 노동 강도가 셌지만 수중에 들어오는 돈은 생활하기에 턱없이 부족한 수준이었다. 그러나 생계를 위해선 어쩔 수 없는 선택이었다. 돈을 벌기 위해 그 나이 또래의 여성이 할 수 있는 일은 한정되어 있었다. 어머니는 어깨가 너무 아파서 팔을 올리기도 버거워했다. 하면 할수록 몸이 안 좋아지는 게 눈에 보였다. 그러나 고시 공부를 하던 나로서는 차마 그만두라는 말을 할 수 없었다. 내가 사법연수원에 들어가고 나서야 어머니는 일을 그만둘 수 있었다.

『유령, 세상을 향해 주먹을 뻗다―천만 비정규직 시대의 희망선언』, 이 책을 읽다가 다시 눈물이 왈칵 쏟아졌다. 청소 노동자인 엄마, 계약직 노동자인 딸이 나누는 대화에서 아픈 과거가 떠올랐다.

일 그만 하시고 이제 좀 쉬면 안 되냐고 말하고 싶지만 말할 수 없다. 내가 할 수 있는 이야기는 둘째 곧 제대하면 복학할 테고, 막내 전문대라도 보내려면 앞으로 4~5년은 같이 벌어야 하니까 일하시려면 아프지 말라는 이야기, 150만 원도 안 되는 월급에 계약직인 내 처지에 엄마한테 할 수 있는 말은 이런 것뿐이다. 그래서 나는 아무 말도 하지 않는다.(123쪽)

이 책에 실린 세 편의 만화 중 심흥아가 그린 「새벽」의 한 장면이다. 비단 만화를 그린 작가와 나만의 이야기는 아닐 것이다. 대부분의 소시민들에게서 흔히 볼 수 있는 장면일 것이다. 혼자서는 생계를 유지할 수 없어서 부모, 자식 가릴 것 없이 노동 현장에 뛰어들지만 여럿이 벌어도 절대 풍족한 삶은 꿈꿀 수 없는 현실, 도대체 이런 일이 왜 벌어지고 있는 것일까? 언제부터 불안정노동이 우리 시대 '노동'의 보편적인 표상이 되어버린 것일까. 우리는 무엇을 할 수 있는 것일까? 이에 대해 작가 홍명교는 청소 노동자들과 연대했던 자신의 경험과, 홍익대학교 청소·경비·시설관리 노동자들의 49일간의 농성을 화두로 해서 차근차근 이야기를 풀어간다.

2010년 12월 홍익대학교 청소·경비·시설관리 노동자들이 노동조합을 설립하자 그 다음 날 홍익대학교는 청소·경비·시설관리 노동자가 소속된 용역업체와의 용역위탁계약을 해지했다. 이들 노동자의 근로계약은 용역위탁계약이 유효함을 전제로 한 것이었기 때문에 용역위탁계약의 해지는 사실상 노동자 전부에 대한 해고와 다름없었다. 그러나 홍익대학교는 청소·경비·시설관리 노동자의 고용 문제는 자신들과 무관한 일이라며 발뺌했다. 아이러니컬한 것은 이들 노동자의 사용자가 그 전에는 홍익대학교 자신이었다는 것이다. 법률 지원을 위해 내가 만나본 홍익대학교 청소 노동자도 그러했다. 10년 전에 일을 시작해서 예나 지금이나 여전히 홍익대학교에서 일을 했건만 어느 날 갑자기 사용자가 바뀌었단다. 홍익대학교가 시설관리 업무를 외주화한 그 순간 말이다. IMF 이후 신자유주의 열풍이 일어나면서 생긴 일이었다. 홍익대학교뿐만 아니라 거의 모든 대학, 공공기관, 정부부처, 일반 사기업체까지 외주화 작업에 열을 올렸다. 이익은 챙기면서 책임은 지지 않는 간접고용이 어느 순간 우리 시대 보편적인 노동의 자리를 넘보게 되었다. 그럼에도 불구하고 홍익대학교에서 벌어진 일이 사회 전체로 퍼진 데에는 홍익대학교 총학생회의 역할(?)이 컸다. 총학생회는 '학습권'을 주장하면서 노동자들 문제에 '외부세력'이 개입해서는 안 된다고 주장했다. 청소·경비·시설관리 노동자들의 문제를 자신들의 문제로 보지 못하고 연대의 의미를 깨닫지 못한 어설픈 발언이 작가 홍명교를 홍익대학교로 끌어들였다.

농성장 역시 도움의 손길을 내미는 '외부세력들'로 북적이기 시작했다. 지금까지의 다른 여느 비정규직 노동자들의 싸움에서는 볼 수 없었던 풍경이었다. 문헌관 1층 로비는 대자보, 시민들이 가져온 온갖 먹을거리, 과일, 라면박스 등으로 가득 채워져갔다.(84쪽)

사실 서울 지역의 청소 노동자 투쟁에 있어서 학생들의 역할은 매우 컸다. 고려대와 연세대, 이화여대의 전체 청소 노동자들의 싸움은 세 학교의 학생 4만여 명이 지지서명에 동참하는 전폭적인 지지를 얻었다고 한다. 또한 역으로 고려대학교에서 학생들이 학생자치를 지키기 위해 싸우다가 징계 조치를 받았을 때, 청소노동자들은 싸움이 지속된 1, 2년 내내 연대를 하기도 했단다. 쓰레기라는 단어를 보고 '버리다'라는 단어를 떠올리는 학생들과 '줍다'라는 단어를 떠올리는 청소 노동자 간에 간극은 있지만 이들이 연대할 수 있는 것은 불안정한 삶에서 모두 자유롭지 않기 때문이다. 비정규직·간접고용·특수고용 노동자는 청소 노동자의 현재지만 학생들의 미래이기도 하기 때문이다.

전태일 열사를 그냥 훌륭한 사람, 또는 타인을 위해 헌신하다가 죽음을 맞이한 사람 정도로 기억하는 건 아무 의미도 없는 일일 것이다. 그런 '이타적 인간'의 유형은 전태일 열사 외에도 무수히 많지 않은가. 41년이 지난 지금까지 우리가 전태일 열사를 기억하는 이유는 '화석'화된 위인의 모습이 아니라, 그가 오늘날까지 유령처럼 우리 주위를 배회하는 존재로서 살아있기 때문이다.(147쪽)

그러나 40년 전 노동 탄압의 양상과 현재의 노동 탄압의 양상은 조금 다르다. 노동 시간을 늘리고 임금을 적게 주는 것이 문제의 핵심은 아니다. 비정규직·간접고용·특수고용이 갖는 문제는, 노동 환경을 불안정하게 만든다는 것뿐 아니라 노동자들의 분열을 조장하여 노동자들간의 연대를 막는다는 데 있다.

어떤 노동조합들은 민주노총을 탈퇴하기에 이르렀으며, 또 어떤 노동조합들은 자신들이 점하고 있는 파이를 비정규직 노동자들과 나누지 않으려 대놓고 비정규직 노동자들을 탄압하기도 했다. 노동자 스스로 노동자를 탄압하는 무참한 배반한 시대가 도래한 것이다.(203쪽)

이에 대해 작가 홍명교가 내놓는 해답은 명확하다. 우리 주위의 많은 사람들이 처한 불안정한 노동의 조건을 직시하지 못한다는 것은 우리 자신이 처하게 된 동일한 현실의 상황도 바라보지 못한다는 의미이기도 하다. 따라서 현실을 적시할 것! 그리고 연대할 것!

대학생을 포함한 모든 20대 청년들도 인턴이나 아르바이트와 같은 불안정노동과 청년실업의 현실을 들여다보아야 한다. 비정규직 노동자들의 싸움과 청년들의 싸움의 현상은 조금씩 다르지만 그것들을 유발한 '원인'은 크게 다르지 않으며, 하나의 거대한 그물망으로 얽혀 있다. 오늘날 신자유주의 국가와 자본이 자신들이 벌여놓았던 '금융투기 세계'의 위기와 그 피해를 가장 먼저 노동자나 빈민, 농민, 청년들에게 전가시키는 것, 그럼으로써 자신의 위기를 우회적으로나마 만회하려는 것을 생각하자. 그 해결책으로 '운동'을 이야기하는 것이, 비정규직노동자와 노동조합의 특수한 권리를 위한 것이라고 폄훼할 순 없을 것이다. 요컨대 이것은 '모든 시민의 보편적 권리'에 대한 요청이라는 것이다.(280쪽)

작가 홍명교의 이야기는 어쩌면 지극히 당연하거나 익히 들어온 이야기일지도 모른다. 하지만 그의 이야기가 내 마음을 움직이는 것은 그가 비정규직 노동자로서, 또는 노동자와 연대한 이로서 겪은 경험과 따뜻한 마음이 이 책에 녹아 있기 때문이며, 그의 이야기가 내 머리를 깨우치는 것은 그가 근시안적인 해답을 제시하는 것이 아니라 원칙적이면서도 근본적인 해답을 명쾌하게 제시하기 때문이다. 노동 이야기를 어려운 이야기라고 생각했던 사람들에게 이 책을 읽어보기를 권한다. 작가는 쉽게, 그러면서도 빠뜨림 없이 노동 문제를 건드리기 때문에 이 책만 읽어도 현재 노동 지형이 어떠한지 쉽게 이해할 수 있을 것이다. 또한 불안정한 노동 현실에서 허우적거리는 20대 청춘과 50대 이상 중고령 비정규직 노동자들에게도 이 책을 권하고 싶다. 누군가는 나처럼 눈물을 흘릴지도 모른다. 그렇다고 해서 30, 40대가 예외인 것은 아니다. 우리는 모두 불안정한 노동자이며, 연대해야 할 동지이기 때문이다.

뼈 빠지게 일해도 가난한 사람들

데이비드 K. 쉬플러 / 「워킹 푸어, 빈곤의 경계에서 말하다」

일을 해도 가난에서 벗어나지 못하는 '워킹푸어'들이 빈곤의 경계선에서 말한다. 주류 언론이나 공식적인 경로를 통해서는 좀처럼 듣기 힘든 목소리다. 그들은 소리 높여 말하는 것조차 허락되지 않는 사람들이다. 원제목에 적힌 대로 보이지 않는(invisible) 존재들이니까. 그들의 목소리를 찾아가 듣고 우리에게 전해주는 데이비드 K. 쉬플러는 학자와 저널리스트의 중간쯤에 위치한 사람이다. 이 책은 그가 오랜 시간 미국 전역을 돌며 만난 사람들의 삶에 대한 기록이다.

잘나가는 미국 저술가들의 '저널리스틱한 글쓰기'와는 좀 다르다. 토머스 프리드먼처럼 폼 잡거나 앨런 와이즈먼처럼 흥미진진하게 묘사하지는 않는다. 다소 중구난방이라는 느낌도 준다. 하지만 만나는 이들의 삶에 대해 애정을 가지고 진지하게 천착한다는 것이 느껴진다. 책에는 미국에 사는 가난한 사람들의 오만가지 '가난하게 되어버린 이유'들이 펼쳐진다. 진보-보수(민주-공화)의 진영논리를 떠나 가난에 이르는 다양하고 중첩된 경로들을 직시해야 한다는 것이 책의 요지다.

등장하는 인물들은 가난하고 비참하다. 저자가 얼핏 흘렸듯이 '아프리카의 굶어죽는 사람들'만큼이야 비참하겠느냐마는, 어느 선 이하로 떨어지게 되면 사람이 느끼는 비참함의 정도를 따지는 것이 무의미해지는 법이다. 이 책은 그렇게 아주 빈곤한 지경 이하로 떨어져버린 선진대국 미국의 빈민들을 적나라하게 보여준다.

어떤 사람은 천식을 앓는 아이를 병원에 데려가기 위해 근무에 빠지게 되어 실직을 하면서 가난해지고, 어떤 사람은 아이를 돌봐줄 도우미가 없어 일자리를 구하지 못해 빈곤의 나락에서 헤어나오지 못한다. 어떤 사람은 어릴 적의 성폭행 악몽(가난한 소녀들은 어쩜 그렇게 하나같이 근친 강간을 비롯한 숱한 성폭행의 희생양이 되는 건지)에서 벗어나지 못한 채 속칭 '정상적'이지 못한 삶을 보내게 되고, 어떤 사람은 배움이 짧은데다 마약에까지 중독돼 빈곤에 고착된다. 대략 이런 스토리들이다.

저자가 촘촘히 기록한 가난의 이유들은 제각각인 것 같지만 그 저변에 흐르는 공통점은 분명하다. 이들은 가난한 집안에서 태어났고, 가난한 마을 또는 가난한 도심 지역에 살았고,

많이 못 배웠고, 결혼해서도 가정을 건실히 일구는 데에 실패했고, 그래서 자기 아이들도 제대로 교육시키지 못한다. 대략 이런 사이클이 순환된다는 것이다. 이야말로 빈곤의 악순환이다.

이들을 가난에서 탈출시키는 일은 쉽지 않다. 그 유명한 '복지여왕'이라는 거짓 주장(로널드 레이건 전 대통령은 복지수당 받아 고급차를 몰고 다니는 복지여왕들이 있다고 주장했지만 전혀 근거 없는 반(反)복지 마타도어로 밝혀졌다)'에서 볼 수 있듯 보수파들은 '미국의 복지 혜택을 누리며 일 안 하고 살아가는 게으른 자들'을 욕한다. 진보주의자들은 '사회의 구조적 변화'라는 거창한 담론을 외친다. 보수파들의 거짓말에 대해서는 굳이 거론할 필요도 없겠지만, 저자가 미국 전역을 돌며 기록한 가난한 이들은 진보주의자들의 담론만으로도 해결할 수 없는 엉망진창의 그물에 걸려 허덕이고 있다.

책의 제목은 그냥 '푸어(poor)'가 아니라 '워킹푸어(working poor)'다. 일을 하려고 해도, 또는 지금 일을 하고 있어도 가난할 수밖에 없는 사람들이라는 얘기다. 2008~2009년 글로벌 금융위기 이후 워킹푸어는 세계의 지배적인 트렌드가 되어버렸다.

천식에 걸린 아이를 병원에 데려가다가 직장에서 해고되는 사람이 없게 하려면 의료복지를 강화해야 한다. 하지만 버락 오바마 대통령의 야심찬 의료개혁이 거센 반발에 부딪히는 것에서 예상되듯, 미국이 복지국가로 갈 가능성은 낮아 보인다. 도시 구조(가난한 도심 슬럼), 인종 문제(가난한 유색 인종), 사회 안전망의 문제(가난한 사람들을 배척하는 복지제도), 교육 문제(가난한 지역일수록 열악한 교육 현실), 정치 문제(가난한 사람들을 배척하고 돈 있는 자들의 로비에만 휘둘리는 워싱턴 정가), 이 많은 것들을 한 번에 해결해줄 수 있는 마법의 정책은 없다는 게 문제다.

허망하다. 그러면 어찌하라는 말인가. 내 눈에 최소한 한국은 미국보다는 좀 나아 보인다, 아직까지는. 복지 해체와 부자들만의 세상을 노골적으로 외쳐온 정부 다음에 좀더 나은 정부가 들어서고, 그동안 망가져온 보편적 복지 개념이 좀 살아나면 최소한 미국보다는 나은 사회로 유지되지 않을까 하는 은근한 희망도 있다.

그러면서 동시에, 이런 생각이 근거 없는 낙관론일 뿐이며 현재의 대한민국을 너무 좋게 본 것 아닌가 하는 불안함이 고개를 든다. 미국의 워킹푸어를 추적한 저자의 주장은 '결국 중요한 것은 의지'라는 것이다. 내 아이가 살아갈 한국에는 '모두 같이 더 나은 삶을 누려야 한다'는 공감대가 얼마나 굳건히 자리 잡고 있을까. 요즘의 경쟁열병과 돈 타령과 이기주의를 보고 있자면 한국이 더 나빠졌음 나빠졌지, 공존의 사회로 가지는 않을 것 같아 더럭 겁이 난다.

절대빈곤은 절대 없앨 수 없을까

제프리 삭스 / 『빈곤의 종말』

구정 현존하는 가장 유명한 경제학자, 제프리 삭스. 하버드
대학교 최우등 졸업, 하버드대학교 최연소 정교수, 현
재 프린스턴대학교 지구연구소 소장, 볼리비아 정부 자문위
원, 국제통화기금(IMF)과 세계은행의 자문위원을 지냈지만 미
국과 IMF와 세계은행을 누구보다 비판하는 사람.

"절대빈곤은 없앨 수 있다, 그것이 부국의 책무이며 우리 시
대 모든 사람의 의무다"라고 외치는 사람. 책 앞날개에 저자의
프로필과 흑백 사진이 나와 있다. 책의 편집이 깔끔한 것에 비
해 사진의 질은 좋지 않지만 너무나 마음에 드는 얼굴. 곧 있
으면 할아버지가 될 삭스의 얼굴은 참 좋다. 잘생겨서가 아니
다. '진심'과 '진지함'이 얼굴에 새겨져 있기 때문이다.

삭스의 글은, 움직이던 내 마음을 한 곳으로 향하게 한다.

절대빈곤은 끝내야 한다고, 그것은 21세기 첨단의 시대, 번영의 시대, 세계화된 시대를 살아가는 나의 의무라고. 잊지 않으려 마음먹었지만 자꾸만 마음에서 지워져가는 시에라리온과 가나의 아이들을 생각해야만 한다고, 절대빈곤을 벗어나 선진국을 향해 일로매진하는 동아시아 한 나라에 살고 있지만 적어도 한때는 우리도 타인의 원조를 받았었음을 잊어서는 안된다고, 지금 내가 먹고 마시고 쓰는 것들이 어떤 이들에게는 '생명'일 수 있음을 늘 깨닫고 있어야 한다고.

이 책은 상아탑의 경제학자가 어떻게 개발도상국의 빈곤 문제에 눈뜨게 되고 상아탑에서 뛰쳐나와 빈곤과의 싸움에 나서게 됐는지를 보여준다. 볼리비아 인플레이션 잡기, 폴란드와 러시아의 경제 시스템 바꾸기, 방글라데시와 말라위와 케냐 같은 가난한 나라들의 고통과 싸움 등 삭스가 세계를 돌아다니며 직접 보고 듣고 느끼고 공부하고 실천했던 것들이 이 책 안에 기록되어 있다. 어찌 보면 자서전 같기도 한 이 책은, 지구촌을 돌아다니며 빈곤과 싸워온 한 학자/운동가/행정가의 인생이 그대로 담겨 있어 재미가 있고 감동도 있다. 경제적인 측면을 아주 쉽게 설명하는 것은 학자로서, 선생으로서 그가 갖고 있는 재주인 것 같다. 그러면서도 경험을 살려 구체적인 시간, 장소, 사람들, 프로그램들의 이야기를 하기 때문에 다큐멘터리를 보는 것처럼 생생하게 느껴진다.

삭스는 자본주의 경제학의 틀 안에서 빈곤으로부터의 해방을 꿈꾼다. 그는 이것이 꿈이 아니라 실현 가능한 계획이고 이뤄야만 할 우리의 임무라고 말한다. 어떤 사람들은 그가 비현실적인 몽상가라고 생각할지도 모른다. 아니, 어쩌면 그런 사람들이 대다수일지도 모르겠다. 또 어떤 사람들은 그가 덜 좌파적이라고, 자본주의 체제 유지에 도움이 될 뿐이라고 비판할지도 모른다.

하지만 누가 어떤 논리를 내세우든, 살 수 있는데 단돈 몇 푼이 없어 죽어가는 사람들은 살려야 한다. 에이즈 환자를 벌레 보듯 하는 사람들에게 "그 병은 이제 약만 있으면 충분히 삶을 지탱할 수 있는, 만성 간염 같은 질병입니다"라고 이야기해주어야만 한다. "아프리카가 가난한 것은 사람들이 게으르고 유전적으로 모자라서가 아니라 기후가 혹독하고 환경·지리 조건이 다른 지역보다 안 좋기 때문입니다", "아프리카 나라들의 정부가 끔찍할 만큼 썩어서 원조 받은 돈을 뒷주머니로 챙기는 것이 아니라 부자 나라들이 기부한다 말만 해놓고 돈을 안 줘서 원조자금이 모자라는 겁니다"라고 진실을 알려야 한다.

할 수 있는 만큼 최선을 다해 도와야 한다. 내 주머니에서 단돈 만 원 꺼내지 않으면서 "미국이 나빠", "원조 같은 것으로 빈곤을 구제할 수 있겠어"라고 말하는 것은 아무에게도 도움이 되지 않으며, 다소는 양심 없는 짓이라고 생각한다. 돕지 않으면서 "굶는 이들을 구하긴 힘들어"라고 말하는 것, 해보지도 않고 패배적으로 말하는 것은 '현실적'인 게 아니라 '기회주의적'인 행동이 될 수 있다. 당장 우리는 50, 60년 전 어느 나라 착한 사람들의 원조 덕분에 이 정도 살 만한 형편이 되지 않았는가. 버스 좌석에도 마음대로 못 앉게 만들었던 인종차별의 장벽을 미국의 흑인들은 무너뜨리지 않았던가.

나는 낙관주의자인가? 그런데 낙관주의냐, 비관주의냐를 구분하는 것은 그리 중요하지 않다. 더욱더 중요한 일은 무엇이 일어날지를 예측하는 것이 아니라 발전된 미래를 만들어 나가는 일을 돕는 것이다. 이 과제는 집단적인 것이다. 즉 나뿐만 아니라 여러분에게도 주어진 과제다. 경제학 개설서들은 개인주의와 분권적 시장을 역설하고 있다. 그러나 그에 못지않게 우리의 안전과 번영은 질병과 싸우고 좀더 앞선 과학을 발전시키며, 교육을 확산시키고 핵심 인프라를 공급하기 위해 결정을 합의하고 극빈자들을 돕기 위해 행동을 일치시키는 것에도 달려 있다.(17쪽)

삭스는 경제학 책을 벗어나 발로 뛰며 얻은 통찰력으로 기부원조에 대한 잘못된 생각들, 아프리카와 아시아의 가난한

302

나라들에 대한 편견을 깬다. 오늘날 빈곤의 원인은 부국들에 의한 착취, 빈곤국 정부들의 부패, 국제기구의 비효율성, 빈곤한 사람들의 게으름과 문화적 한계 같은 것들 중 어느 하나 때문이 아니라 이 모든 요소들이 결합되어, 그리고 여기에 빼놓을 수 없는 지리·환경·생태적 요인들이 더해져서 일어난 것이다.

저자는 사례별로 빈곤의 원인을 의사처럼 '감별진단'한 뒤, 그 테크닉을 일반화시켜 이론으로 정리해낸다. 그리고 절대빈곤과 싸우기 위한 스케줄, 프로그램, 할 일들을 구분해서 조목조목 정리해 읽는 이들을 설득한다. 원조가 펌프의 마중물이 되어 빈국들을 '빈곤의 함정(원시적인 수준의 자본 축적조차도 가로막아 빈곤의 악순환을 벗어날 수 없게 만드는 함정)'에서 끌어내 '번영의 사다리'로 한 계단이라도 올라설 힘을 갖게 할 수 있다고 주장한다. 경제 발전은 제로섬 게임이 아니며 인류는 진보해왔다고, 계몽주의자의 신념을 다해 인간의 이성과 도덕에 호소한다.

진심은 항상 마음을 움직인다. 인류는 그런 진심의 승리를 과거에도 여러 차례 보아왔다. 언젠가는 삭스와 같은 이들의 진심이 세상을 움직여 절대빈곤으로부터의 해방을 가져올 수 있을 것이라고 믿는다.

당신과 나의 그림자, 일하는 아이들

제레미 시브룩 / 「다른 세상의 아이들」

구정 지금 이 순간, 지구촌 어디인가에서는 수천만 명의 어린이들이 농장과 탄광, 공장 등에서 착취적 노동을 강요당하고 있다. 노예제가 폐지된 후 가장 빠르게 노예로 흡수된 계층이 바로 어린이였다.

이 아이들은 우리가 사는 곳과는 '다른' 세상의 아이들인가. 눈 먼 우리에겐 그들이 보이지 않는다. 하지만 지금 내가 입고 있는 이 싸구려 흰색 블라우스, 지금 내가 신은 검정 샌들, 학교 다니며 웃고 떠드느라 정신없는 내 딸이 입고 다니는 티셔츠와 바지 따위가 저 아이들의 피땀으로 만들어진 것이 아니라는 보장이 있는가. 아니, 사실은 보지 않아도 안다. 너무나 많은 것들이 세계화라는 이름으로, 그들의 피땀을 통해 내 곁에까지 와 있다는 것을. 나뿐 아니라 누구든, 저 아이들을 '다른 세상의 아이들'이라 할 수는 없다. 그들은 우리 세상의 아이들이고, 나와 내 아이의 검은 그림자다.

아동 노동에 대해서는 알 만큼 안다고 생각해왔다. 책도 읽고 외신 기사도 보고, 스스로 글을 써본 적도 있으니. 하지만 그것은 나만의 착각일 뿐이다. 머리로 안다 해도 아는 것이 아니며, 그들은 여전히 내게 '다른 세상'의 아이들이니. 취재를 하러 아프리카 가나에 간 적이 있었다. 어부들의 노예로 팔려간 아이들을 만나면서, 그 아이들과 부모들의 '반갑지 않은 해후'를 보며 마음이 씁쓸해졌던 기억이 있다. 그리고 공교롭게도 그 순간 지구 반대편 내 딸이 국제전화로 내게 장난감을 사다 달라고 주문했던 순간이 있었다. 그런데 다시 돌아온 나는 그들의 얼굴을 잊지 말자 하면서도 자꾸만 잊는다.

어쨌든 세상엔 그런 아이들이 있다. 노동하며 사는 아이들. 작은 몸 작은 손으로 목숨 걸고 일을 해 간신히 살아가는, 그리하여 제 몸을 팔아 제 가족을 먹여 살리고 나같이 멀리 떨어져 있는 곳의 부유한 사람들을 지탱해주는 아이들. 그 아이들에게 눈을 돌리는 것은 우리의 의무다. 하지만 그것을 넘어설 방법은 무엇이란 말인가. 먹고살아야 하는 그 아이들 앞에서 우리는 무엇을 할 수 있을까.

저자는 세계화와 빈곤 문제에 천착해온 저널리스트다. 그의 시선은 다만 노동으로 얼룩진 방글라데시 아이들 하나하나의 얼굴을 들여다보는 데에서 그치지 않는다. 저자가 포착한 지점은 산업화 시기 영국의 아동 노동과 21세기 방글라데시의 아동 노동이 너무나도 닮았다는 것.

시기와 장소를 뛰어넘는 그 유사성이 우리에게 던져주는 메시지는 분명하다. 서양 선진국들은 아이들의 노동을 착취해 산업혁명을 일으키고 그 힘으로 남의 땅을 점령해 부를 축적했다. 그들의 식민지였던 나라들은 이제 그들의 노선을 따르려고 한다. 가난한 나라들은 여전히 가장 손쉬운 착취 대상인 아이들의 노동력을 이용하려 하지만, 서양 선진국을 따라잡긴 힘들다. 이 나라들엔 '식민지'가 없기 때문이다. 그리하여 이 나라들은 선진국은 못 따라잡으면서 세계화가 만들어낸 착취의 악순환에 빠져 반영구적으로 아이들 피땀만 빼먹는 꼴이 되고 만다.

문제는 그 다음이다. 이 책은 그렇게 착취당하는 아이들을 다루되, 그 아이들을 단순히 불쌍히 여기거나 아동 노동을 단칼에 매도하지 않는다. 그래서 더 많은 고민거리를 던진다. "아동 노동을 금지하자"는 말만으로는 빈곤 문제를 해결할 수 없다. 더 나아가 아동 노동을 별스런 것으로 보는 행위 자체가 '근대 서구적 가치관의 산물'이라고 저자는 지적한다.

일리가 있다. 아이들은 언제나 부모를 도왔고, 산업화 이전 사회에서 '아동 노동'은 삶의 당연한 일면이었을 뿐이다. 노동

306

과 노동 아닌 것의 명확한 구분, 어린이와 어른의 명확한 구분은 아주 최근에야 자리를 잡은 서구적 가치관의 산물이 분명하다. 이를 강조해 지적하는 의도는 분명하다. 아동 노동을 비난하는 것만으로는 그 어린이들의 삶을 나아지게 할 수 없기 때문이다.

기계적인 접근은 현실적으로 일을 해 먹고살 수밖에 없는 아이들을 더 깊은 나락으로 내몰 뿐이라고 저자는 지적한다. 또한 저자는 아이들이 일을 통해 살아가기 위해 필요한 기술을 배울 수도 있다고 말한다. 서구식 학교 교육만이 능사는 아니니까. 아이들의 노동이 그저 착취에 불과한 노예 노동인가, 아니면 미래를 위한 바탕이 되는 노동인가를 가르는 것은 그 내용과 질에 달려 있다는 것이다. 또한 이 문제는 아이들과 가족들, 아이들을 둘러싼 어른들의 삶과도 연결돼 있다. 게다가 방글라데시 같은 나라에서, 아이들의 노동력을 이용해 고장난 물건을 고치고 또 고쳐 새것으로 만들어내는 일은 자원을 효과적으로 사용하는 일이기도 하다. 이런 여러 가지 측면들이 겹쳐 있으니, 어렵지만 총체적으로 접근해야 하는 문제라는 것이다.

안타까운 것은 이 좋은 생각들이 방글라데시같이 무능하고 부패한 빈국 정부나 착취를 본업 삼는 다국적 기업들에게까지 연결되도록 하기가 여전히 힘들다는 것이다. 그래도 희망을 가지려면, 우선은 알아야 하고, 생각해야 한다. 문제는 항상 원점으로 되돌아온다.

어째서 우리는 그들을 '다른 세상의 아이들'로 보는가.

필시 우리는 예전의 우리 아이들이 알았던 그 고통에 관한 모든 기억을 우리의 집단적인 경험에서 깨끗이 지워버렸다. 세계 곳곳에서 계속되고 있는 동일한 경험으로부터 그 고통을 상기하지 않으려고 말이다. 이는 우리의 고통을 끝내기 위해 그 아픔을 다카의 어린 소녀들, 인도의 소몰이들, 인도네시아의 어린 공장노동자들의 여린 어깨 위로 옮겨놓았기 때문은 아닐까? 어떤 공모된 건망증이 그들과 우리의 유사성을 없애버린다. 아울러 그들이 가진 피부색, 다른 기후, 별개의 종교, 이질적인 언어가 우리를 이러한 망각의 길로 세차게 이끈다.(135쪽)

18~19세기 영국으로 가지 않더라도, 우리에겐 '한강의 기적'의 바탕을 이룬 어린 여공들에 대한 기억이 있다. 우리가 이렇게 잘살게 된 지 얼마나 됐다고, 우리는 '그들의 여린 어깨'를 잊어버리고 다른 세상의 일로 받아들이며 먹고산다. 못살던 기억을 잊지 않는 것, 그들의 여린 어깨를 기억하는 것. 결국 중요한 것은 아동 노동의 산물들을 소비하는 나, 나의 문제다.

21세기의 노예들

E. 벤저민 스키너 / 『보이지 않는 사람들』

 자, 한 가지 질문을 하겠습니다. 현대 사회에도 노예 제가 존재할까요?

이런 질문을 받는다면 당신은 잠시나마 어떤 대답을 해야 할지 고민할 것이다. '예'라고 대답하자니 2차 세계대전을 끝으로 전세계에서 노예제는 사라진 것처럼 생각될 터이다. '아니오'라고 대답하자니 질문에 무언가 의도가 숨겨져 있다는 추측이 들 것이다. 추측은 틀리지 않았다. 노예제는 현대 사회에도 존재한다. 다만 '노예제는 사라져야 할 것'이라는 전세계 적인 공감대 때문에 '노예제는 사라졌다'고 착각하기 쉬울 뿐이다. 케빈 베일스는 『일회용 사람들』이라는 책에서 전세계에 2,700만 명의 노예가 존재한다고 주장했다. 국제노동기구가 2005년에 발표한 자료에 따르면, 아시아에만도 1,000만 명의 노예가 존재한다고 한다. 그럼에도 불구하고 우리 사회에서 노예제가 공식적으로 문제 제기되지 않는 이유는, 불법으로 규정되면서 노예제가 음성화되거나 합법의 탈을 가장한 채 제도권 안으로 들어왔기 때문이다.

노예는 사기나 폭력의 위협을 통해 생존을 넘어선 어떤 대가도 받지 않고 일하도록 강요받는 인간이다. 여기에 동의하는가? 좋다. 당신은 노예를 소유할 기회를 놓쳤다고 생각했을지도 모른다. 어쩌면 당신은 북부 연방군 병사 36만 명의 피가 흘러 노예해방령과 수정헌법 13조가 자라날 토양이 비옥해지면서 노예제가 사멸했다고 생각했을지도 모른다. 아마 당신은 노예 매매를 금지한 10여 개의 국제 협정 이면에는 의미가 있다고, 또는 두 차례의 세계대전에서 사망한 3,000만 명이 세계 구석구석에 자유를 퍼뜨렸다고 생각했을 것이다.

그러나 당신은 운이 좋다. 우리의 단순한 정의에 따르면, 당신은 역사상 어느 시점보다도 더 많은 노예가 존재하는 시기에 살고 있다.(19~20쪽)

중요한 것은 수치가 아니다. "한 명의 죽음은 비극이지만, 100만 명의 죽음은 통계다". 아무리 노예의 숫자가 많다고 하더라도 그들이 어떤 현실에 직면하고 있는지 구체적으로 이해하지 못하면 노예제 폐지는 허구에 지나지 않는다. 그들의 현실을 모르면 노예가 무엇인가라는 원론적인 질문으로 돌아갈 수밖에 없을 것이다.

E. 벤저민 스키너가 『보이지 않는 사람들―21세기 노예제, 그 현장을 가다』를 쓴 이유도 여기에 있다. 전세계에 다양하게 존재하는 노예들의 실상을 보여줌으로써 현대 사회에도 노예제가 존재한다는 사실을 증명하는 것이다. 그가 노예들의 실상을 보여주는 방식은 간단하다. 직접 전세계를 발로 뛰어다니면서 노예들을 만나고, 노예거래상이나 생존자들과의 인터뷰를 통해 그 내용을 글로 남겼다.

아이티의 수도 포르토프랭스에서는 20리터짜리 물통을 머리에 이고 걸어가는 아이들을 자주 목격하게 된다. 더부살이라고 불리우는 이 아이들은 보수도 받지 않고 강제로 새벽부터 밤까지 일을 한다. 더부살이의 수는 1992년 11만 명에서 2002년 40만 명까지 늘어났다. 어떻게 이런 일이 벌어진 것일까. 고객(?)이 주문을 하면 중개인은 가난한 농민 가족을 찾아가 아이를 포기하라고 설득하는 일을 시작한다. 보통 아이를 잘 먹이고 가르치겠다고 약속하기만 하면 일은 순조롭게 풀린다. 아이티에선 도시민들도 가난하지만, 농촌 가족은 찢어지게 가난하기 때문에 아이를 학교에 보내기란 불가능에 가깝다. 상황이 이렇다 보니 부모는 학교에 보내주겠다는 중개인의 약속을 믿고 아이를 중개인의 손에 넘긴다. 그렇게 넘겨받은 아이를 중개인은 고객에게 판다. 미화 50달러에 말이다. 아이가 학교에 다닐 것이라는 부모의 믿음은 아이가 고객에게 넘겨지는 순간 환상으로 바뀐다.

무옹과 동생 가랑은 어머니와 함께 일자리를 찾기 위해 마을을 떠나 키르 강 건너 북부로 걸음을 내딛기 시작했다. 여행 둘째 날, 아랍 민병대원이 무옹 일행을 덮쳤고 그날부터 무옹 가족은 아다무사라는 아랍인의 재산이 되었다. 아다무사는 해가 뜰 때부터 해가 질 때까지 무옹 가족을 매질하면서 경작 일을 시켰다. 그리고 무옹의 어머니를 계속해서 겁탈했다.

노예 매매가 공공연하게 이뤄지는 나라 중에는 수단도 포함된다. 수단은 1924년 노예제를 공식적으로 폐지했지만 1980년대 중반 북부의 아랍계가 지배하는 정부에 대한 남부 비아랍계 주민의 봉기로 내전이 발생하면서 노예제가 부활했다. 공식적인 기록은 없지만 20만 명 이상이 노예 사냥의 희생자라는 주장이 설득력을 얻고 있다. 수단 북부의 정부는 이러한 노예화를 남부의 격렬한 반란에 맞선 전쟁의 한 방편으로 묵인하는 동시에 종족 말살의 수단으로 활용했다. 국제사회 또한 수단의 반인류적 행위에 대해 침묵했다. 현재까지도 수단에서는 노예 사냥이 계속되고 있다.

그런가 하면 아동 노예나 노예 사냥과는 또 다른 양상이 동유럽에서 펼쳐지고 있다. 가난한 나라 루마니아에서는 2000년에 이르러 국민의 3분의 1 이상이 빈곤선 아래로 추락했다. 빈곤선 아래로 추락한 사람들은 꿈을 찾아 서유럽으로 이주를 했다. 그 가운데 많은 여성들이 성노예로 전락했다. 타티아나도 그 중 한 사람이다. 타티아나는 전통적이고 평온한 정교회 신자 부모 밑에서 자랐다. 그런데 공산주의 몰락에 이은 경제적 혼란으로 인하여 타티아나 가족도 심각한 타격을 받았다. 타티아나는 스물한 살에 대학의 역사·고고학부에 들어갔지만 일자리를 잃으면서 학비를 마련할 길이 없어졌다. 타티아나는 남자친구인 루벤을 따라 암스테르담으로 갔다. 그때부터 타티아나는 성노예로 살아가게 되었다. 성매매의 대가로 벌어들인 돈으로 루마니아의 가족은 근근히 살아갈 수 있게 되었다.

혹자는 더부살이 소년이나 무용 가족, 타티아나 이야기에 안타까워할 것이고 혹자는 비현실적이라며 거부감을 가질 수도 있을 것이다. 어떠한 경우든 작가의 솔직하고 거침없는 이야기에 좋든 싫든 충격을 받지 않을 수 없을 것이다. 노예제는 최소한 대한민국에서만큼은 일어나지 않는 일로 여겨지기 때문에 그 충격을 피해갈 수 없는 것이다. 그러나 작가는 다른 사람의 이목을 끌 만한 자극적인 이야기를 하기 위해 이 책을 쓴 것이 아니다. 보이지 않는 사람들이 존재하는 이 현실을 고발함으로써 독자들이 발벗고 나서서 지혜를 모으기를 기대하고 있다. 읽는 내내 마음이 무겁기를 작가는 의도한 것이다. 그렇다면 다시 현실을 돌아보자. 대한민국에서 노예제는 사라진 것일까? 중소기업의 인력난 해소를 위해 국가가 나서서 이주노동자의 수입을 중개하고 착취하는 행위는 합법화된 노예제가 아닐까? '절대 도망가지 않습니다' 등의 문구와 함께 돈을 조건으로 해 타국 여성과의 만남을 주선하는 국제결혼 중개업체의 행위는 합법적 인신매매가 아닐까? 보이지 않는 사람들은 우리가 보지 않았기 때문에 보이지 않는 것일 뿐 아닐까?

대한민국 검찰은 왜
이상한 기소를 일삼는가

이준혁 / 「검사님의 속사정」

윤지영 "검찰이 밉지, 검사가 미운 건 아냐." 어쩌다가 검사들을 만날 때면 이런 말을 종종 한다. 그러면 으레 "그렇다니깐, 사람들이 몰라서 그렇지 우리 일선 검사들은 정말 열심히 일하고 있어"라는 대답이 뒤따른다. 나도 빈말로 내뱉은 게 아니고 대답 역시 틀린 말이 아니다. 법대 선후배, 동기들 중 상당수가 검사가 되었다. 그들 중 몇몇은 대학 시절에도 권력지향적인 사람이었다. 그러나 판사나 대형 로펌 변호사를 선망했지만 뜻대로 되지 않아서 검찰을 선택한 사람도 있다. 학생운동을 하던 사람들이 검찰을 선택한 것은 선뜻 이해하기 어려웠지만 정의를 지키겠다는 그 선의에는 거짓이 없었다. 어쨌든 대부분은 특별할 것도 이상할 것도 없는 평범한 사람들이었다. 사법연수원에서 만난 사람들도 마찬가지다. 사법연수원 지도교수도 검사였는데 그분은 사제지간의 인연으로 만난 사람 중 가장 존경스러운 분이셨다. 검찰실무수습을 통해 짧은 기간이나마 직접 검찰 조직에서 일을 하기도 했다. 제대로 쉴 틈도 없이 밤 늦게까지 일하는 검사들을 보며 박수를 보내고 싶은 심정이었다. 인간적인 관계에서 만난 그들의 면면을 보면 도무지 그들이 노무현 전 대통령을 죽음으로 몰아넣었다는 것이 믿겨지지 않는다. 광우병 파동에 맞서 촛불시위를 한 시민들을 무차별적으로 기소했다는 것이 믿겨지지 않는다. 아이러니컬한 상황은 업무에서도 이어진다. 노동자가 파업하는 경우 검찰은 사건을 공안부에 배당하고 파업 노동자를 업무방해로 기소한다. 굳이 그렇게까지 할 필요가 없어 보이는데 검찰은 기를 쓰고 덤벼든다. 그러나 같은 노동 사건이라도 사용자가 피고인이 될 때에는 상황이 뒤바뀐다. 체불임금에 대해 근로기준법 위반으로 고소, 고발을 하면 사건은 일반 형사부에 배당된다. 수사는 분명 검찰과 경찰의 몫일 텐데 담당 검사는 고소, 고발인에게 증거를 찾아오라고 요구하는 대범함까지 보인다. 검사와 검찰은 정말 다른 것일까. 사회적으로 비난받는 행태는 그렇다면 누가 하는 것인가. 그럼에도 불구하고 '검사동일체 원칙'(검사는 검찰총장을 정점으로 한 전국적으로 통일적인 조직체의 일원으로서, 상명하복의 관계 속에서 직무를 수행한다는 원칙)에 따라 전국 검찰은 한 몸이니 '난 아니야'라는 변명이 통할 여지는 없지 않은가.

이러한 의문에 시원하게 답을 해주는 책이 한 권 있다. 검찰을 바라보며 가졌던 모든 의문이 이 책을 읽으면서 술술 풀렸다. 바로 『검사님의 속사정』이다. 작가 이순혁은 한겨레신문 기자다. 지금은 국방부와 감사원을 담당하고 있지만 한때 법조 출입 기자로 활동하며 경험하고 생각했던 것을 한 권의 책으로 만들었다. 저자 소개에는 "술 좋아하는 성격 탓에 취재해 쓰는 기사보다 듣고 흘리는 기삿거리가 더 많다"고 적혀 있는데 작가의 말처럼 결국 그렇게 듣고 흘린 이야기가 이 책의 힘이 되었다. 작가는 "검찰을 생각하면 옹호 또는 비난 둘 중의 하나의 선택지만 떠오르는 이들에게 실제 검찰이 돌아가는 메커니즘을 보여주고 싶었다"고 한다. 작가의 의도는 정확했고 이 책은 실제 검찰이 돌아가는 메커니즘을 충분히 보여주고 있다.

쉽게 설명하면 이렇다. "2011년 11월 현재 1,827명의 검사 가운데 법무부와 대검, 서울중앙지검 등 핵심 기관·부서에 근무하는 엘리트 검사는 10~20%에 불과하다. 언론의 주목을 끄는 사건들을 처리하는 이도, 검찰조직 차원에서 내려지는 주된 결정도 모두 이들의 몫이다. (중략) 하지만 일선 검찰청에 근무하는 대다수 검사들은 그런 정치적인 이슈들과는 무관하다. 권

력집단의 일원이라기보다는 평범한 직장인으로서 자신의 업무를 수행할 뿐이다."(11쪽)

그러나 이야기가 이렇게 간단하게 끝나는 것은 아니다. 작가는 검찰 조직의 메커니즘을 풍부한 정보를 통해 다양한 각도에서 분석하고 이를 통해 욕먹는 검찰을 조정하는 힘이 무엇인지 자세하게 보여준다. 인사의 필수 작동 요인은 지연인데 예컨대 박정희와 전두환, 노태우는 자신들의 동향인 TK(대구, 경북) 출신들에게 검찰을 맡겼다. 이 시절 검사들의 신세는 횟감에 비유되곤 했다고 한다. TK 중에서도 경북고 출신은 '광어', 경북고 이외 TK 지역 고교 출신은 '도다리', 나머지 기타 지역 출신은 '잡어'로 불렸다고 한다. 이후 이명박 대통령이 집권하면서 TK는 다시 한 번 득세하는데 정권 교체 직후인 2008년 6월 인사에서는 검사장 승진자 11명 가운데서 경북고 출신이 3명(김영한, 최교일, 김병화)을 차지했으며 이 외에도 5명(권재진, 김태현, 박용석, 정진영, 박기준)의 경북고 출신 고위급 간부들이 핵심 요직에 배치됐다고 한다. 학연도 만만치 않다. 이명박 정권에서는 TKK(대구, 경북, 고대)가 득세인데 한상대 현 검찰총장은 고대 법대 출신이다. 현 법무부장관은 권재진이니 학연과 지연의 힘을 실감할 수 있는 것이다. 그렇다고 해서 학연과 지연만으로 엘리트가 결정되는 것은 아니다. 함께 근무를 하며 쌓은 인연이나 평판도 인사에 영향을 미친다. 근무연이나 평판을 통해 검증된 실력 있고 성실한 사람, 인간성 좋은 사람에게 엘리트 검사의 길이 열린다고 볼 수도 있다. 그러나 적당한 정도로 윗사람 지시에 잘 따르는 사람이 인정받고 좋은 평판을 얻을 테니 좋다고 단정할 수도 없는 노릇이다. 결과적으로 검찰 조직을 비판하는 검사, 윗사람의 잘못을 지적하는 검사, 입바른 소리를 하는 검사는 절대 성공할 수 없는 구조다.

학연과 지연, 평판과 근무연으로 승진을 가름하는 메커니즘은 비단 검찰만의 특성은 아니다. 기업이나 학교에도 똑같은 메커니즘이 있다. 문화계나 스포츠계도 특히 학연과 지연 때문에 정기적으로 문제가 터진다. 그러나 공익의 대변자로서 이 사회의 정의를 바로 세워야 할 최고의 권력 집단이 이런 메커니즘으로 작동하는 것은 아주 심각한 문제다. 그 결말은 정권의 요구에 순응하는 조직이다. 정권은 자기 사람을 법무부 장관과 검찰총장에 앉히고 법무부장관과 검찰총장은 다시 자기 사람을 엘리트 검사로 승진시키고 중요한 정치 사건이 터질 때마다 자기 사람들로 하여금 사건을 처리하게 한다. 노무현 수사의 주역은 두 명의 검사였다. 우병우와 이인규, 우병우 검사는 경북 봉화 출신으로 까칠하고 조직 내에서 악평이 높

았다. 이인규 검사는 1990년대 후반 미국 워싱턴DC 한국대사
관에서 법무협력관으로 근무하던 시절 이명박 대통령과 인연
을 맺고서 정권 교체 후 승승장구한 인물이다. 윗선에는 지극
정성이지만 일처리는 가차 없이 하기로 유명하단다. 노무현
전 대통령이 서거한 뒤 비난의 화살은 검찰, 그 중에서도 이
두 명에게 향했다.

솔직히 둘 다 내가 잘 알지. 근무도 같이 해봤고 어떤 스타일
인지 잘 알아. 그런데 그런 조합을 (대검 중수부 진용으로) 만들
어놓은 게 문제였다. 큰 수사를 할 때일수록 한쪽이 물불 가리
지 않고 나가면 다른 쪽에서는 차분하게 검토하고 제동을 거는
그런 식으로 진행돼야 하거든. 그런데 이 둘은 마구잡이로 밀
어붙이기만 하는 스타일들이잖아. 이렇게 팀을 꾸려놨으니 사
고가 안 터지는 게 이상하지. 난 사실 노무현을 좋아하는 사람
은 아냐. 부인이고 형이고 주변 사람 관리를 제대로 하지 못한
잘못도 있지. 그래도 (검찰이) 이것은 아니잖아.(200쪽)

그렇다면 해결책은 명백하다. 이러한 인사 시스템을 가져온
전제를 깨는 것이다. 집중된 권력을 분산하고 중앙집권적인
인사 시스템을 개혁하는 것이다. 작가는 말한다. 검사는 "조직
원이 아닌 개별 법률전문가로 다시 태어나야" 한다고 말이다.

또한 검경 수사권 조정을 통해 해법을 찾아야 한다고 말이다. 정치 사건이나 공안 사건을 맡는 20퍼센트의 엘리트 검사 대신 검찰 본연의 역할인 형사 사건을 담당하는 80퍼센트의 검사들을 살려줘야 한다.

검찰 본연의 임무를 수행하고 있는 이들은 형사부와 공판부 검사들이다. 이들은 경찰 수사과정에서 혹시 있을지 모를 불법, 탈법 수사를 감시하며 효율적인 수사진행을 지휘하고, 기소한 피고인의 공소유지를 담당한다. 실제 가장 많은 검사들이 형사부와 공판부에서 일하고 있기도 하다. 하지만 실제 위상은 어떤가? 형사부에만 주로 근무하는 검사들은 연줄이나 능력 면에서 별 볼일 없는 이로 취급되는 게 현실이다. 앞서 설명한 대로 '평판 경쟁'에서 누락된 이들이 배치되기 때문이다.(117쪽)

검찰에 대한 비판이 그 어느 때보다 거센 지금, 이 책은 검찰을 개혁하는 데 중요한 단초가 될 수 있다. 이 책을 대통령과 법무부장관, 검찰총장에게 선물하고 싶다. 그러나 무엇보다 이들 권력 집단을 뒤집을 수 있는 유일한 힘인 바로 당신에게 이 책을 선물하고 싶다.

내일은 희망이다

즐라타 필리포빅·멜라니 챌린저 /『빼앗긴 내일』

홍성영 선생님들이 잘 하는 훈화 중에 '오늘은 어제 살다간 사람들이 그토록 살고 싶어하던 내일이다'라는 말이 있다. 그만큼 오늘, 지금에 충실하게 살라는 의미일 것이다. 『빼앗긴 내일』은 내일이 없는 아이들의 이야기이다. 이 아이들이 사는 세상은 오늘이 마지막일 수밖에 없고, 주변에 있는 대부분의 삶은 어제가 마지막이었다. 어제 웃으면서 만났던 친구를 오늘 장례식에서 보고, 오늘이 마지막일 수도 있다는 생각을 가슴에 추처럼 매달고 사는 것이다. 그래서 꿈꾸기 어렵고, 희망을 가지기 어렵다.

하지만 히틀러 정권하에서 인권이 유린되고 죽음의 공포에 시달리던 유대인에게 '오늘'이 있고 '삶'이 있고, '희망'이 있다는 걸 알려준 『안네의 일기』처럼, 『빼앗긴 내일』은 1차 세계

322

대전부터 이라크 전쟁까지 내전이나 전쟁, 종교분쟁 등의 극한 상황 속에서 씌어진 어린 소녀들의 일기를 통해 담담히 희망을 말하고 있다.

이 책에서 가장 흥미로웠던 것은 이스라엘과 팔레스타인 소녀의 일기다. 이스라엘 소녀인 시란 젤리코비치에게 '파티'란 단어는 '공포'와 동일어다. 폭탄 테러가 사람이 많이 모이는 곳에서 일어나기 때문에 결혼식에도 무장 경비병이 있고, 교문 앞에는 전날의 폭탄 테러로 경비병이 세 명 더 늘어나 있다. 이 글만 읽었다면 우리는 이스라엘에 무차별 폭탄 테러를 가하는 팔레스타인에 분노할 수밖에 없다. 그러나 이 책을 엮은 즐리타 필리포빅은 보스니아 내전에서 살아남은 난민 출신으로 그녀의 일기가 유니세프를 통해 발견되면서 사라예보의 안네 프랑크라는 별명을 얻은 사람이다. 그녀는 현재 국제적인 분쟁 해결을 위해 적극적으로 활동하고 있기 때문에 평등하고 객관적인 시선으로 여러 분쟁 국가와 분단국, 전쟁 속의 소녀들의 이야기를 엮어낸다. 그래서 시란의 일기 바로 뒤에 팔레스타인 소녀 메리 해즈보운의 일기를 덧붙인다. 메리는 팔레스타인 내에서 5퍼센트 내외라는 기독교 신자다. 그럼에도 팔레스타인이란 이유로 이스라엘에 의해 핍박받고, 외출금지령이 풀리지 않으면 며칠 동안 집 밖으로 나갈 수 없다. 시란과 메리는 같은 땅에 살고 있고, 같은 공포를 공유하고 있지만 국적 때문에 서로를 미워할 수밖에 없는 것이다.

소녀들의 일기를 엮은 이 책은, 일기마다 앞장에 그들이 처해 있는 역사적인 상황을, 끝에는 그 소녀들의 현재를 짤막하게 소개하고 있어 이해를 돕고 있다. 특히 최후의 분단국가에 살고 있는 우리는 그들의 일기를 읽으면서 그 시대를 살았던 그들의 고통과 슬픔에 더 공감할 수 있는 것 같다. 다만 일기 형식인데다가 역사적인 이해 없이는 흥미롭게 읽기 어려울 수 있다. 그래서 수업 시간에 아이들과 함께 이 책을 읽을 때에는 무작정 책을 읽는 것이 아니라 채만식의 『이상한 선생님』이나 윤동주의 시를 언급하면서 일제시대의 우리 역사와 더불어 『빼앗긴 내일』에 대한 이야기를 간략하게 아이들에게 들려준다. 꿈 꿀 내일이 없다는 게 얼마나 슬픈 일인지, 오늘 웃으며 인사했던 친구의 장례식을 가야 하는 기분이 어떤 것인지, "내일 만나자"라고 웃으며 헤어질 수 있는 오늘을 살아가는 것이 얼마나 감사한지에 대해 얘기를 한다.

얼마 전 텔레비전 프로그램에서 초등학생들의 장래 희망을 조사했는데 1위가 공무원이었다. 우리 반 아이들의 자기소개서 장래희망란에도 공무원이나 '사'자 직업 투성이인데, 그 이유로 미래가 안정적이어서, 늙어서까지 할 수 있어서 같은 말들이 적혀 있다. 세계의 한쪽 편에서는 의미 없는 전쟁과 분쟁으로 미래를 얘기할 수 없는 아이들이 많다. 그리고 과거 우리

나라를 포함해 역사적으로 내일을 빼앗긴 사례는 부지기수다. 그런데 우리 아이들은 미래를 꿈꿀 수 있는데도 꿈꾸지 않는다. 『빼앗긴 내일』 속의 아이들은 현실 속에 내일이 없어 꿈꿀 수 없었지만, 우리의 아이들은 꿈을 꾸지 못해 내일이 없다.

아이들의 꿈이 공무원이나 교사로 획일화된다는 것은 얼마나 끔찍한 일인가. 심지어 아예 희망이 없는지 빈칸으로 내는 아이들도 많다. 고인 물은 썩는다고 했다. 부모가 희생을 통해 지키고자 한 아이의 안락함이 아이의 꿈을 썩게 할 수 있다는 생각을 해야 할 것 같다.

『프리덤 라이터스 다이어리』를 보면 문제아로 취급받던 아이들이 홀로코스트를 간접 경험하고, 『안네의 일기』를 통해 현재의 자신을 돌아보며 변화하는 모습이 나온다. 할렘가의 유색 인종이기에 빼앗겼던 꿈을 과거의 역사를 통해 회복하게 된 것이다. 『빼앗긴 내일』은 역사의 가장 큰 사건들 한복판에 있던 아이들의 삶을 그려내고 있기 때문에 분쟁과 전쟁의 역사를 이 책 한 권으로 간접 경험할 수 있다. 우리 아이들도 『빼앗긴 내일』을 읽으면서 자신이 누리는 안락함의 그늘에는 또래의 고통이 있고 산산조각 난 내일이 있다는 것을 깨달았으면 좋겠다. 그리고 나와 내 미래의 삶만 보는 편협한 시선이 아니라 세계를 가슴에 품고 폭넓은 시선으로 미래를 꿈꿀 수 있었으면 좋겠다.

'인간'이려 했던 한 여인의 이야기

헤르만 핑케 / 「카토 본트여스 판 베이크」

윤지영 이 책은 나치에 저항한 한 여성에 관한 이야기를 담고 있다. "반국가 행위를 준비하는 데 도움을 주었으며, 적을 이롭게 했고 시민이 가져야 할 명예로운 품위를 상실했기 때문"에 사형 당한 스물세 살 젊은 여성의 이야기다.

카토 본트여스 판 베이크, '시냇가의 작은 나무'라는 뜻의 아름다운 이름을 가진 카토는 밝고 순수하고 착한 마음씨를 가진 여성이다. "때로는 영화배우를 하고 싶어하고, 때로는 비행사가 되고 싶어했으며, 때로는 도자기공이 되고 싶어하다가도, 또 때로는 세계를 돌면서 여행하는 사람이 되고 싶기도 했던" 평범한 여성이다. 카토의 유일한 잘못(?)이라면 나치에 저항한 단체 '붉은 오케스트라'에 가입하여 나치를 비판한 전단지를 만들고 배포한 것뿐이다. 오히려 카토는 '붉은 오케스트

326

라'에 참여하면서 두려움과 의문을 가지고 '붉은 오케스트라' 와 약간의 거리를 두는 편이었다. 그러나 카토는 이렇다 할 증 거도 없이 사형 선고를 받는다.

카토가 사형 선고를 받은 후에 적은 쪽지에는 이런 글귀가 있다.

나는 전혀 정치를 모르는 사람입니다. 내가 되고자 했던 것 은 오직 한 가지, 바로 '인간'이었습니다.(197쪽)

그녀는 또한 이렇게 편지를 쓴다.

저의 재판에서 아홉 사람 중 일곱 사람이 사형 판결을 받았 어요. 모두가 열아홉 살, 스물한 살 또는 스물두 살 정도의 어 린 사람들이에요. 지금까지 50명의 피고인들 중에서 37명에게 사형이 선고되었고, 그 숫자는 점점 더 늘어나고 있습니다. 마 치 무엇인가에 도취된 것 같아요.(203쪽)

결국 그녀는 1942년 9월 20일에 체포되고, 1943년 1월 18일 에 사형 선고를 받은 후 1943년 8월 5일 히틀러 독재 체제에 반대하는 저항 운동에 가담했던 사람들과 함께 처형된다.

그 경악스러움과 비인간적인 행위에 여전히 분노가 느껴지긴 하지만 사실 이런 종류의 이야기는 다양한 서적과 영화, 다큐멘터리를 통해서 널리 알려진 것이다. 이 책을 통해 지은이가 하고 싶었던 이야기는 지금부터 시작된다. 카토는 평범하지만 그래서 더욱 대단한 사람이었다. 카토는 자신이 처해 있던 절망적인 상황에서도 결코 인간에 대한 믿음과 자연에 대한 애정을 잃지 않았다. 카토를 아는 사람들은 모두 그녀를 사랑했고, 카토는 죽는 순간까지 초연한 태도로 웃음을 잃지 않고 남아 있는 사람들을 아끼고 보살피다가 단두대에 섰다.

지은이, 헤르만 핑케는 독자들에게 "조피 숄(1921~1943)에 대해서는 누구나 잘 안다. 그러나 카토 본트여스 판 베이크에 대해서는 어떤가"라는 질문을 던진다. 조피 숄처럼 카토 역시 나치에 항거한 활동 때문에 재판에 회부되어 사형선고를 받았고, 조피 숄처럼 카토 역시 조용하지만 꼿꼿하게 그리고 거의 초인 같은 용기를 가지고 사형대에 올랐음에도 불구하고 왜 사람들은 조피 숄은 기억하면서 카토라는 이름은 생소하게 받아들이는 것일까.

그 해답은 2차 세계대전이 끝난 이후의 독일 역사를 이해한다면 바로 알 수 있다. "구동독에서 '붉은 오케스트라'는 매우 다양하고 넓은 층의 구성원들로 이루어진 조직이었다는 사실이 무시된 채, 그저 단순히 영웅적인 공산주의 저항 단체라고만 이해"되었다. 반면에 같은 시기, 서독에서는 "나치 비밀경

찰과 나치 스파이가 이름 붙인 '붉은 오케스트라'라는 바로 그 명칭 때문에 이들이 나치에 저항했던 단체라는 사실에 관심을 갖는 것조차 금기"로 여겨졌다. 결국 훗날 카토의 가족이 카토에게 내려졌던 사형 선고를 무효화하고 카토가 체포되고 처형당한 것에 대한 보상을 신청했을 때, 보상국은 "카토 본트여스판 베이크는 매일 저녁마다 공산주의 세계관을 확립하기 위한 토론을 진행했다. 판 베이크는 1942년 초여름부터 반역적인 내용의 정보를 전달하는 임무를 부여받았다. 판 베이크는 모스크바에 정보원으로 등록되었다. 스파이 행위에 대한 심판은 모든 나라에서 다 이루어지고 있다"며 보상 신청을 기각했다.

카토는 단지 나치의 희생자이기만 한 것이 아니라 또한 1945년 이후 냉전의 희생자이기도 한 것이다. 냉전이야말로 카토의 저항 운동을 기억하는 데 가장 큰 걸림돌이 되고 있는 셈이다. 반면 냉전을 이용해서 살아남은 사람들이 있다. 카토를 비롯해서 나치에 저항한 사람들에게 사형을 선고했던 제국 군법회의의 뢰더 판사는 나치 정권이 멸망한 후 국제 군사 재판소의 법정에 선다. 그러나 미국의 비호로 그는 아무렇지도 않게 풀려난다. 오히려 그는 1960년대 말까지 글라쉬텐 시(市)에서 부시장 겸 검사로 일한다.

이 책은 다소 산만하게 구성되어 있다. '위인전(?)'이 갖는 속성이랄까? 카토를 지나치게 미화하거나 주제에 어울리지 않는 생뚱맞은 이야기들도 종종 등장한다. 특히 지은이가 진짜 하고 싶었던 둘째 이야기는 그 비중이 작아서 아쉽다. 한꺼번에 너무 많은 이야기를 하려는 인상도 지울 수 없다. 그럼에도 불구하고 이 책은 청산되지 못한 과거의 역사를 고스란히 간직하고 있는 우리들에게 많은 것들을 생각하게 한다. 카토의 이야기는 대한민국에 살고 있는 우리들의 이야기이기도 하기 때문이다.

비판을 넘어 대안으로

세계화국제포럼(IFG) / 「더 나은 세계는 가능하다」

구정은 2003년의 이라크 전쟁, 그 이전인 2002년을 기억한
다. 미국은 전쟁을 향해 달려갔지만 모두가 질질 끌려
가기만 했던 것은 아니었다. 분명 세계는 들끓었더랬다. 그걸
자꾸 잊는다. '미국의 힘'이 너무 압도적으로 보여서, 조금씩,
그러다가 결국 많이 좌절하면서. 전쟁에 반대하는 이들이 비
록 전쟁을 막아내진 못했지만 초강대국 미국의 전쟁 스케줄을
변경시키고 미국의 도덕적 권위(만일 그런 게 있었다고 한다면)
를 땅으로 끌어내리는 역할을 했는데도 말이다.

책은 2003년에 벌어진 세 가지 사건, 멕시코 칸쿤과 미국 마
이애미에서 벌어진 거센 반세계화 시위의 물결과 이라크 전쟁
반대운동을 다루면서 출발한다.

이 책은 반세계화운동의 교과서라 해도 손색이 없을 듯하

다. 세계화에 반대하는 지구상 수많은 '운동권'들의 주장 중에서 핵심적인 것들을 뽑아내 공통의 이상을 추렸고, 작지만 의미 있는 여러 운동들을 소개하면서 반세계화 운동권의 행동 방향을 정리했다. 하나하나의 아이템이 다 재미있다.

책의 내용을 쭉 한 차례 정리해놓고, 읽으면서 재미있었던 부분을 따로 옮겨 적어놓았다. 배울 것이 많고 기억에 남는 것도 많은 책이라서 읽은 뒤 내내 뿌듯했다. 정리 노트에 옮겨 담은 것들은 세계화의 10가지 핵심 원칙, 국제기구 개혁 방안, 대안 이니셔티브 사례 같은 것들이다.

세계화(글로벌화)라는 이름으로 통칭되는 것들은 초고속 성장과 그 기본 전제인 자유무역, 모든 것의 사유화와 상품화, 경제적·문화적 동질화, 비교우위론을 근거로 한 수출 지향의 무역과 투자 등의 요소를 기본 전제로 삼고 있다. 하지만 그 수혜자들은 글로벌 지배집단들일 뿐, 모든 이들에게 이익이 되는 것이 아니다. 하지만 피해는 실로 글로벌하다. 수혜와 피해의 불일치를 가려주는 것은 미디어 놀음 때문이다. 세계은행과 국제통화기금(IMF), 세계무역기구(WTO)가 이 왜곡된 세계화의 추진력에 기름을 넣어주는 '부도덕한 삼위일체'라고 저자들은 말한다.

하지만 세계화를 거스르는 것은 불가능해 보인다. 이미 세계는 하나가 되어버렸다! 민족국가의 틀을 넘어서는 지구적인 자본-노동-생각의 흐름을 막아보자는 것은 불가능하고 무모한 시도에 그치지 않겠는가. 그렇다면 방법은, '더 많은 이들을 위한 세계화'가 되게 하는 것이다.

그래서 이들은 세계화의 양태를 바꾸기 위한 열 가지 핵심 원칙을 제안한다.

1. 새로운 민주주의와 책임성

2. 부차성(Subsidiary)

3. 생태적 지속가능성

4. 공동유산(공동자산)

5. 다양성

6. 인권

7. 일터, 생계, 고용의 보장

8. 식량의 안정적 공급과 안전성

9. 형평성

10. 예방의 원칙

특히 눈에 띄는 것은 공동자산 부분이다. 저자들은 사유화/상품화되어선 안 될 사회 인프라를 '현대적 공동자산'으로 규정해 설명한다. 모든 사람과 공동체의 재산이나 유산이었고 과거와 마찬가지로 앞으로도 모든 사람이 함께 나눠야 하는 것, 그러므로 모든 사람에게 귀속되는 것이 공동자산이다. 그런데 세계화라는 이름 아래 거대자본이 (때로는 특정 국가의 위세를 등에 업고) 공동자산을 위협한다. 예를 들면 아르헨티나, 볼리비아, 남아공, 인도, 캐나다, 미국에서는 민물자산이 위협받고 있다. 인도의 생태학자이자 환경운동가 반다나 시바가 늘 지적해왔듯 생물유전자에 대한 예로부터의 지식, 즉 '유전자 공동자산'마저도 거대 생명공학기업들의 '생물 해적질'에 공격받고 있다. 세계 곳곳의 원주민들은 고래(古來)로부터 살아온 공유 토지를 '현대 사유재산 제도와 법규에 맞지 않다'는 이유로 침탈당하고 있다. 심지어는 빅뱅 이래로 특정인의 소유인 적이 없었던 전파(방송 주파수 대역)마저 사유화되고 있다! 또한 특정 지역민이 아닌 인류의 공동자산인 지구 대기와 해양, 우주공간마저 사유화의 발톱에 할큄을 당하는 판국이다.

책에서는 이런 사례들에 대한 고발과 함께, 대안 이니셔티브들을 지역별로 간단하게나마 소개하고 있다. 칠레 어민공동체 칼레타 콘시티튜시온, 방글라데시의 친환경 농업 나야크리시 안돌론, 멕시코 베네피시오 마조무트 커피 농민 운동과 지역사회 동맹, 씨앗을 지키기 위한 인도의 나브다냐 운동, 멕시코 원주민들이 투쟁 끝에 얻어낸 치아파스 주의 자율정부, 참여민주주의를 실현하고 있는 스리랑카의 사르보다야 슈라마다나 운동, 환경보전과 지역개발이라는 두 마리 토끼를 잡기 위한 케냐의 그린벨트 운동, 미국 화이트어스 인디언보호구역 토지회복 프로젝트 같은 것들이다. 다만 여기에 소개된 것들이 미국과 중남미, 아시아 일부 지역에 한정돼 있는 것이 아쉽다.

마지막 장은 우리가 할 수 있는 것을 설명하고 있다. 사실 이 책은 '리뷰'를 할 만한 책이 아니다. 리뷰는 책을 놓고 잘 썼네 못 썼네 이런 점이 아쉽네 하는 것인데, 이 책은 글솜씨를 뽐내려는 책이 아니거니와 조목조목 따져가며 지식을 쌓으라고 내놓은 책도 아니다. 우리가 어떻게 하면 더 나은 세상에서 살 수 있을지, 그러려면 무엇을 해야 하는 것인지 생각하라고 촉구를 하기 위해 내놓은 책이다. 더욱 정신 차리고, 주변을 잘 둘러보면서 살아야겠다는 것이 나의 '독후감'이다.

엄마의 책방
대한민국에서 엄마로 살아가는,
고단하고 외로운 당신을 위한 독서 처방전

1판 1쇄 발행 2012년 9월 5일
1판 2쇄 발행 2012년 10월 10일

지은이 구정은·김성리·윤지영·홍선영
펴낸이 김찬

펴낸곳 도서출판 아고라
출판등록 제2005-8호(2005년 2월 22일)
주소 경기도 고양시 일산동구 장항2동 865 웨스틴타워1차 407호
전화 031-948-0510
팩스 031-948-4018
홈페이지 www.agorabook.co.kr

ⓒ 구정은·김성리·윤지영·홍선영, 2012
ISBN 978-89-92055-36-9 03810

* 책값은 뒤표지에 있습니다.